KB273408

찔레꽃과 된장

세 · 계 · 를 · 감 · 동 · 시 · 킬 · 한 · 국 · 문 · 화

찔레꽃과 된장

이동식 ● 지음

나눔사

"반달은 아직 충만하지 않은 데 여백이 있고, 장구 소리에는 여운이 있다. 이 여백과 여운은 그 본체의 미완성을 말함일지 모르나, 그러나 그대로 그것은 완성의 확실성을 약속하고, 또 잘리어 떨어지지 않는 영원성을 내포하고 있으니, 나는 이것을 문학에 있어, 또 미에 있어 '은근' 과 '끈기' 라 말하고 싶다"

우리가 국어시간에 배운 조윤제 선생의 '은근과 끈기' 라는 제목의 글입니다. 원래 이 글은 한국문학의 특질을 설명하기 위한 글인데, 이 글을 통해서 우리들은 우리 한국인의 특질이 '은근과 끈기' 에 다름 아닌 것으로 받아들이고 있습니다. 사실 문학도 우리가 키우고 가꾼 예술이라면 그 예술의 특질이 우리들의 특질과 굳이 다르다고 할 수 없겠지만 그러나 '은근과 끈기' 라는 이 말 속에 들어있는 부정적인 의미에도 주목하지 않으면 안된다고 생각합니다.

그것은 기본적으로 한국예술의 특질을 '슬픔의 선(線)' 에서 찾은 일본인 야나기 소오에쓰(柳宗悅)의 연장선상이라는 것입니다. 조윤제 선생은 같은 글에서 "우리 민족은 아시아 대륙의 동북 지방, 산 많고 들 적은 조그마한 반도에 자리 잡아, 끊임없는 대륙 민족의 중압(여러 번 거듭되는 압력)을 받아 가면서 살아 나와서, 물질적 생활은 유족(裕足)하지를 못하였고, 정신적 생활은 명랑하지를 못하였다"고 함으로서 은연중에 이러한 생각을 드러내셨습니다.

그러나 우리들은 오천 년의 긴 역사 속에서 외세의 침입과 압박을 많이 받은 것이 아니라 그것을 이겨낸, 세계에서 유례가 없는 사람들입니다. 그러한 역사가 우리의 문화와 예술에도 배어 있어서, 우리의 예술에 나타나는 선(線)은 슬픔의 선이 아니라 극복과 환희의 선이며, 우리의 음악도 슬픔에 찌든 음악이 아니라 기쁨과 승화의 음악이며, 우리의 건축도 자연환경에 순응하면서 최대한 자연의 잇점을 인간과 연결시킨, 어찌 보면 현대건축이 추구하는 그 목표를 일찍부터 체득한 건축인 것입니다.

한국인, 우리는 누구인가? 한국인, 우리들에게는 과연 무엇이 있는가?

80년대 초 문화부 기자를 맡으면서 저의 관심은 여기에 집중되었고, 그것을 탐사하기 시작했습니다. 그러다 보니 일본인 야나기가 주장한 한국미에 대한 시각의 문제점을 확인하고 새로운 시각으로 우리 한국인과 한국문화를 들여다보기 시작했습니다.

이 책은 그러한 30년에 걸친 저의 작업의 조그만 결산이라고 할 수 있을 것입니다. 저는 우리 한국인의 특질을 엉뚱하게도 "찔레꽃과 된장"으로 규정해 보았습니다. 최근 아파트 담장을 타고 번성하는 외래종 장미를 보면 꽃은 화려하지만 냄새가 없어서 겉모습의 아름다움이라고 하지 않을 수 없습니다. 그러나 나지막한 산모퉁이나 논둑길 옆에 핀 찔레꽃을 보면 화려한 아름다움은 장미에 당하지 못할지 모르지만 그 다소곳한 아름다움과 사방을 진동시키는 그 진한 향기는 장미꽃에 비길 바가 아닙니다.

마찬가지로 우리나라의 된장도 한국인만의 특질이 아닐까요? 된장이라고 하면 중국에도 있고 일본에도 있지만 우리나라의 된장은 된장 그 자체만으로도 맛이 있고, 보글보글 끓여 내놓으면 된장찌개, 곧 문화의 뚝배기가 된다는 점에서 우리 문화의 중요한 특질을 대변할 수 있다고 생각합니다. 그러한 생각이 이 책의 제1부에 담겨있습니다.

문화부를 중심으로 30여 년간 방송기자 생활을 하면서 만나 본 많은 문화예술인들도 이러한 나의 소박한 생각을 방증해주셨습니다. 그러한 증거가 이 책의 제2부에 소개된 분들입니다. 그들이야 말로 우리 한국인의 특질을 문화예술면에서 확인시켜준 분들입니다.

그러나 국제화 시대라고 목을 매는 이 시대에 과연 찔레꽃과 된장만으로 현대 세계를 살아남을 수 있을까? 세계가 영토전쟁이 아닌 경제전쟁, 그것도 문화를 바탕으로 한 전쟁의 시대에 돌입한 이 시대에 우리 한국인들이 갖고 있는 문화와 예술의 힘이 어떻게 구현되어야 세계를 감싸고 그들에게 감동을 주고 그것이 우리들의 삶의 자부심으로 이어질 수 있을까? 그러한 고민이 제3부에 담겨 있습니다.

일찍이 60여 년 전 우리나라가 막 독립을 하게 되자 중국에 있던 백범 김구 선생은 다음과 같이 말씀하셨습니다.

"나는 우리나라가 세계에서 가장 아름다운 나라가 되기를 원한다.
가장 부강한 나라가 되기를 원하는 것은 아니다.
내가 남의 침략에 가슴이 아팠으니,
내 나라가 남을 침략하는 것을 원치 아니한다.
우리의 부는 우리 생활을 풍족히 할 만하고,
우리의 힘은 남의 침략을 막을 만하면 족하다.
오직 한없이 가지고 싶은 것은 높은 문화의 힘이다.
문화의 힘은 우리 자신을 행복하게 하고,

나아가서 남에게도 행복을 주기 때문이다.

나는 우리나라가 남의 것을 모방하는 나라가 되지 말고,
이러한 높고 새로운 문화의 근원이 되고,
목표가 되고, 모범이 되기를 원한다.
그래서 진정한 세계의 평화가
우리나라에서 우리나라로 말미암아 세계에 실현되기를 원한다"

문화의 나라!

우리는 반 만 년 역사를 가진 문화민족으로 늘 외국에 대해 자랑을 해오고 있습니다. 근래 한류라는 새로운 문화를 아시아와 세계에 수출함으로서 세계평화에 이바지하고 있기는 하지만 실상을 들여다보면 문제가 많습니다. 우리나라는 또한 IT강국이라고 합니다. 전 국토가 인터넷과 초고속통신망에 의해 연결되어 있어서 언제 어디서나 세계의 정보를 손쉽게 주고받을 수 있습니다. 그런데 막상 IT산업으로 들어가 보면 전망이 밝지 못합니다. 하드웨어는 많이 갖추어 놓았는데, 소프트웨어 개발이 안 되는 것입니다. 그것은 우리들의 창의력이 피어나지 않기 때문입니다.

저는 그러한 문화와 IT의 정체현상이 다 이유가 있다고 느꼈습니다. 우리가 누구인지를 모르고 우리 것이 무엇이 좋은 것인지를 모르고 외국 것을 베끼고 따라가기에 바빴기 때문이라고 감히 말하렵니다. 우리 문화의 독창성이 많지만 우리가 그것을 파악하지 못하고 그것을 다시 활용해서 제창조하지 못합니다. 그러기에 여전히 해외에

  찔레꽃과 된장

비싼 로열티를 주고 정신적인 것을 사와야 합니다. 그 적자 폭이 해마다 늘어갑니다.

왜 이런 현상이 생기고 있습니까? 이런 현상을 해결해서 김구 선생님의 염원대로 세계에서
가장 아름다운 나라가 되는 방법은 무엇입니까?
이 책을 통해서 함께 고민하고 그 방법을 찾아주신다면 30여 년간 이 문제를 고민해 온 저의 노력이 보상을 받는 것입니다.

2007년 개천절에
저자 이동식

추신: 우리나라는 책을 내면서 자신을 키워주고 도와준 분들에 대한 인사를 사양하는 미덕(?)이 있는 것 같은데 저는 그러고 싶지 않습니다. 오늘날까지 문화부 기자로서의 안목을 키워 준 이태행 선배, 일찍이 1984년에 백남준과 이우환 등 대형 문화예술제작을 가능케 해주신 이원홍 전 KBS사장님(그 후 문화공보부장관 역임), 직접 취재 때 많은 가르침을 주신 윤이상, 이응로, 백남준, 이우환, 황병기, 임권택, 김수철, 장사익 씨 등 이 책에 나오는 문화예술인들, 한국영화를 위해 모든 것을 바친 태흥영화사 이태원 사장님, 우리 문화를 지켜주신 김종규 삼성출판사 회장 등 많은 문화예술계 인사들과 고려대박물관 문화예술최고위과정에도 감사를 드리고 싶습니다. 만약 이 글에 잘못이 있다면 그것은 전적으로 필자의 책임입니다.

제 1 부

우리의 얼굴

자기가 누구인지를 제대로 알고 있는 사람은 많지 않다. 자기가 누구인지, 지금 무엇을 하고 있는지를 잘 모르고 있다, 아니 의식하지 않고 있다고나 할까? 누군가가 자신에게 물을 때에야 비로소 자신의 모습에 대해 생각을 해보고는 내가 누구인가를 자문하게 되는 게 사람이다.

웃음이 많은 민족

야나기가 묘사한 한국인의 얼굴

"언제던가 긴 수염이 가슴을 덮는 노인이 길을 가다가 한 어린아이를 만난다. 어린아이는 할아버지에게 이렇게 묻는다. '할아버지는 주무실 때 그 긴 수염을 이불 속에 넣고 주무십니까, 아니면 이불 밖에 내놓고 주무십니까?' 노인은 이 말에 금방 대답을 하지 못했다. 한 번도 생각해보지 않았기 때문이다. 그래서 노인은 다음날 가르쳐주겠노라고 대답한 뒤, 그날 밤 집으로 돌아가서 수염을 이불 속에 넣고 자보기도 하고, 이불 밖에 내놓고 자보기도 하지만 잠을 이룰 수 없었다. 왜냐하면 이불 속에 넣고 자보면 아무래도 내놓고 잤던 것 같고, 또 내놓고 자려고 하면 이불 속에 넣고 잔 것 같았기 때문이다. 결국 노인은 그 다음날에도 어린아이에게 자기가 수염을 어떻게 하고 자는지를 얘기해주지 못했다."

— 이어령, 「한국인의 재발견」 중에서

 찔레꽃과 된장

자기가 누구인지를 제대로 알고 있는 사람은 많지 않다. 자기가 누구인지, 지금 무엇을 하고 있는지를 잘 모르고 있다. 아니 의식하지 않고 있다고나 할까? 누군가가 자신에게 물을 때에야 비로소 자신의 모습에 대해 생각을 해보고는 내가 누구인가를 자문하게 되는 게 사람이다.

"조선의 불상(佛像)을 보라. 약간 숙인 듯한 머리에서 어깨를 따라 몸에서 다리로 흐르는 늘씬한 키의 모습을 눈앞에 보아라. 그것은 하나의 형(形)이라기보다는 오히려 선(線)이다. 늘어져 있는 의복까지도 함께 흘러내리고 있다. …

나는 조선의 예술, 특히 그 중의 요소라고도 볼 수 있는 선(線)의 아름다움은 실로 그들이 애정에 굶주린 마음의 상징이라고 생각한다. 아름답고 길고 길게 긋는 조선의 선(線)은 실로 연연하게 호소하는 마음, 그 자체이다. …

그들의 원한도, 그들의 기도도, 그들의 희구도, 그들의 눈물도 그 선을 따라서 흘러내리는 것처럼 늘어진다. … 쫓기고 억압된 그들의 운명은 할 수 없이 쓸쓸함과 외로움 속에 위로를 찾았다."

– 야나기 소오에스(柳宗悅), 「한민족과 그 예술」 중에서

일본인 야나기 소오에스가 발표한 이 글은 한국 사람이 비로소 자신이 누구인가를 생각하게 하는 계기를 제공했다. 우리 민족의 주권의 상징인 광화문이 조선총독부 청사를 짓기 위해 허물어지던 1922년, 분연히 일어나 조선총독부의 우리 문화 말살정책을 비판한 야나

기 선생은 일제의 압박에 신음하던 우리 민족에게 유일한 일본인 친구였다. 그의 통찰은 조선인에 대한 섬세한 관찰을 근거로 하였고 그의 발언은 조선인에 대한 진한 사랑을 깔고 있다.

그는 우리 예술의 아름다움의 원천을 선에서 발견했다. 그 선이 우리 민족의 외로움과 슬픔을 대변하는 것이라고 설명했다. 그의 주장은 식민 치하에서 자신이 누구인지, 왜 고통을 받아야 하는지도 모른 채 신음하던 조선인들에게 그 무엇보다도 큰 위안이요 힘이었다. 그랬기에 많은 사람들이 그의 주장에 공감하고 그에게 머리 숙여 감사를 표시했다.

우리는 진정 슬픈 민족인가?

그런 야나기였기에 그가 주장한 우리의 얼굴은 오랫동안 우리 민족의 뇌리에서 떠나지 않았다. 박물관에서 고려청자를 보고, 흰 구름 저편으로 보이는 비색(秘色)의 하늘을 보면서, 그 속에 우리 민족의 괴로움과 고통을 벗어나려는 간절한 마음이 깃들어 있는 것이라 생각했고, 직선이 아니라 곡선으로 활처럼 휘어 내려가는 도자기의 어깨와 허리, 숟가락과 고무신의 곡선을 보면서 우리는 연약한 민족, 슬픈 민족이라는 생각을 했다.

그 때 우리의 산은 어떠했는가? 일본인들이 좋은 목재를 마구 베어내는 바람에 민둥산이 되어가고 있었다. 여름이면 시뻘건 황토물이 휩쓸어 내려갔다. 들판에도 집에도 먹을 것이 부족했다. 우리의 마음은 황량할 대로 황량해 있었다. 그런 상황에서 민족을 생각하고 예술을 생각하던 사람들은 야나기의 조선예술론, 조선민족론을 진실로 받아들였다.

그러나 박물관에 가서 우리의 청자를 다시 보라. 미끈한 어깨는 현대인의 무딘 눈과 손으로는 도저히 재현할 수 없는 기막힌 경지가 아닌가? 푸른색도 아니고 파란색도 아닌 그 깊고 깊은 비색의 청자, 그 속을 떠다니는 구름은 속세를 떠난, 신선의 경지가 아닌가?

조선 시대의 백자 항아리는 또 어떤가? 청자처럼 여성적인 아름다움은 아니더라도 묵직한 자태에 푸른색으로 선명하게 그려놓은 무늬들이 듬직하고 건강해 보인다. 거기에 여의주를 움켜쥐고 하늘로 솟아오르는 용이 철화(鐵畵)로 그려진 항아리를 보라. 거기에는 오히려 남성적인 힘이 넘치고 있지 않은가?

미끈한 어깨 선의 고려 청자

신라 시대 금동미륵보살 반가사유상에서 보는 저 지극한 미소, 경주 석굴암 본존불이 구현하고 있는 높은 정신세계의 법열(法悅)… 거기에 깃든 정신 세계는 또 어떻게 설명할 수 있단 말인가?

이러한 의문은 우리의 얼굴을 다시 보고 자문하게 한다. 우리가 과연 힘없고 약해서 슬픈 민족인가? 노천명 시인이 노래한 사슴과 같이 목을 길게 내밀고 슬프게 우는 짐승인가, 그래서 늘 호랑이나 이리의 공격을 당하고만 사는 민족인가, 그래서 애정에 굶주린 나머지 그러한 선의 예술을 남긴 것인가? 우리의 예술이 슬픔과 고통을 벗어나려는 의지의 구현이라면, 이와 같은 많은 예술품에서 나타나는 성격들은 어떻게 설명될 수 있는가?

충청남도 서산군 운산면 용현리에 가면 가야협(伽倻峽)이라는 계곡이 있다. 그 계곡의 맑은 시내를 건너 조금 오르면 나무 사이로 높이 2.8미터의 석가여래입상과 1.7미터의 보살입상, 1.66미터의 반가사유상이 나란히 서 있다. 이름하여 서산 마애불. 바위에 돋워 새긴 불상이다.

쾌활하고 밝고 신나는 백제인의 웃음을 보여주는 서산 마애 삼존불상

이 불상의 주불인 석가여래는 아무리 보아도 근엄한 석가가 아니다. 양 볼에는 살이 통통 쪘고, 입술도 도톰하다. 그 입은 웃고 있다. 입만이 아니다. 눈도 크게 웃고 있고 얼굴 전체가 웃고 있다. 참으로 웃는 불상으로서는 우리나라에서 최고라고 해도 과언이 아닐 정도로 그렇게 촌스럽게(?) 가장 쾌활하고 밝고 신나는 웃음을 웃고 있다.

이 불상을 만든 조각가는 누구였을까? 현재까지 조사된 바로는 백제 시대의 조각인 만큼 분명 백제 사람일 것이다. 그런데 파키스탄의 간다라 지방에서 시작돼 중국을 거쳐 오면서 대부분 근엄한 표정을 지켜

오던 석가모니를 이곳 사람들은 왜 이처럼 활짝 웃게 했을까? 우리는 이 의문에 대한 답을 얻어야 한다.

눈이 크고 풍채 좋은 모습으로 유쾌하게 웃고 있는 백제의 장자(長者)를 부처의 표본으로 생각하고 그를 돌에 새긴 백제인들, 그들의 마음이 곧 부처였을 것이다. 그들의 마음이 밝고 명랑하지 않았다면 결코 이러한 조각을 남길 수 없었을 것이다. 그 얼굴이 곧 그들의 마음인 것이다.

서산 마애삼존불이 백제인의 웃음이라고 한다면, 신라인의 웃음은 불상뿐 아니라 여러 가지 형태로 남아 있다. 흔히 석굴암 본존불의 법열(法悅)을 거론하지만 보다 엄밀히 말하면 석굴암 본존불은 통일신라 시대의 작품이기에 보다 원형적인 신라인의 얼굴이라고 할 수 없다. 신라인의 얼굴은 오히려 경주시 농리에 있는 삼불사의 삼존불이 대표한다고 할 수 있다. 이 불상 역시 웃고 있는데, 약간 덜 풀어진 듯하기는 하지만 소년 같은 순진하고 복스러운 웃음이 서산 마애삼존불과는 다른 맛을 느끼게 한다.

중국이나 일본과 달리 우리나라에는 이렇게 웃고 있는 불상이 유별나게 많다.

웃음과 관련된 표현이 풍부한 나라

불상이라는 것이 원래 자비를 구현한 것이고 중생을 제도한다는 의미가 들어 있는 것이니 미소나 웃음을 머금는 것이 당연하지 않겠느냐고? 아니다. 같은 시기의 일본이나 중국의 불상 가운데는 우리처럼 천진난만하게, 복스럽게, 행복하게, 소탈하게 웃는 불상이 보

이지 않는다. 모두 틀에 박힌 표정이거나 아니면 겁을 주기 위한 것
인 듯 근엄한 얼굴뿐이다.

우리의 웃음은 불상에만 남아 있는 것이 아니다. 불상이 종교적인
염원을 승화시켜 표출한 인간상이라면 이른바 속각(俗刻)이라고 부
르는 비종교적인 유물에서는 더 많은 웃음을 발견할 수 있다. 서울
대 박물관에 보존돼 있는 신석기 시대의 유물인 흙으로 빚은 얼굴상
(土製人面)과 뼈에 새긴 얼굴(骨製像)은 3천년 전 선조들의 얼굴을
엿보게 하는데, 더 재미있는 것은 흙으로 빚어 놓은 인물상(土製人物
像)이다. 국립중앙박물관과 경주박물관에 나뉘어 소장돼 있는 토우
들은 거친 손끝으로 덤성덤성 빚었지만 완연하게 웃고 있는 할아버
지의 모습이라든가 남매가 함께 있는 모습, 농경과 생식, 남녀간의
사랑의 열락(悅樂)을 숨김없이 진솔하게 빚어 놓아, 보는 이들을 감
탄케 한다.

연대를 더 내려오면 경주 영묘사(靈廟寺) 터에서 발견된 깨어진
막새기와에 새겨진 웃음이 있고, 안압지 발굴 공사 때 쏟아진 유물
가운데 조그만 토기 잔에 아주 작은 얼굴을 장식해놓은 것이라든지,
4센티미터 정도의 14면체 나무 주사위의 한 면에 쓰여진 '飮盡大笑
(음진대소: 술을 다 마시고 크게 웃어라-주사위를 던져서 그 면이 나오면 술을
마시고 크게 웃어야 하는 일종의 게임을 즐겼던 듯하다)', 마치 사람이 크게
웃는 듯이 만들어져 있는 큰 말방울 등이 계속 이어진다. 그 외에도
공주 무령왕릉에서 나온 조그만 유리동자상의 웃음, 부여 정림사지
에서 출토된 흙으로 빚은 인면상의 웃음… 등 웃음과 관련된 유물이
헤아릴 수 없이 많이 나온다.

경주의 향토사학자 윤경렬 씨는 "신라인들은 부처가 이 세상에 내려와 바위 속에 모습을 감춘다고 생각했는데, 그 부처는 엄숙한 부처가 아니라, 흉허물 없이 익살을 떠는 재미있는 모습의 부처이다"라고 말하면서, 그래서 경주 남산에 새겨진 수많은 돌부처 중에는 불국토의 경지를 표현한 것도 있지만 마치 손자를 놀리는 할아버지의 모습처럼 인간적인 표정과 익살이 엿보이는 부처가 많다고 설명한다.

과거 선조들의 삶 속에서 이처럼 웃는 모습이 많이 발견되는 것은 우리의 본래 모습이 그처럼 밝고, 맑고, 명랑하고, 낙천적이고, 건전했기 때문이 아니었겠는가.

일찍이 고구려 · 부여 시대부터 우리 민족은 중국 민족에 의해 가무음곡(歌舞飮曲)을 잘 하는 민족으로 인정받은 바 있다. 그들의 눈에 비친 우리 민족은 술을 잘 마시고 춤추고 놀기 좋아하는 민족이었던 것이다.

신라인의 환한 미소를 보여 주는 얼굴무늬 수막새

또한 우리말에는 의성 · 의태어가 많이 발달했는데, 그 중에서도 웃음을 표현하는 말이 너무도 많다. 방글, 방실, 벙긋, 빙긋, 키득키득, 껄껄, 깔깔, 해해, 호호, 후후, 허허, 하하… 언뜻 생각해도 이렇게 많은데, 실제로 다 세어 보면 얼마나 많을 것인가?

왜 이렇게 웃음에 관한 의성 · 의태어가 많은가? 이제 우리는 그 이유를 알 것 같다.

한국인의 특징 중 가장 중요한 것이 웃음

마음이 웃지 않는데 얼굴만 웃을 수는 없다. 초등학교 어린이들에게 사람을 그려보라고 하면 대개 몸통과 다리는 중요하지 않으니까 작게 그리고 얼굴만 크게 그리는데 보통 거울을 통해 본 자기 얼굴을 그린다. 그런데 그 얼굴들은 하나같이 웃고 있다. 그들의 마음이 웃고 있기 때문이다. 그 천진난만함, 그러한 때묻지 않은 밝음이 우리 선조들의 마음속에도 있었기에 우리의 유물에 그렇게 웃음이 많은 것이 아닐까?

또한 석굴암의 본존불이 인간이 표현할 수 있는 가장 높은 경지의 세계를 표현했다면, 그것은 그것을 만든 사람이 그 경지를 체득하지 않고서는 불가능한 일이다. 그러므로 한국인들은 과거에 가장 높은 수준의 웃음을 경험한 사람들이라고 할 수 있다.

어떤 사람들은 한국인의 웃음이 억압과 허탈 속에 생활하면서 숨을 쉬기 위해 어쩔 수 없는 방편으로 웃는 것이라고 풀이한다. "일체 모난 말을 하지 않고, 대답하기 곤란하면 익살과 웃음으로 얼버무리고…"라든가, "한국인의 웃음은 치욕과 비굴이 범벅이 돼 웃음과 울음의 한계가 묘연한 그런 웃음으로 체질화될 수밖에 없었을 것이다"라는 식이다. 그러나 우리의 웃음이 정말 그런가?

일본인들은 사무라이들의 피비린내 진동하는 전장의 세월을 몇백 년 이상 살았고, 도쿠가와 이에야스의 막부정치, 그리고 2차 대전 끝까지 칼과 총의 풍토 속에서 살았다. 그 사회에서는 생명이 들판의 풀잎만도 못했다. 그런 세월 속에서 일본인들은 '인생은 지는 꽃

잎보다도 더 짧고 허무한 것인 만큼 살아 있을 때 벚꽃처럼 활짝 피었다가 벚꽃처럼 한꺼번에 가버린다'는 경험철학이 뇌리에 강하게 박혀 마음껏 웃을 수가 없었을 것이다. 그래서 그들의 웃음은 남에게 보이기 위한 웃음이다.

그런가 하면 서양인의 웃음은 보들레르가 "절대자(絶對者)는 웃지 않는다. 인간만이 중간적 존재인 악마들처럼 자신보다 열등한 것을 보고는 그 우월감에 웃는다"라고 정의했듯이 남을 멸시함으로써 자신을 돋보이게 하기 위한 웃음이다. 그러므로 그들의 웃음은 남을 눌러 이긴 다음의 웃음이다. 그런 웃음은 '이화(異化)의 웃음'이라고 부를 수 있을 것이다.

그러나 우리의 웃음은 현세에서 즐거워 웃는 웃음, 인생이 재미있어서 웃는 웃음이며, 비록 먹고 살기에 풍족하지는 않아도 정신적으로 흡족해서 웃는 웃음이요, 그렇기에 억지웃음이 아니라 미소가 많고 자연스럽게 벌어지는 벙긋한 웃음이다. 남을 누르고 웃는 억압자의 웃음이 아닌, 주위를 내 품안으로 포용하는 웃음, 누가 더 잘 나고 못 나고를 따지지 않는 '동화(同化)의 웃음'이다.

이런 웃음의 확장을 우리는 진도 다시래기에서도 찾아볼 수 있다. 전라남도 진도에 전해 내려오는 '다시래기'라는 민속은 초상난 집에 찾아가서 육친을 여읜 슬픔에 빠져 있는 상주(喪主)를 웃기는 놀이이다. 그 내용은 탈춤에 흔히 등장하는 소재인 마누라가 서방질을 해서 중과의 사이에 몰래 애를 낳는 얘기이지만, 그런 세속적이고 우스운 내용의 연희를 하필 상주의 집에 찾아가서 한바탕 소란스럽게 놀아주는 것은, 그것을 통해 상주의 슬픔을 잊어버리게 하는 해탈과 승화의 웃음, 저승과 이승을 연결시켜주는 웃음, 생활에서 나오는 웃음 가운데 가장 고차원의 웃음을 이끌어내기 위한 것이다.

한국인의 특징을 분석할 때 흔히 자연과의 친밀함, 그리고 관조미(觀照美), 비애미(悲哀美)를 드는데, 거기에 해학과 통하는 웃음을 빼놓는다면 한국인의 특징을 제대로 짚었다고 할 수 없다. 아니, 빼놓으면 안 되는 것이 아니라 오히려 그 웃음이 가장 중요한 특질이자 요소라고 할 수 있다.

그것은 우리의 건축에도 나타난다. 조선 시대 건축의 추녀선은 날아갈 듯 하늘로 올라가는 곡선이다. 직선의 엄격한 규율과 규칙이 아니라 그 규칙의 엄격성이 주는 긴장을 풀어주고 인간화시키는 양념으로서의 곡선, 바로 이 곡선은 한국인들의 성격, 곧 밝은 웃음과 다르지 않다. 이것은 일본인 야나기가 말한 슬픔과 체념, 외로움의 선이 아니라 꿈과 희망과 낙천의 율동이며, 상승의 곡선이다.

일정한 격식이나 특정한 경향, 또는 일반적인 질서와 규칙을 깨뜨릴 때 '멋'이 생긴다고 이어령 교수는 지적했다. 그런 면에서 한국인은 최고의 멋쟁이, 웃을 줄 아는 멋쟁이이다. 일본인들은 집을 지을 때 기둥이란 기둥은 모조리 대패로 밀어서 각이 지게 만들지만, 우리나라의 옛 건축을 보면 뒤틀린 기둥을 그대로 사용해서 자연적인 아름다움을 그대로 살리고 있다. 부여에 있는 유명한 정림사지 5층 석탑만 해도 그렇다. 탑신은 어쩔 수 없이 직선을 사용해 엄격한 비례에 따라 하늘로 올라가지만 그 탑신을 떠받치고 있는 기둥은 그

직선의 중압감을 해소한다. 이것이 바로 기둥 중간을 눈에 뜨이지 않게 배가 살짝 나오도록 하는 배불림(ENTASIS: 엔타시스) 기법이 아닌가? 직선 속에 살짝 감추어진 곡선이 직선을 하늘 위로 들어올리는 역할을 하고 있는 것이다. 그것이 우리의 문화요 예술이며, 얼굴이 아니었던가.

우리는 그 동안 우리의 얼굴을 잊어버리고 살아왔다. 한 일본인이 심어준 식민지 시대의 잘못된 인상, 동정심에서 발로한 불쌍한 민족이라는 인상을 우리는 우리의 진짜 얼굴인 양 착각하고 살아왔다. 그러나 우리는 웃음이 많은 민족이요, 항상 웃으며 살아온 민족이었다. 자신과 여유와 포용과 중용, 해탈의 웃음이 우리의 생활 속에, 우리의 예술 속에 면면히 살아 있었는데도 우리는 그것을 모르고 지나쳐왔다.

태극은 음과 양이 곡선으로 만나고, 활은 곡선을 그리며 날아간다. 한국인이 이뤄 놓은 곡선의 문화는 바로 이러한 자연의 섭리에서 나온 것이며, 우리가 창조해온 웃음의 문화는 이런 곡선적 사고의 현세화이다. 오늘날 우리의 생활 속에 스며 있는 온갖 부정적인 의미의 단어들, 시기, 갈등, 파쟁, 음모, 모략, 나태, 격정, 암투, 비애, 원망, 의혹, 불신, 그리고 마지막으로 우리 민족에게 많다고 믿어온 가장 대표적인 잘못된 개념인 한(恨)까지도 모두 우리 민족에게 본래부터 있던 가장 큰 덕인 웃음으로 덮어버릴 수 있지 않을까?

오늘 우리는 잃어버린 우리의 웃음을 되찾지 않으면 안 된다.

백의민족론을 말한다

"중국이나 일본의 미를 짙은 화장과 화려한 의상으로 휘감은 요란스런 배우나 기생의 미라고 한다면, 우리의 미는 삼베옷을 입고 물동이를 머리에 얹은 이른 아침 시골 처녀의 미라고 말할 수 있을 것이다."

- 김원용 「한국의 미」 중에서

이른 아침 막 떠오르는 햇살을 받아 이름 없는 들풀에 내린 이슬이 영롱한 빛을 발할 때, 식구들의 아침상을 준비하기 위해 물을 길어 머리에 이고 가는 한 시골 처녀, 이러한 표현으로 상징되는 우리 민족의 미, 그것은 고구려 벽화에서 볼 수 있는 밝고 힘찬 아름다움이나 고려 불화와 청자에서 보이는 정교함이나 화려함과는 또 다른

조선 시대 예술의 주요한 특징이라고
하겠다. 과장됨 없이 소박하고, 수수
하고, 자연스럽고, 단정하고, 솔직하
고, 담백한 예술의 세계, 그것은 조선
시대 백자(白磁)가 주는 멋이요, 조선
시대 목공예(木工藝)가 남긴 아름다움
이며, 우리의 전통 의상인 한복이 주는
느낌이다

미끈한 어깨 선의 고려 청자

　언제부터인가 우리 민족은 백의민족이라 불리어왔고, 흰색을 좋
아하는 사람들로 알려졌다. 고대 부여 때부터 특히 흰옷을 즐겨 입
었다고 해서 백국민(白民國)이란 이름이 붙기도 했고, 「위지(魏志)」에
는 신라 사람들이 흰옷을 많이 입었다는 기록이 있으며, 「송사(宋
史)」에는 고려인들이 소복을 즐겨 입었다는 기록이 남아 있다. 또한
조선 시대에도 사람들이 백의를 좋아하여, 고종 때는 백의를 입는
것을 금지한 적도 있으나, 사람들로부터 반감만 사고 정착되지 못했
다고 한다. 이러한 사실들은 우리 민족이 흰색을 좋아하는 민족이란
사실을 부인할 수 없는 당연한 것으로 인식하게 한다.

　그런데 우리 민족은 왜 흰옷을 즐겨 입었으며 흰색을 좋아하는 것
일까? 한국인의 어떤 조건이 흰색을 좋아하게 한 것일까? 몇 해 전
일본에서 이러한 의문이 제기돼 한국인과 일본인 사이에 논쟁이 벌
어졌던 적이 있다. 그러나 감정적인 차원의 논쟁에 머물고 말아 충
분한 결론을 얻지 못하고 문제제기로만 끝나버린 느낌이다.

사람들은 남의 얼굴은 잘 보면서 자기 얼굴은 잘 보지 않는 법이다. 특히 우리나라 사람들은 자신의 몸과 정신을 다스리는 데는 힘을 썼지만, 자신에 대해 파악하는 데는 그리 신경을 쓰지 않았다. 그래서 자신이 어떤 얼굴을 갖고 있는지, 자신의 특성이 어떤지를 잘 알지 못했다. 그랬기 때문에 일제 시대 일본인 민예학자인 야나기 무네요시가 한국인들의 얼굴을 처음 그려주었을 때, 너무나도 고맙게 생각한 나머지 그 그림이 잘 된 것인지 아닌지, 그 묘사의 진위(眞僞)도 따지지 않은 채 그저 고마워하기만 했다. 암흑의 시기에 자기를 알아주는 친구가 한 명이라도 있다면 그 누군들 반갑지 않겠는가? 그래서 그가 얘기하는 것을 무작정 우리의 모습이라고 받아들였던 것이다. 야나기는 일찍이 아무도 관심을 쏟지 않았던 조선 시대 백자에서 아름다움을 발견하고 다음과 같이 표현했다.

"…도자기는 때때로 그 모양이 인체의 아름다움을 암시하기도 한다. 이것은 특히 보드랍다. 살결의 아름다움은 따뜻한 느낌마저 준다. 살결의 빛깔이 얼마나 아름다운 흰빛인지 모른다. … 이 단순한 흰 빛깔에서조차 우리는 민족의 마음을 읽을 수 있다. 그것은 여인과 같이 다소곳하고 안으로 숨은 조용한 빛깔이다. 우리는 밖으로 나가려는 어떠한 교만도 여기에서는 찾아볼 수 없다. 모든 아름다움이 내면적이라 보이지 않는 무엇인가를 보는 사람을 기다리고 있는 듯한 모양이다."

이같이 백자에서 한국인의 마음을 처음 읽었다는 야나기는 이어서 한국인들의 일상 의복인 흰옷에도 특별히 주목하였다. 그리고 한

 찔레꽃과 된장

국인과 흰색의 관계를 궁리하던 중 한국인들이 명절 때는 색동옷 등 화려한 옷을 입고, 흰옷은 평상시에만 입는다는 사실에 착안하게 되었다. 그리하여 일본에 나라를 빼앗겨 고통 받고 있던 조선의 현실에 대한 동정심과 연민을 바탕으로 새롭고 괴상한 이론을 폈으니, 곧 한국인들이 좋아하는 흰색은 지극한 슬픔의 색이요, 한국인들은 원래부터 슬픈 민족이기에 흰색을 좋아한다는 것이다.

"중국이나 일본에서 그처럼 다양한 빛깔의 의복이 발달하고 있는데, 어째서 그 이웃나라인 조선에서는 이러한 예를 거의 볼 수 없는 것인가? 그들이 입고 있는 의복의 빛깔은 아무런 색도 없는 백색이 아닌가. 그렇지 않으면 가장 빛깔이 약한 물색이 아닌가. 늙은이나 젊은이나 남자나 여자나 모두 똑같은 흰옷을 입는 것은 무슨 까닭인가? 이 세상에 나라가 많고 민족이 많으나 모두가 흰옷을 입는 이 같은 이상한 현상은 어느 나라에서도 찾아볼 수 없다. … 흰 의복이란 언제나 상복(喪服)이었다. 외롭고 신중한 마음의 상징이었다. 백성은 흰옷을 입는 것으로 영원히 상복을 입고 있는 것이다. 그 민족이 맛본 고통 많은, 의지하기 어렵다는 역사적인 경험은 이러한 의복을 입는 것을 오히려 어울리게 만든 것이 아닌가? 가령 조선 사람들이 흰옷을 입는다는 관례를 버리고 오색이 찬란한 의복을 입는 드문 경우를 생각해 보자. 단지 즐거움이 허용되어 있을 때에 한해서만 빛깔이 있는 의복을 입는다. … 즐거움이 없을 때 조선 사람들은 모두 또다시 흰옷 즉 상복을 입는다. 아니, 평소에는 이렇다 할 즐거움이 없기 때문에 백의가 또다시 평상시의 의복이 된다. 이렇게 빛깔을 떠난 세계가 조선인들이 살지 않으면 안될 세계였던 것이다. …"

야나기는 이렇게 한국인들의 흰옷에서 외로움과 슬픔이라는 소극적인 측면만 발견하고, 한국인들이 처했던 불행한 역사 환경과 결부시켜 한국의 미 전체에 이러한 관점을 확대시켰으니, 곧 한국의 미는 비애의 미, 애상의 미라고 일방적으로 단정해버린 것이다. 반도라는 지정학적인 위치, 숱한 외침으로 핍박받은 민중들의 생활, 그래서 이 세상에 희망을 걸지 못하고 저 세상에 소망을 걸었으며, 무엇인가를 꿈꾸고 그리워하며 안으로 괴로움을 감추었던 한민족, 그런 민족이었기에 한민족은 주어진 숙명을 내면의 미로써 따뜻이 하고 무한의 세계로 연결하려 했다는 슬픔의 미학을 야나기는 제시한다. 그의 미학은 한민족의 품성을 가장 잘 포착해낸 것인 양 오해되었고, 이 미학에 따라 한민족은 불행한 역사 속에서 고통만 받아 외롭고 쓸쓸하기 그지없는 예술을 창조해낼 수밖에 없었다는 한계가 부지불식간에 설정돼버렸다.

그런 그의 미학은 일제가 우리나라 통치를 위해 조작, 왜곡한 식민사관과 의도적이건 비의도적이건 결탁되어, 우리 민족은 5천년 역사 동안 남에게서 침범만 받았고, 그러면서도 한 번도 제대로 반격하지 못했으며, 당파 싸움만 벌이는 등 단합과는 거리가 멀고 자기 이익만 추구하는 이기적인 민족이란 부정적이고 위축된 역사관을 심어줌으로써 한국인들의 독립정신과 용기를 꺾었던 것이다. 가장 조선을 사랑했다는 한 일본인 학자의 가장 양심적(?)이라는 글이 잘못 지적한 한민족의 예술관이 후대에까지 그 얼마나 심한 해독을 주었던가? 우리는 이러한 편협되고 왜곡된 예술관을 우리 자신의 힘으로 좀 더 일찍이 극복했어야 했다.

 찔레꽃과 된장

백샤먼계의 신앙에서 비롯된 흰색 선호 경향

왜 흰 색에서 슬픔과 고통, 인내를 연상하는가? 왜 흰옷을 상복으로 보는가? 이러한 점이 야나기 미학의 한계를 인식하는 출발점이다.

지중해의 밝은 태양 아래 환하게 빛나는 스페인과 이태리의 하얀 석고 건물들, 독립을 위해 스페인 정권에 대항하여 수없이 많은 붉은 피를 적신 멕시코인들의 솜브렐로(모자)와 흰옷들, 그런 것이 모두 슬픔과 고통을 상징하는 것이란 말인가? 서양에서는 순결과 신성의 상징인 백색을 왜 야나기는 그렇게 보았던가? 흰색을 좋아하는 사람은 쾌활하고, 노래를 잘 부르고, 그림도 잘 그린다는데. 아득한 고대로부터 흰색은 태양을 상징하는 것이며, 태양이 대표하는 모든 탁월함과 긍정적인 면을 상징한다는데, 그래서 흰색은 풍요를 상징하며, 길(吉), 선(善), 호(好) 등 인간 세계의 밝은 면을 대표하는 색깔이라는데, 야나기는 왜 슬픔의 색으로 인식했던가?

우리 민족 신앙의 뿌리가 되는 무속신앙을 살펴보면 우리는 백색을 좋아해왔음을 알 수 있다. 시인 조지훈에 따르면 우리의 무속신앙은 사람에게 행복을 가져다주는 선신(善神)을 믿는 백(白)샤먼계이다. 백샤먼은 방울이나 북을 흔들고 두드리면서 미친 듯이 춤을 춤으로써 선신과 만나고, 이 선신을 통해 풍요와 무병, 혼인, 장수 등 좋은 일, 길한 일을 주재받는 무당으로, 흰 망토를 잘 입고, 흰 말을 탄다고 한다. 선신은 흰빛으로 상징되기 때문이다. 이들에게 주신(主神)이 태양이기 때문에 백산(白山)을 숭배하고 박달나무를 좋아하며 흰옷을 즐겨 입게 된 것이라는 설명이다.

육당 최남선도 다음과 같이 말한다.

"대개 조선 민족은 옛날에 태양을 하나님으로 알고 자기네들은 이 하나님의 자손이라고 믿었는데, 태양의 광명을 표시하는 의미로 흰빛을 신성하게 알아서 흰옷을 자랑삼아 입다가 나중에는 온 민족의 풍속을 이루고 만 것이다. 이것은 조선뿐 아니라 세계 어디서고 태양을 숭배하는 민족은 모두 흰빛을 신성하게 알고, 또 흰 옷 입기를 좋아하니, 이를테면 이집트와 바빌론의 풍속이 그것이다."

그러나 우리 민족의 원초신앙인 무속신앙에서 흰빛을 숭상했기 때문에 조선 시대를 거쳐 오늘날까지 한민족이 백색을 좋아한다는 설명은 설득력이 약하다. 바로 그런 까닭에 70년대 후반 일본에서 조선의 백색에 대한 논쟁이 벌어졌을 때, 일본 신문에서 한민족의 백색은 민중의 '하느님 신앙' 으로부터 비롯된 한민족의 상징적인 색깔이며, 고대로부터 낙천적이고 밝은 민족성을 보여주는 태양을 상징하는 색깔이라고 주장했던 김양기가 재일 사학자 이진희(李進熙)로부터 공박을 받게 된 것이다.

"백색을 하느님 신앙과 결부시킨다고 해서 야나기에 대한 비판이 충분한 설득력을 갖지는 못한다. … 한국이 백색을 키울 수 있는 혜택 받은 자연 환경과 풍토를 갖고 있다면 고려 5백년간에는 왜 백색이 키워지고 번성되지 않았는지를 설명하지 않으면 안될 것이다. 어찌 해서 청자가 그토록 많이 구워졌음에도 고려의 백자는 손으로 꼽을 만큼 적은 수에 지나지 않으며, 백색을 키워주는 혜택 받은 한국의 자연환경과 풍토는 구체적으로 무엇을 말하는가 하는 문제이다.”

이진희는 이렇게 말하면서 백색은 고대로부터 한국의 상징적인 색깔이 될 수 없으며, 조선시대의 산물일 뿐이라고 주장한다. 이진희는 그 증거로 무명이 우리나라에 들어온 것이 1300년대 후반이므로 그 전에는 무명이 없고 누런 삼베만 있었는데, 이것이 어찌 흰색이냐고 반박하기도 했다.

육당이 말한 무속신앙은 일종의 초기 원시종교 형태였기 때문에 외래의 보다 고등하고 보다 강력한 종교가 들어오면서 생활의 저류로 스며들게 된다. 이에 따라 흰색을 좋아하는 민족적인 경향도 생활의 저변으로 깔리게 된 것은 아닐까? 불교라는 외래 종교가 들어오면서 우리 민족이 갖고 있던 백샤먼계의 신앙은 흰색을 좋아하는 경향으로 생활의 저변에 가라앉은 채, 불교 미술의 영향으로 밝고 적극적인 색채감이 발달하였으니 불교의 단청과 회화, 섬세하고 유장한 선을 갖는 고려 청자가 그것이다. 이렇게 겉으로 드러난 미술은 화려했지만 민중들은 생활 속에서 백색 선호의 경향을 그대로 유지했으니, 삼베옷 등 흰옷을 즐겨 입었던 것이다.

삼베옷의 색깔이 누렇다고는 하지만 빨면 빨수록 더욱 하얗게 되는 것이요, 붉은 색을 좋아하는 중국 사람들의 눈에는 희끄무레하거나 하얗거나 모두 희게 보였을 것이다. 그런 관찰이 중국의 문헌에 남은 것이요, 조선 시대에 청복(靑服)을 장려하기 위해 국법으로 흰

우리 민족이 사랑한 가공하지 않은 흰 빛 백자상감연당초문대접

옷을 금지시키기도 했으나 소용이 없었다는 기록도 민중의 저변에 깔린 흰색 선호 사상을 입증해주는 사실이다.

한국인들이 흰 옷을 즐겨 입었던 것은 역사적으로 볼 때 민중의 생활이 그만큼 어려웠기 때문이라는 지적도 있다. 생활의 어려움 때문에 값비싸고 화려한 물감의 옷은 입지 못하고, 흰 옷만 입을 수밖에 없었다는 것이다. 그러나 그렇다고 해서 흰 옷에 그들의 슬픔을 담았다고는 할 수 없다. 그저 삼베나 무명이 많았으니까 삼베나 무명으로 옷을 해 입었으며, 물감을 구하기 쉽지 않으니까 굳이 물들이지 않고 있는 그대로의 색인 흰색으로 옷을 만들어 입었을 것이다. 조선은 유교 국가였기 때문에 귀족이 입는 옷과 평민이 입는 옷을 구별하기 위해 평민은 화려한 색의 옷을 입지 못하게 금지시켰고 그래서 흰 옷을 입게 됐다고는 하지만, 만일 있는 그대로의 자연색이 싫었다면 사람들은 흑색으로라도 물을 들여 입었을 것이다. 그러나 한국인들은 그냥 흰 옷을 입는 것을 더 좋아했다. 굳이 물을 들이는 것 자체를 싫어했던 것이다.

우리는 이러한 한국인들의 특성을 자연관에서도 엿볼 수 있다. 뜨락이나 정원의 경우 일본인들은 칼이나 가위로 나무를 죄다 잘라 인공적으로 형태를 만들고, 중국인들은 원형이나 사각형의 담 안에 흉측한 괴석을 갖다놓는 경향이 있다. 그러나 우리의 정원, 우리의 뜨락은 바람이 잘 통하도록 틔어 있고, 밖에서 안이 들여다보이도록 사립문으로 둘러쳐져 있으며, 바로 흙냄새를 맡을 수 있도록 돌과 나무를 자연스럽게 배치하고 있다.

이처럼 있는 그대로의 자연, 가공하지 않은 자연을 선호한 우리 민족이었기에 밝은 태양이 비치는 환한 세상에서 굳이 옷에 물들일 필요를 느끼지 않았던 것이다. 밝은 흰색 외에 달리 무슨 색이 필요하겠는가? 그것은 굳이 백색이라고 표현할 것이 아니라 자연색이라고 해야 할 것이다.

가공하지 않은 자연을 사랑한 한민족의 흰 빛

흰 빛을 지닌 것은 많이 있다. 하늘의 구름도 희고, 살빛도 희며, 얼굴에 바르는 분도 희고, 백자의 표면도 희다. 흰색은 이렇게 생활 속 여러 곳에서 볼 수 있다. 한국인들이 흰색을 좋아한다면 결국 한국인들이 살고 있는 자연 속에서 그 해답을 찾아야 할 것이다.

한국의 자연조건은 어떤가? 이웃하고 있는 중국, 일본과 대비해보면, 우리의 자연은 온난하지만 습도가 많고 비가 많아 음울한 편인 일본과도 다르고, 너무 넓어 한마디로 정의하기 어려운 중국과도 달라서 너무 습윤하지도 너무 건조하지도 않은 중간적인 기후에, 벌판이 너무 많은 중국과도 다르고 산이 너무 많은 일본과도 달라서 산과 들이 적당하게 갖춰져 있다. 너무 습윤하지 않기에 일본인들처럼 매일 목욕을 하지 않아도 되고, 너무 건조하지 않기에 중국인들처럼 온통 웃통을 벗어버리고 벌거벗은 채 거리에 나오지 않아도 되는 것이다. 우리의 자연은 지나친 인공을 필요로 하지 않는다. 그저 있는 그대로도 웬만큼 갖춰져 있기 때문에 많은 꾸밈이나 장식이 필요치 않았던 것이다.

이러한 자연조건 속에서 살아온 사람들이었기에 무명이건 삼베건 명주건 짠 그대로 사용하고 굳이 무늬를 넣거나 염색을 하지 않았던 것이다. 그렇게 높지 않은 산의 능선은 둥글고, 그 낮은 산 위로 둥근 구름이 흐르며, 강도 굽이굽이 곡선으로 흐르는데, 그런 자연 속에서 사람들이 사는 초가지붕의 선 또한 둥글지 않을 수 있겠는가? 중국에서 기와지붕 양식을 받아들이면서도 그 선은 중국처럼 너무 급하게 하늘로 치솟아 오르거나 일본처럼 직선으로 잘리는 것이 아니라 완만하고 날씬하게 상승하는 곡선이 되는 것도 그런 이유에서이리라. 자연에 대한 정감과 향수, 자연의 품안에 안기려는 어린아이와 같은 감정, 그런 심성으로 우리 민족은 자연은 손대는 것이 아니라는 일종의 신념과 사상을 형성해 온 것이리라.

 찔레꽃과 된장

"한국인의 백의에의 집착은 순수한 것, 본연의 것, 비장식적인 것에의 귀의를 뜻하고 있으며, 즐거움과 화려함을 나타내기 위해서도 한국인들은 그저 순수한 몇 가지 원색을 나열했을 따름이다. 그러나 이 가미 없는 단순한 용색(用色)과 배색(配色)이 조화를 이루고 있는 것은 그것이 근본 정신이나 법칙에 있어서 하늘에 걸쳐진 무지개와 상통하고 있는 그 무엇이 있기 때문이 아닐까?"

순수한 것, 본연의 것, 무장식적인 것에의 귀의를 추구한 한민족 그 마음을 보여주는 백자병

– 김원용 「한국의 미」 중에서

사랑방 탁자 위에 놓여 있는 백자 항아리나 접시, 필통의 형태를 보라. 보는 이에게 지극히 안정되고 편안한 느낌을 주지 않는가? 누가 볼세라 자신의 광채를 안으로 숨기며 다소곳이 앉아 있는 그 모습. 대리석처럼 차갑지 않고, 항상 따뜻한 체온이 흐르는 듯, 막걸리처럼 구수한 맛을 풍기는 백자, 그것은 홍사중 씨의 표현을 빌리면 시골길을 걷다가 먼지를 뒤집어쓴 할아버지의 땀 밴 흰 두루마기 같고, 첫 아이에게 젖을 물린 채 꾸벅거리는 새댁의 새큼한 젖내가 나

는 흰 무명 적삼과 같다.

양풍(洋風)이 몰려오기 전까지 일본에서 백색은 상복의 빛깔이었다. 그러한 문화 속에서 자란 일본인이기에 야나기는 흰색에서 우리 한국인과 달리 슬픔의 의미를 느꼈던 것이리라. 어찌 보면 그것은 오히려 중세와 근세를 봉건 영주들의 전란 속에서 보내며 언제나 불안한 삶을 누려야 했던 그들 일본 농민 계급들의 슬픔을 은연중에 드러낸 것인지도 모른다. 셉부꾸(切腹)를 위해 배에 감던 흰 천에서 연상되는 슬픔일지도….

슬픈 역사라는 선입견을 지워버리고 우리의 백자를 다시 보면 거기에서는 비애라는 것이 도무지 느껴지지 않는다. 정숙한 백자에는 한국인들의 정적(靜的)인 아름다움이 스며 있되, 슬픔과는 전혀 관련이 없다.

색이 많지 않은 우리의 단색성(單色性)은 적조미(寂照美)와 통하고, 그 전통은 우리 현대 미술의 큰 특징 중의 하나로 지적 받고 있는 모노크롬(단색성을 뜻하는 서양식 용어)으로 이어진다고 볼 수 있는데, 이것은 오랜 세월 생활 속에서 쌓여진 것이기에 실은 단순한 한 가지 색이 아니라 복합된 색이다. 일견 단순해 보이는 흰색이지만 그 속에는 누룽지와 숭늉의 맛이 녹아 있고, 막걸리의 텁텁함이 뒤엉켜 있으며, 참기름의 고소함이 스며 있는 것이다. 마치 일곱 빛깔 무지개색이 합쳐져 흰빛이 되고, 흰빛은 일곱 가지 색을 아우르고 포괄하는 지고의 빛이 되듯이.

온화한 자연조건 속에서 몇천 년을 살아온 한국인들은 위대한 자연주의자로서의 전통을 쌓아왔다. 그렇기에 장식보다는 무장식을, 인공보다는 있는 그대로의 자연을 더 좋아했으며, 인공을 가한다 하더라도 인위 이전의 자연의 세계를 그대로 보여줄 수 있는 정도에 그쳤다. 자연에 대한 애착과 순응과 수용, 이것이 한국 민족의 특징이요, 한국 미술의 본질이기에, 한국인들은 전통적으로 있는 그대로의 색, 백색을 좋아했던 것이다.

야나기는 무력으로 이웃나라를 삼킨 나라의 국민으로서 이웃나라 조선에 대해 한없는 죄책감을 느꼈기에 한국의 흰옷, 한국의 백자에서 정복당한 사람들의 슬픔을 느꼈는지 모르지만, 한국인들에게 백색은 평화와 순결, 자연과의 동화를 상징하는 것이며, 자연스런 감정의 표출일 뿐 결코 슬픔이 아닌 것이다.

대지를 뒤덮는 흰 눈에서 보듯 백색은 자연이 인간에게 주는 가장 깨끗한 선물이다. 그것을 우리 한민족은 가장 사랑하는 것이니, 이제 더 이상 한국인들의 백색에서 슬픔은 보지 말자.

무정형에서 찾는 자유

청중과 소통하는 음악

판소리와 산조, 사물놀이 등 우리나라를 대표하는 음악의 특징은 음 높이나 길이, 음빛깔, 음의 감정을 악보에 적힌 대로 보고 배워서 연주하는 것이 아니라 입에서 입으로, 마음에서 마음으로 전해진 것을 바탕으로 연주를 한다. 이런 것을 두고 서양 음악에 익숙한 사람들은 객관화, 계량화가 안 되었기 때문에 채보법이 발달한 서양음악에 비해 열등한 것이 아닌가 생각한다. 그러나 과연 그런가?

서양 음악의 경우는 악보에 따라 정확히 연주하기 때문에 누가 연주하더라도 평균적인 음악을 연주할 수 있다. 그러나 베토벤의 피아노 협주곡 1번을 연주하는 사람이 제2악장의 제1주제를 연주하기 시작했을 때 청중이 재미없다고 느낀다 하더라도 적힌 대로 계속 연주해야 한다. 청중이 지루해한다고 제1주제를 하다가 끊고 제2주제로 넘어가거나 발전부나 재현부를 건너뛸 수 없다. 청중의 반응이 좋다고 어느 악장을 한 번 더 연주할 수도 없다.

국악 연구가인 전인평 선생은 그의 저서 「국악 감상, 한국 음악의 멋」에서 서양식의 이런 음악을 일방통행식 음악이라고 정의한다. 청중이 좋아하건 싫어하건 일단 시작하고 나면 정해진 코스대로 끝까지 갈 수밖에 없고, 끝이 나야 청중의 박수의 열기로 청중과의 교감 정도를 알 수 있다. 그야말로 일방통행이고, 음악이 연주되는 동안 청중들은 아무런 의사 표시도 못하고 무조건 듣고 있어야 하는 음악이라는 것이다.

그러나 우리의 음악인 판소리나 사물놀이 등은 청중의 참여를 기본 전제로 한다. 예를 들어 춘향과 이몽룡의 애간장을 녹이는 기막힌 이별 장면이라면, 진한 슬픔을 잘 묘사하면 묘사할수록 청중은 연주자에게 칭찬의 표시를 진하게 한다. “좋다!”, “얼씨구!” 등의 추임새는 음악가와 청중 모두를 음악에 몰입시키는 가교로 작용한다. 청중들의 추임새가 없으면 음악이 성립되지 않는다.

또한 악보를 그대로 따라하는 대신 음악을 마음으로 배우고 또한 매순간 새롭게 재해석해 내기 때문에 형식에 얽매이지 않는다. 우리 판소리는 배울 때부터 아무리 뛰어난 명창이 부르더라도 똑같이 따라하는 것은 금기로 해왔다. 그래서 자기 나름대로의 경지를 개척하는 것을 당연하게 생각해왔고, 그렇기에 청중과의 교감 정도에 따라 소리나 장단을 취사선택할 수 있고 시간도 조절할 수 있으며 심지어 새로운 음을 첨가하거나 줄이거나 해서 청중들과 느낌을 나눌 수 있다. 이렇게 본다면 음악의 만족도 면에서 어느 쪽이 더 낫다고 하겠는가?

기계적이고 일방통행식인 서양 음악이 한계에 다다르자 새롭게 주목한 것이 동양 음악의 바로 이러한 요소였다. 한 사람이 두 시간, 아니 원한다면 몇 시간이라도 할 수 있는 인도의 '라가'나 우리나라의 판소리 같은 것이 그렇다. 바로 공연자와 청중이 하나가 되는 방식이며, 판에 박힌 스타일이 아닌 유연하고도 청중과 함께 하는 음악이다.

한을 씻어내는 씻김굿으로서의 판소리

우리는 한(恨)이 많은 민족이라고 말한다. 하지만 우리 민족 개개인의 얼굴을 자세히 보라. 그 맑은 눈동자 어디에 어둡고 슬픈 구석이 있는가? 세계에서 한국 사람들처럼 술 잘 먹고 잘 떠들고 노래 잘하며 노는 민족이 어디 있는가? 그런 민족이 어떻게 한이 많은 민족인가? 그런 민족이 어떻게 슬픈 민족인가? 술 잘 마시는 사람 중에 마음이 어두운 사람이 있던가? 노래 잘 부르는 사람 중에 악인이 있던가?

물론 우리의 얼굴에 드리워진 그림자의 존재를 완전히 부인하지는 못할 것이다. 우리는 역사 속에서 숱한 고난을 겪어왔기 때문이다. 수많은 외침과 항전의 세월 속에서 백성들은 배가 고팠을 것이며, 권력의 방망이 앞에서 비통한 한숨을 쉬었을 것이고, 양반과 문벌의 위세 앞에서 고통의 피눈물을 흘렸을 것이다. 그것도 기름진 평야 지대에서 고된 노동으로 얻은 결실을 양반과 벼슬아치들에게 모조린 빼앗긴 경험을 가진 호남지방에서 가장 그랬을 것이다. 그래서인지 그들의 땅에 가면 빠르고 경쾌한 노래보다 길고 늘어진 노래가 많고 구성진 가락이 많다. 그들의 역사가 이 같은 가락을 끌어내었던 것이리라.

판소리의 발원이 되는 춘향가는 남원 지방의 씻김굿인 '춘향무굿'에서 시작됐다고 하는데, 씻김굿이야말로 그들의 한을 씻어내는 공동의 의식이었을 것이다. 춘향은 원래가 절세미인이 아니라 박색이었으며, 서울 간 이 도령은 마음이 변해서가 아니라 가세가 기울어 도저히 남원으로 춘향을 다시 찾아올 수 없었고, 기다리던 춘향은 애절한 한을 품고 세상을 떴으며, 그 뒤 그 한이 맺혀 남원 지방에 흉년이 계속 들어, 그 한을 씻기 위해 춘향무굿이 생겨났다. 그런데 그 과정에서 씻음굿은 춘향을 절세미인으로 바꾸고, 이 도령을 금의환향하게 만들어 춘향과 영광의 재회를 하게 함으로써 춘향, 아니 모든 사람들의 한을 씻어내었던 것이다.

그러한 무속적인 씻음의 의식이 천재적인 재능인들에 의해 말로 바뀌고 보태지고 색깔이 덧칠해져 이번에는 무속이 아닌 소리로 씻어내는 이른바 '판소리'로 발전했을 것이다. 우리는 그러한 재능인들이 호남이라는 땅에 많고, 호남이라는 땅이 그들을 길러왔다는 사실을 지나치면 안된다.

단순히 씻음을 잘 한다는 측면만이 아니라 짧은 사설로 그치지 않고 길고 긴 이야기를 흥미진진하게 끌고 가며 온갖 웃음과 눈물을 맛보게 하다가 마지막으로 속을 후련하게 만드는 그 기막힌 솜씨는 또 어떠랴? 다른 지방의 노래들이 길어야 반 시간이 안 되는 데 비해

완창에 몇 시간이 소요되는 마치 대하소설과도 같은 이 판소리는 단편소설만이 횡행하던 문단에 갑자기 톨스토이나 도스토예프스키 같은 대하소설가가 나타난 것과도 같다.

그렇게 긴 시간 동안 모든 원이나 한을 씻고 나면 진실로 후련하고 속시원해진다. 그 씻음, 완전한 씻음의 다음에는 지고(至高), 지순(至純)의 경지가 기다리고 있는 것이다. 진짜 소리는 그것을 가능하게 한다. 그럴 때 그 소리는 진정한 예술이 되는 것이다. 그리고 그 예술을 터득한 사람들은 영욕이 교차하는 운명의 갈림길에서조차 세속의 영화보다는 예술의 참 맛을 택해왔다.

판소리 춘향가를 두 번째로 이어준 명창 권삼득의 경우가 그 좋은 예이다. 양반 명문가의 자제로 태어나 유학을 통한 입신양명의 길이 있었음에도 자신이 터득한 예술의 경지를 끝내 외면할 수 없어, 집안사람들이 양반 가문의 수치라며 죽인다고 하는데도 차라리 죽을지언정 소리를 그만둘 수 없다며 자신의 죽음 앞에서 마지막으로 부른 판소리 춘향가의 ‘십장가’, 그 비장한 애조가 집안 어른들 모두의 마음을 감동시켜, 죽이지 않고 문적(門籍)에서 박탈하여 추방하는 것으로 대신했다는 그 일화에서, 우리는 다시 참 예술의 힘을 알게 된다.

한 판의 판소리 ‘서편제’ 의 힘

영화 ‘서편제’ 는 한 판의 판소리이다. 이 영화가 판소리를 다루고 있어서가 아니라 영화 자체가 한 판의 판소리이기 때문이다.

이 영화는 우선 기존의 한국 영화, 기존의 임권택 감독의 영화에

 찔레꽃과 된장

비해 재미있다. 여기서 재미있다는 말은 '장군의 아들' 처럼 흥미가 만점이라는 뜻을 넘어 가슴에 파고드는 그 무엇, 처음부터 끝까지 사람들을 붙잡고 놓지 않는 그 무엇이 있다는 뜻이다. 그것은 상당히 끈적끈적한 어떤 것, 처음에는 아주 느릿느릿 진양조로 시작되어 점층되는 긴장으로, 마치 산

서편제는 영화자체가 한 판의 판소리이다. 서편제 앨범 자켓

조의 마지막 휘몰이에까지 이르는 과정을 느끼게 해주는 것이다.

그것은 아마도, 한을 넘어서야 한다는, 굉장히 쉬운 것 같으면서도 자칫 부처님 말씀에 그칠 수도 있는 그 메시지를 위해서, 전 줄거리가 긴장감 있게 짜여 있기 때문이리라. 이 영화가 긴박감은 없으되 긴장이 있고, 급박함은 없으되 늘어지지 않고, 소리치지 않는데도 졸리지 않는 것은 그러한 극적인 짜임새 때문이라고 여겨진다.

그 짜임새는 세 가지 측면에서 볼 수 있는데, 첫째는 원작의 문제요, 둘째는 각본의 문제, 세 번째는 영화로 구워냄의 문제이다.

이청준의 원작을 읽은 사람은 그리 많지 않겠지만 원작을 읽지 않아도 원작 자체가 짜임새가 있을 것이란 짐작은 그리 어렵지 않다. 영화에서 원작의 분위기나 구성이 느껴지기 때문이다. 그러나 소설이 아무리 짜임새가 있다고 해도 소설은 어디까지나 소설이다. 원작이 좋다고 영화도 좋다는 등식은 성립되지 않는다.

여기서 각색을 하고 주인공을 맡은 김명곤이란 인물에 주목하지 않을 수 없다. 제법 길고 사설이 많았을 원작을 이만큼 순탄하고 군 더더기 없이 영화로 재구성하기란 쉬운 일이 아니었을 것이다. 김명 곤은 주인공으로서도 만만치 않은 창 솜씨를 보여주어 그의 능력을 새삼 과시했는데, 이 영화는 확실히 김명곤이란 소리에 미친 한 '꾼' 에 대한 스포트라이트라고 해도 과언이 아니다.

그러나 그 모든 공을 넘어 가장 중요한 것은 역시 어떻게 영화로 구현해냈는가 하는 것이다. 우선 언급해 둘 것은 그동안 이상하게도 소리를 주제로 한 영화가 없었다는 점이다. 영화는 모든 예술 형태 가운데 가장 다양하고 감동이 큰 영상매체로서, 영화에서의 영상은 단순히 화면만이 아니라 음향, 음악 등 소리를 동반하는 것이라, 외 국의 경우 이른바 뮤지컬이란 형태가 몇 년에 한 번씩 큰 히트를 하 고 있다. 그런 사실을 감안하면, 우리 영화계가 소리를 정식으로 다 룬 영화를 내놓지 않았다는 사실은 의외일 수밖에 없다. 그런 점에 서 서편제는 우리 영화계가 한 번쯤은 다루었어야 할 영역을 다룬 영화이다.

영화 서편제는 확실히 소리를 새로운 각도에서 보고, 새로운 마음 으로 듣게 한다. 영화를 통해 듣는 판소리는 웅장하고 유장하고 강 하고 부드럽고 억세고 질기고 포근하고 거칠고 흐느끼고 웃고 성내 고 노여워하고 미소짓는다. 그것은 시냇물이었다가 강물이었다가 폭포수였다가 도랑물이었다가 호수였다가 바다가 되며, 고요하다 가 살랑이다가 찰랑대다가 일렁이다가 휘몰아치다가 다시 고요해 진다. 평소 판소리를 지루하다고 생각하여 라디오에서 판소리가 나

 찔레꽃과 된장

오면 일초도 안 돼 다이얼을 돌리던 사람들에게 영화 서편제의 판소리는 너무도 잘 들린다. 들리는 것뿐 아니라 어느새 조용히 귀를 뚫고 가슴까지 들어와 있다. 그리고는 오랫동안 잊었던 혈관 속의 뜨거운 피의 흐름을 다시금 느끼도록 해 주는 것이다. 영화에서는 전문적인 음악용어가 나오지 않지만 장단이라는 것, 목을 다스린다는 것, 분위기를 만들어 낸다는 것 등 판소리의 언어에 조금은 입문하는 느낌이 들게 만들고, 인간의 목소리가 가장 훌륭한 악기라는 사실을 남의 나라 노래가 아닌 우리의 노래로 인식할 수 있게 한다. 그리고 그 소리는 우리의 가슴을 시원하게 쓸어내려 준다. 그것은 어머니의 약손이고, 복통에 먹는 모르핀이다. 이 영화는 기존의 어떤 교육매체도 언론도 하지 못한 판소리 교육을 순식간에 해낸 것이다. 그러한 '소리' 야말로 이 영화를 기존의 임권택 영화보다 훨씬 재미있고 매력 있게 만든 요소이다.

이 영화는 여러 가지 면에서 임권택의 종전의 회심작이자 실패작인 '개벽' 과 대조가 된다. '개벽' 과 '서편제' 는 감독도 촬영도 같다. 영화의 흐름도 비슷하다. '개벽' 에서는 끊임없이 도망가는, 그러면서도 정신의 새벽을 열어가려고 몸부림치는 동학의 2대 교주 최해월의 발자취가 전편을 누빈다면, '서편제' 에서는 소리의 최고 경지를 얻기 위해 편안함도 명예도 팽개치고 끊임없이 전국을 헤매며 자신의 이상을 실현하기 위해 심지어는 의붓딸의 눈까지 멀게 하는 비정(非情)의 인간상이 전편을 누빈다. 두 영화가 다 어디론가 끊임없이 떠나는 장면이 주조를 이루며 구원의 이상을 구현하는 인간의 몸부림을 표현하고 있다.

그런데 '개벽'은 흥행에 실패했고 '서편제'는 성공을 했다. 그 차이는 어디에서 온 것일까? 아무리 주제가 좋아도 그것을 전달하는 능숙한 이야기꾼의 솜씨가 없으면 어려운 것이 아닌가 싶다. '개벽'에서는 해월의 존재가 너무 절대화되어 일반인들의 심정적인 접근과 이해를 막았다. 각본을 쓴 김용옥 교수가 자신의 이상에 너무 도취되었던 것은 아닌가 싶은데, 당시 해월을 따라다니며 잡으려 했던 포졸의 입과 눈을 통해 해월의 생애를 조명했더라면 관객이 접근하기가 훨씬 쉬웠을 것이라는 생각이 든다. 그런데 '서편제'의 경우는 동호라는 사람이 아버지 유봉과 누나 송화를 소개하고 있는데, 그것이 관객들을 자연스럽게 판소리의 예인들에게 인도해준다. 유봉의 경우 자기 딸의 눈을 멀게 한다는 지극히 비인간적인 상황을 만들어내는데도 불구하고 해월의 보편애보다 더 이해를 얻는데, 그 이유는 그 세계를 이해하고 설명해주고 연결해주는 무당 혹은 영매(靈媒)로서의 존재, 즉 동호가 있었기 때문이 아닌가 하는 것이다.

그러나 그보다도 중요한 것은 앞에서도 언급한 '소리'이다. 이것이 영화의 긴장의 끈을 잡아주고 있었기에, 스토리의 유장함을 버틸 수 있었던 것이다.

여기에 덧붙여 이 영화에 등장하는 또 하나의 '소리'에 대해 언급하지 않을 수 없다. 그것은 김수철이란 또 하나의 재능인에 의해 만들어진 극히 절제된 두 곡의 음악이다. 그 두 곡의 음악이 영화 속에서 사람의 목소리가 만들어내는 '소리'를 살려주고 받쳐주고 있었다. 서양 음악에 이미 귀가 굳어진 청중들을 위해 그가 관현악을 토대로 그 위에 대금, 소금, 아쟁 등 국악기의 소리를 얹어 국악의 범주 또는 한계를 넘어서는 '소리'를 만들어내었다는 것은 특기할 만하다. 물론 너무 선율적이라든가 관악기의 효과적인 배합이 아쉽다는 등의 서운함이 있기는 하지만, 영화에서 반복적으로 들려주는 단 두 곡의 음악이 짙은 인상과 함께 극중의 정서를 절묘하게 받쳐주었다.

우리는 정녕 한이 많은 민족일까? 그럴지도 모른다. 그러나 중요한 것은 한이 많다는 사실보다도 우리가 그 한을 넘어서는 방법을 터득하고 있다는 것이다. 꼭 판소리가 아니더라도 우리는 한의 씻음을 어떻게 해야 하는지를 알고 있다. 그래서 우리네의 얼굴은 맑고 밝고 깨끗하다. 판소리를 들어서도 그렇고 좋은 영화 한 편을 보아서도 그렇다.

한의 고개를 넘어서 보면 거기에는 광명의 경지가 있다. 초월의 힘이 있다. 그 힘은 예술의 힘이기도 하다! 그래서 우리는 '서편제' 같은 영화를 다시 기대하는 것이다. 우리의 가슴을 어루만져주는 위대한 영화를 말이다.

동양에서 가장 아름다운

에카르트가 본 것

우리나라가 일제에 합병되던 시기인 1909년부터 1928년까지 20년 동안 우리나라에서 선교사로 활동한 안드레아스 에카르트 신부는 고국인 독일로 돌아가 신부직을 버리고 환속한다. 그리고 다음해인 1929년 「한국 미술사 : Geschichte der Koreanischen Kunst」를 펴낸다. 독일어로 된 이 책은 8·15 광복 이전에 한국 미술을 일본어 이외의 외국 언어로 소개한 최초의 책으로(같은 해 이 책을 영어로 번역한 「History of Korea Art」도 런던에서 발행되었다), 한국 미술의 특성을 서구 사회에 처음으로 본격 소개함으로써 해방 전까지 세계인들이 한국 미술의 아름다움을 객관적으로 이해하는 데 중요한 역할을 하게 된다.

삼국 시대부터 한말까지의 미술을 건축, 조각, 회화 등 여섯 부분으로 나눠 서술한 이 책에서 에카르트는 단순성을 한국 전통 미술의 가장 기본적인 특징으로 강조하였다.

"조선 사람들은 동양에서 가장 아름답고 또 고전적인 미술품을 만들었다. 이렇게 강조하는 것은 결코 지나친 말이 아니다. 과장하거나 왜곡된 것이 많은 중국 미술이나, 감상으로 치닫거나 지나치게 형식에 얽매이는 일본 미술과는 다르다."

그는 동양 3국의 미술관의 차이를 이렇게 아주 간단, 극명하게 표현하였다. 그런 그의 미술관을 대표하는 상징적인 건축물이 바로 종묘다.

종묘는 비록 중국에서 비롯한 제도에 따라 지은 건축이지만, 건축 내용에서 중국의 태묘와 다르다. 북경(北京)에 있는 명청(明淸) 시대 중국의 태묘는 건축 구성이 복잡하고 장식은 번쇄하고 화려하다. 반면, 우리나라 종묘 건축은 고도로 절제되고 생략된 기법으로 일관되어 있다. 꼭 필요한 장식만 존재하고 단청(丹靑)도 색채와 문양 사용을 극히 절제하였다. 묘정(廟庭)을 구성하는 건축 요소들 역시 극히 간략하고 단출하다. 이러한 구성, 장식, 색채의 간결함과 단순함으로 해서 종묘를 방문하는 이들은 이곳에서 존엄함의 극치를 맛보게 된다. 그러기에 종묘는 1995년 12월 독일 베를린에서 열린 유네스코 세계유산위원회 정기총회의 정식 의결을 거쳐 세계문화유산

(World Heritage List)으로 등록 된 것이다.

　종묘의 건축학적 아름다움을 더욱 빛나게 하는 것은 이곳에서 연주되는 종묘제례와 종묘제례악이다. 1969년부터 매년 5월 첫째 일요일에 종묘제례가 재현되고, 이 제사에서 종묘제례악이 연주된다. 조선 왕조 시대에 종묘제례는 봄, 여름, 가을, 겨울 네 계절의 첫달과 일년의 마지막 달인 섣달 등에 모두 다섯 번 올렸지만, 6.25 전쟁으로 중단되었다가 일년에 한 차례 하는 것으로 다시 살아났다. 종묘제례는 조상 신령을 맞이하는 영신례에서 시작해서 신령에게 폐백과 제물을 올리고 세 번의 잔을 올린 뒤 제기를 거두고 신령을 보내는 여덟 가지의 절차로 구성되어 있는데, 이 전 과정이 중요무형문화재 56호로 지정 보호되고 있다. 그런데 이 제례 때 연주되는 음악, 곧 종묘제례악은 중요무형문화재 1호로 지정돼 있어 이채를 띤다. 정부가 1964년 중요무형문화재를 지정할 때 가장 중요하게 생각한 것이 바로 종묘제례악이라는 이야기다.

　종묘제례악은 각 제례의식의 절차마다 보태평(保太平)과 정대업(定大業)이라는 두 음악을 연주하고 이 때 조상의 공덕을 찬양하는 내용의 노래(악장: 樂章)을 부른다. 보태평(保太平)은 조선조 왕들의 문덕(文德)을 찬양하는 음악이고 정대업(定大業)은 왕들의 무공(武功)을 칭송하는 음악이다. 음악이 연주되는 동안에는 선왕들의 문덕을 기리는 춤(보태평지무: 保太平之舞)과 찬양하는 춤(정대업지무: 定大業之舞)이 곁들여진다. 즉, 성악과 기악, 춤이 어우러지는 종합예술

 찔레꽃과 된장

성악과 기악, 춤이 어우러진 종합예술 종묘제례악

종묘에서 종묘제례악을 연주하는 모습

로서, 세계에서 보기 드문 궁중음악의 걸작인 것이다.

이 종묘제례악은 종묘제례와 함께 2001년 5월 18일 유네스코의 '세계무형유산걸작'으로 선정되었다. 그러므로 종묘는 건축뿐 아니라 이곳에서의 제사와 제사음악까지가 모두 인류의 문화유산이 된 것이다.

그런데 이처럼 종묘가 인류의 문화유산이 될 수 있었던 데는 조선시대 두 명의 왕이 결정적인 역할을 하였다. 첫 번째는 우리가 잘 아는 세종대왕, 두 번째는 조카 단종을 살해하고 왕위에 오른 것 때문에 이미지가 좋지 않은 세조이다.

태조 이성계는 나라를 새로 연 뒤 조상과 토지신을 제사지내기 위해 종묘와 사직단을 세웠다. 이 때는 종묘제례악으로 당악(唐樂: 중국의 궁정연회에서 사용하던 중국의 음악)과 아악(雅樂: 우리의 궁중 의식에 사용하던 중국 음악), 향악(鄕樂: 우리나라의 음악)을 썼다.

그런데 즉위한 지 7년째를 맞은 1425년 세종대왕은 친히 종묘에 제향하고 환궁하면서 이조판서 허조(許稠)에게 이른다.

"…종묘대제에 먼저 당악과 아악을 쓰고 겨우 종헌(終獻)에서야 향악을 쓰니 어이된 일인가? 아악은 본시 우리나라 음악이 아니고 실은 중국 음악이다. 중국 사람이라면 평일에 들어 익숙하게 들었을 것이므로 제사에 연주하는 것이 마땅할 것이지만, 우리나라 사람들은 살아서는 향악을 듣는데 죽어서는 아악을 듣게 되니 어찌 된 셈인가? 앞으로는 조고 신령(祖考神靈)께서 생시에 익히 들으시던 향악으로 아뢰게 하는 것이 어떠할지 맹사성

(孟思誠)과 의논하라."

　그러자 세종 자신이 발탁한 당대의 최고 중국 음악 이론가 박연(朴
堧)과 유신(儒臣)들의 반대가 일어났다. 세종은 이를 무릅쓰고 스스
로 작곡을 강행하여 마침내 10년 후인 1435년 우리의 향악으로 된
'보태평(保太平)' 11곡(曲)과 '정대업(定大業)' 15곡을 만들어내는
데 성공했다. 그러나 세종 때에는 이 음악을 곧바로 종묘제례에 쓰
지는 못하고 궁중에서 연회를 할 때에만 사용했다.

　세종과 문종의 사후 조카 단종을 둘러싼 피비린내 나는 정권 싸움
에서 승리한 세조는 즉위 6년을 맞은 서기 1460년, 비로소 국정의 구
석구석을 세밀히 챙기기 시작한다. 어릴 때부터 누구보다도 음악에
비상한 재질을 보인 세조는 이 때 그 자질을 유감없이 발휘하여 우
선 음악기관의 정비와 악곡의 정리에 나선다. 조선 전기의 음악기관
은 건국 초기에 종묘제례악의 악기 연주를 관장하던 아악서와, 종묘
제례악 등가(登架: 대뜰 위에서 연주하는 음악)의 노래와 임무를 맡은
봉상시(奉常寺), 연향에 쓰이는 당악과 향악의 연주 활동을 맡은 전
악서, 음악 이론 연구와 악복 및 의례의 고증과 악서 편찬을 맡은 악
학(樂學), 악공과 무희의 실기 연습을 맡은 관습도감(慣習都鑑) 등 다
섯 기관이 있었다. 세조는 이것들을 장악서와 악학도감으로 정비하
고 다시 장악서로 통합한다. 이 통합 과정에서 고려 시대부터 맹목
적으로 가장 중요한 음악으로 여겨져온 당악, 곧 중국의 음악을 담
당하던 별도의 부서를 없애고 향악과 합침으로써 중국 음악의 조선
음악화가 가속화될 수 있었다.

이런 작업과 함께 세조는 기존의 음악도 재정비한다. 평소 종묘제례악에 대해 아버지 세종과 같은 생각을 해온 세조는 "'정대업'과 '보태평'은 그 성용(聲容)이 성대하므로 종묘에 쓰지 않음은 가석(可惜)하다."라고 말하고 최항에게 명하여 세종이 지은 음악을 간추려 새로 짓게 했다. 15곡의 정대업은 11곡으로 축소되었고, 대대적인 편곡 작업이 이루어졌다. 그리고 1464년 개작이 완료되어 종묘제례악으로 채택되었다. 그러므로 본래 조선의 음악을 새로 많이 만든 것은 세종이되 이를 국가 의식에 맞게 재편한 것은 세조이며, 기존의 왕실 연회 음악이었던 '보태평'과 '정대업'을 종묘제례음악으로 거듭 태어나게 한 것도 세조였다. 그리하여 500여 년이 지나 현대에 인류의 문화유산으로 당당히 등극하기에 이른 것이다.

결국은 한국적인 것

세조가 음악에 비상한 재주를 타고났음은 여러 군데에서 확인된다.

세종 11년인 1429년 9월, 세종은 세조에게 명하여 안평대군, 임영대군과 더불어 음악을 배우도록 하였다. 평소 안평대군은 그 성품이 화려한 것을 좋아하였고, 임영대군은 본래 음률(音律)에 밝았기 때문에 모두 즐겨 배웠으나 세조는 궁마(弓馬)에 뜻을 두고 무인들과 어울려 힘을 겨루는 데 더 관심을 보여 음악에는 별로 소질이나 관심이 없는 듯 보였다. 그런데 아버지 세종이 거문고를 탄다는 말을 듣고 (아마도 아버지에게 잘 보이려고 했는지) 곧 배우기 시작하였다.

어느 날 안평대군, 임영대군이 같이 있는 자리에서 전문적으로 배우지 않은 세조가 향금(鄕琴)을 연주하는데, 동생들이 따라가지 못했다고 한다. 또 세조가 일찍이 가야금(伽倻琴)을 타니 세종이 감탄하여 이르기를, "진평대군(세조)의 기상으로 무슨 일인들 이루지 못하겠는가?" 하고, 또 말하기를, "진평대군이 만약 비파를 탄다면, 능히 쇠약한 기운도 다시 일게 할 것이다." 하였다.

세조가 또 일찍이 피리(笛)를 부니 자리에 있던 모든 종친(宗親)들이 감탄하지 않는 자가 없었고, 학이 날아와 뜰 가운데에서 춤을 추니 금성대군이 나이가 바야흐로 어렸는데도 이를 보고 홀연히 일어나 학과 마주서서 춤을 추었다고 한다.

1441년 10월에 문종이 세조 및 여러 아우들과 같이 밤에 앉아 있는데 퉁소(簫) 소리가 나더니 바람결에 삽연하게 두 번이나 들려왔다. 이를 듣고 세조가 곧바로 "협종(夾鍾)의 청조(淸調)이다"라고 그 곡을 알아맞혔다. 형 문종이 "누구일까?" 라고 궁금증을 표시하자 세조는 곧바로 "귀신의 소리입니다"라고 답하였다. 문종이 "어찌 아느냐?"라고 물으니 세조가 말하기를, "나는 천하의 극(極)을 부는 터인데도 유빈(蕤賓)의 청조(淸調)를 감히 넘지 못하는데, 이는 협종(夾鍾)의 청조이면서도 상이(上二)에서 또 여유가 있으니 이는 임종(林鍾)의 청조입니다. 또 그 소리가 어지럽지 않고 떨리는 것이 더디지 않으며, 풍자(諷刺)를 용납하지 않으면서도 불평스런 뜻이 있으니, 이는 아마 와서 섬기려는 귀신일 것입니다."라고 하여 주위를 놀라게 했다고 한다.

이런 재능을 알았음인지 일찍이 세종은 문종에게 이르기를, "악(樂)을 아는 자는 우리나라에서 오로지 진평대군뿐이니, 이는 전후

(前後)에도 있지 아니할 것이다."라고 하였다고 한다.

세조는 평소에 말하기를 "고요하면서도 능히 당겨서 끌고, 약하면서도 능히 강한 것을 이기고, 낮아도 범하지 못하며, 태극(太極)을 보유하고 지도(至道)를 함축하며 조화(造化)를 운용(運用)하는 것이 곧 악(樂)의 공효이다."라며 음악의 역할을 인정하고 그 효능을 극대화하는 데 힘썼다.

세종이 정간보를 창안해 음의 고저와 장단을 처음으로 제대로 기록하게 되었는데, 정간보는 1행을 32간으로 질러 정(井) 자처럼 만들어 그 속에 율명을 기보하는 것이었다면, 세조는 그것을 개량하여 1행을 16간으로 하는 오음악보를 창안했다.

돌이켜보면 "우리나라 음악이 비록 진선(眞善)은 못 되나 중원(中原)에 비하여 부끄러움이 없을 것이다. 중원의 음악이라고 해서 또한 어찌 바르다고 하겠느냐?"라는 생각을 갖고 있던 세종이 용비어천가를 비롯해 여민락, 치화평, 취풍형, 보태평, 정대업, 창수곡, 경근곡 등 신악(新樂)을 만들었고 그 음악을 받아 세조가 혹은 거동음악으로 혹은 종묘제례악으로 확립함으로써 조선 왕조의 궁중음악은 500년을 이어오면서 세계적인 문화유산으로 우뚝 설 수 있었던 것이다.

음악을 만들어내고 연주하는 것은 음악가들의 몫이되, 그런 음악을 만들 사회 분위기를 조성하고 정책으로 구체화하고 실제 음악으로 확립하는 것은 정치지도자들의 몫이라고 할 수 있다면, 우리는 음악뿐 아니라 모든 문화예술의 발전에 정치지도자들의 예술에 대한 식견과 안목, 그리고 예술을 사랑하는 마음이 얼마나 중요한가를 조선의 종묘제례악을 중흥시킨 세종과 세조의 예에서 확인할 수 있다. 우리는 5천년의 긴 역사를 갖고 있다고 하나 옛 음악은 제대로 전승하지 못하여 모두 실전된 지금, 그나마 조선 왕조의 음악이 남아서 세계의 문화유산으로 대접받고 있다.

세종과 세조 대에 확립된 음악이 현대까지 전해 내려오기는 했지만, 이제는 새로운 우리 음악이 필요한 시점이 아닌가 싶다. 아직도 우리는 진정한 우리의 음악을 가지지 못하고 있어, 음악회엘 가면 온통 서양 음악 일색이고 외국 음악가들의 곡을 연주하는 것이 음악의 최고 가치인 양 외국 연주가들을 불러와서는 값비싼 입장료로 국민들을 현혹시킨다. 전통 음악은 고루한 음악으로 분류돼 우리의 현재 삶 속에 되살아나지 못하고, 그 간극을 파고 든 외국의 저급 대중 음악들이 우리 국민들의 심성을 어지럽히고 있다.

옛 지도자들은 "예(禮)로써 그 뜻을 인도하고, 악(樂)으로써 그 소리를 화(和)하게 하며, 정사(政事)로써 그 행실을 일정하게 하고, 형법(刑法)으로써 그 간사함을 막으셨다"고 했다. 동양의 고전인 「악기樂記」는 이처럼 국정, 곧 예 · 악 · 형 · 정(禮樂刑政)이 지향하는 극점(極點)은 하나라고 말한다. 이는 민심(民心)을 고르게 하여 다스리는 도(道)를 내는 방법이라는 것이다. 다산 정약용은 그의 글 「악론樂論」에서 "성인의 도(道)는 음악이 아니면 행해지지 않고, 제왕(帝王)의 다스림도 음악이 아니면 이루어지지 않고, 천지만물의 정(情)도 음악이 아니면 조화되지 않는다."고 하였으며, 그보다도 먼저 공자(孔子)는 "시로 흥취를 느끼고(興於詩), 예에 설 자리를 찾고(立於禮),

음악으로 인간의 삶이 완성된다(成於樂)."고 했는데, 그것은 올바른 음악이야말로 인간의 심성을 교화시켜 그의 삶을 완성으로 이끄는 것이란 가르침을 2천5백여 년 전에 이미 설파한 것이다.

정세근(충북대 교수)의 표현처럼 "'엽기토끼'에서 '엽기적인 그녀'까지 일본식 엽기(獵奇) 문화가 판을 치고, 할리 데이비슨 오토바이의 엔진 진동 소음을 틀어놓고 타악기를 연주하는 이 시대에" 올바른 음악과 사악한 음악을 구별하고 차별하는 것은 어려운 일이다. 피아노를 부수는 것으로 공연을 대신하고 가락이 아닌 읊조림과 외침으로 노래를 대신하는 이 시대에, 육체와 감각만 해방되었을 뿐 진정한 방향은 찾지 못하고 있는 것은 아닌지? 이리하여 우리의 예(禮)는 땅에 떨어졌다는 지적에도 달리 변명할 말이 없다.

우리 시대, 우리의 진정한 음악은 어떤 것이며 언제 누가 어떻게 만들어낼 수 있는가? 그것을 위해 우리 정치 지도자들이 세종, 세조와 같은 자질과 식견과 안목을 갖게 되기를 간절히 원한다.

당신은 누구인가?

무늬만 한국인인 사람들

문성모라는 목사님이 있다. 대전신학대학교 총장으로 재선된 분이다. 문 목사가 독일에 있을 때 대부분의 교인이 대학생들인 어느한인 교회에서 강연한 적이 있었다. 그때 문 목사는 한국의 엘리트라고 자처하는 그들에게 '한국인으로서의 자각을 위한 질문' 이라는제목 아래 다음과 같이 문제를 내었다.

1. 바하를 아십니까?　　　　　우륵을 아십니까?
2. 운명 교향곡을 아십니까?　　수제천을 아십니까?
3. 소나타 형식을 아십니까?　　도드리 형식을 아십니까?
4. 바이올린은 몇 줄입니까?　　거문고는 몇 줄입니까?
5. 오선보를 아십니까?　　　　정간보를 아십니까?

6. 평균율은 무엇입니까?　　　　　삼분손익법이 무엇입니
　　　　　　　　　　　　　　　　까?

7. '도, 레, 미, 파, 솔' 이 무엇입니까?　'황, 태, 중, 임, 남' 이 무
　　　　　　　　　　　　　　　　엇입니까?

8. 장조와 단조는 무엇입니까?　　　평조와 계면조가 무엇입
　　　　　　　　　　　　　　　　니까?

9.' 레시타티브' 는 무엇입니까?　　'아니리' 는 무엇입니까?

10. 고전파, 낭만파는 무엇입니까?　아악, 당악, 향악은 무엇
　　　　　　　　　　　　　　　　입니까?

11. 현악 사중주의 악기 편성은?　　삼현육각의 악기 편성은?

12. '겨울 나그네' 를 아십니까?　　'치화평(致和平)' 을 아십
　　　　　　　　　　　　　　　　니까?

13. '전람회의 그림' 을 아십니까?　'영산회상' 을 아십니까?

14. 가곡 '보리수' 의 가사를 아십니까?　가곡 '초수대엽' 의 가사
　　　　　　　　　　　　　　　　를 아십니까?

15. '카루소' 를 아십니까?　　　　'임방울' 을 아십니까?

16.' 로렐라이 언덕' 을 불러 보십시오.　'진도아리랑' 을 불러 보
　　　　　　　　　　　　　　　　십시오.

17. 당신은 독일 사람입니까?　　　당신은 한국 사람입니까?

　　5분의 시간을 주고 오른쪽에 있는 전통 음악에 관한 문제 중 3개 이상의 정답을 맞히는 사람에게는 선물을 주겠다고 했다. 5분이 흘렀다. 음악 애호가라고 자처하는 사람들이 많았던지라 왼쪽에 있는

 찔레꽃과 된장

서양 음악에 관한 질문에는 거의 다 답을 하였다. 그러나 불행히도 오른쪽에 있는 우리 전통 음악에 관한 물음에는 3개 이상을 제대로 답한 사람이 한 사람도 없었다.

바하라는 독일 작곡가는 알겠는데 우륵이라는 사람은 어느 나라에서 무슨 악기의 명인이었는지 생각이 가물가물하다고 했다. 거문고가 12줄이라는 사람도 있었고, 정간보라는 말은 들어본 적이 없다고 했다. 삼분손익법이 뭔지, 아니리가 무엇을 뜻하는지, 삼현육각이 무슨 소리인지 도무지 알 길이 없단다. '치화평'이라고 하니 무슨 중국집 이름이 아니냐고 묻는 사람도 있었다. '임방울'이라는 이름을 듣고는 말방울이 생각나는 모양이었다. 우리나라의 대표적 음악인 '수제천'이나 '영산회상'이라는 이름도 처음 듣는 사람들이 많았다고 한다. 그러니 '동창이 밝았느냐'로 시작되는 가장 기초적인 초수대엽의 가사도 모르는 것은 당연한 일이 아니었을까? 심지어는 '진도아리랑'을 불러 보라고 했더니 '밀양아리랑'을 부르는 사람도 있었다고 한다. 결국 모두가 자신 있게 맞춘 문제는 맨 마지막의 '당신은 독일 사람입니까, 한국 사람입니까?' 였다고 한다.

문성모 목사는 이 일화를 전하면서 말하기를 "당신은 독일 사람입니까? 한국 사람입니까?"라는 질문에 대해 모두 맞는 답을 썼지만, 한편으론 그 대답도 틀린 것 같다고 하였다. 분명히 한국 사람이라고 했으니 한국 사람이겠지만, 한국에 관한 것은 하나도 모르면서 어찌 한국 사람이라고 할 수 있겠느냐는 말이었다. 그 자리에 모였던 사람들은 자기 나라 음악에 대해 이렇게까지 무지했다는 사실에

놀랐다고 하지만, 참으로 얼굴이 화끈거릴 일이 아닐 수 없다.

몇 퍼센트 한국인?

그것은 독일에서만의 일이 아니다. 한국에 있는 우리는 어떤가?

우리는 검은 머리에 검은 눈동자, 속 쌍꺼풀이 진 눈을 갖고 있으며, 한국말을 쓰고, 세계에서 몇 안 되는 고유문자인 한글로 의사소통을 한다. 그런데 우리는 전통 음악보다는 서양 클래식이 더 우아하다고 생각하고, 미팅에서 만난 상대방이 쪽 찢어진 실눈이 아니라 크고 쌍꺼풀진 눈이어야 미인이라고 믿는다. 우리는 칠월칠석이 아니라 화이트 데이에 사랑을 고백하고, 연인들의 기념일에는 한식집보다는 근사한 레스토랑에 간다. 음악의 아버지는 바흐고 어머니는 헨델이라고 알고 있으며, 콜럼버스가 신대륙을 '발견했다'는 주장을 가감 없이 받아들인다. 우리가 본받아야 할 위인들은 링컨, 에디슨, 헬렌 켈러 등이고 영조나 정조, 장영실, 이천이 아니다. 서구 문명의 핵심인 기독교의 창시자 예수의 탄생이 우리의 연도인식의 기준이다. 늘씬한 다리와 오뚝한 코 등 서구적인 미에 얼마나 근접한가가 아름다움의 기준이다. 미국 영화에 나오는 남자들은 다 우리의 형제들이다. 한국인들이 영화에 나오면 어딘가 왜소하고 칠칠맞아 보인다.

과연 우리는 누구인가? 우리는 한국인이 맞는가?

그래도 한국인이라고 말하는 사람도 있을 것이다. 좋다. 그러면 과연 우리는 얼마나, 몇 퍼센트나 한국인인가?

우리나라에서는 초등학교 정도만 졸업했으면 '도레미파솔라시' 라는 계명을 모르는 사람은 없을 것이다. 만약 모른다면 아마도 머리가 대단히 나쁘거나 음악 시간에 딴 짓을 한 사람임에 틀림없다. 그런데 음악의 본고장인 독일에서 사람들에게 '도레미파솔라시' 를 아느냐고 물으면 거의 대부분이 모른다고 답한다는 것이다. 독일에서 '도레미파…' 라는 계명을 아는 사람은 나이가 아주 많이 드신 분들이나 음악을 전공하는 대학생 정도라고 한다.

지금 우리가 쓰고 있는 '도레미파솔라시' 라는 계명은 본래 처음부터 있었던 것이 아니다. 오늘날처럼 7음의 모양새를 갖추어 불리기 시작한 것이 1670년경부터이니 약 300년의 역사 밖에 안 된 것이다.

독일에서는 벌써 1650년대부터 이 계명으로 음악을 가르치는 일을 집어치우고 그 대신 독일식 음명 체(C), 데(D), 에(E), 에프(F) 게(G), 아(A)로 노래와 악기를 가르치고 있다. 18, 19세기에는 독일인들이 스스로 고안한 숫자 악보(Ziffernsystem)나 음어법(音語法: Tonwortmethode), 얄레법(Jale Methode) 등을 사용하기도 했다고 한다. '도레미파…' 의 계명으로 음악을 배우면, 처음 단계의 쉬운 음악에서는 편리한데 나중에 조(調)가 복잡해지고 무조성의 음악을 대할 때는 문제가 생긴다고 한다. 그러나 음명으로 처음부터 음과 음 사이의 간격을 생각하며 배운 사람들은 아무리 복잡한 조성의 음악도 능히 소화해 낼 수 있다는 것이다. 바로 이것이 음악사에서 독일의 음악들이 가곡 중심의 이탈리아를 누르고 서양 음악의 흐름을 주도하면서 마치 세계 음악의 대명사처럼 일컬어지게 된 이유일 것이다. 이탈리아에서 만들어진 개념을, 자신들의 입장에서 비판하고 자신들의 개념으로 재정립함으로써 그들의 음악 문화가 만개할 수 있었다는 것이다.

그런데 우리는 원래부터 가지고 있던 우리의 우수한 것도 자세히 들여다보지 않고 그냥 버렸다. 우리는 우리의 전통 음악이 대단히 단조로워서 하품을 일으키는 것으로만 생각했지, 그 속에 서양 것보다 더 자세한 옥타브 개념이 있는지를 알지 못했다. 우리 조상들은 우리 식의 고유한 음이름을 만들어서 사용했는데 이것이 바로 율명(律名)라는 것이다. 이 율명은 서양의 계명보다 한층 섬세해서 한 옥타브를 12개의 율(律)로 나누었으며, 그 나누는 방법은 '삼분손익법(三分損益法)'이라는 음계산출방법(音階算出方法)을 사용한다.

전통 음악에서 기준이 되는 음, 이를테면 이탈리아 음악의 라(A)에 해당하는 음은 황종(黃鐘)이다. 황종의 소리를 내는 율관(律管)을 기준으로 하고, 그 율관의 길이를 3등분하여 그 중 1/3을 버리고 남은 길이(2/3)에 해당하는 율관으로 소리를 내면, 완전5도 높은 소리가 나는데 이 소리를 임종(林鍾)으로 정한다. 이렇게 산출하는 방법을 '삼분손일(三分損一)'이라 한다. 또한 임종(林鍾)의 율관을 3등분으로 나누고 그 1/3 길이를 임종(林鍾) 율관에 더하여 만든 길이(4/3)의 율관으로 소리를 내면 임종(林鍾)보다 완전4도 낮은 소리가 나는데, 이 소리를 태주(太蔟)로 한다. 이렇게 산출하는 방법을 '삼분익일(三分益一)'이라 한다. 이렇게 삼분손일(三分損一)과 삼분익일(三分益一)을 차례대로 반복하여 12율을 만든다.

이처럼 과학적이고 치밀한 분석에 의한 음의 체계가 있는데도 우리는 서양의 계명인 '도레미파…'만 알고, 그것이 최고의 음악을 배우는 유일한 수단이라고 여기고 있는 것이다. 이것은 어릴 때부터 도레미파만 배우고 율명은 배우지 않았기 때문이다.

왜 안 가르쳤을까? 오늘날 우리의 전통 문화에 대한 홀대와 서양 문화에 대한 맹목적 추종으로 우리 한국인들을 한국인이 아닌 서양인의 아류로 만든 이유를 알려면 왜 우리는 우리의 전통을 교육받지 못했느냐는 의문에서부터 출발해야 한다.

우리는 몇 퍼센트 한국인인가?
과연 우리는 한국인이 맞는가?

제 2 부

길 없는 길

우리가 예술가를 존경하고 우대하는 것은 그들이 우리 범인들이
갖지 못한 창조적인 에너지를 갖고 있기 때문이다.

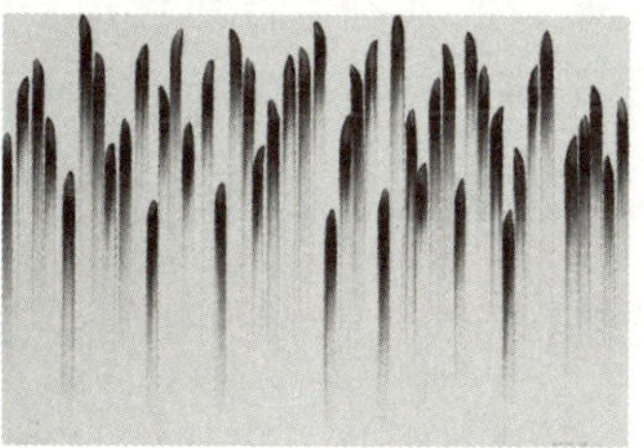

예술은 사기다 - 백남준

백남준의 등장

"안녕하십니까? 당신도 우리도 드디어 해내고 말았습니다. 지나가는 해
에 작별을 고하면서 악명 높은 새해 1984년에 인사를 하기 위해 여기에 모
였습니다."

1984년 1월 2일 새벽 2시, KBS 텔레비전은 한 외국인이 하는 엉뚱
한 인사말을 전해주고 있었다. 한 시간 동안 계속된 세계 최초의 위
성예술제, 그 개막을 알리는 인사말이었다. 그 시간 미국 뉴욕은 1월
1일 낮 12시, 그 위성예술쇼의 제목은 '굿모닝, 미스터 오웰'이란 다
소 특이한 것으로, 영국의 유명한 소설가 조지 오웰이 그의 대표작
「1984년」에서 독재자가 텔레비전을 통해 지배하는 암울한 미래 사

자신의 작품을 설명하고 있는 백남준

회를 묘사해 놓은 것에 대해 "이제 1984년이 된 만큼 과연 조지 오웰이 예언한 대로 텔레비전이 인간의 행동을 감시하는 독재의 도구이던가? 아니다. 보라. 텔레비전은 이처럼 인류의 미래를 밝혀주는 새로운 테크놀로지이다."라는 메시지를 보여주는 위성쇼였다.

이 프로그램을 지휘한 사람은 스무 살 전에 우리나라를 떠난 뒤 30년이 넘도록 한 번도 제대로 얼굴을 비친 적이 없으며, 정경화나 김영웅처럼 외모로나 음악적 예술세계로나 사람들을 고상하게 휘어 잡는 스타일도 아니었다. 그러나 그는 그 해 6월에 34년 만에 고국을 찾으면서 그 누구보다도 많은 관심과 흥미를 불러 일으켰다. 언론들은 그의 일거수일투족을 추적했으며, 그의 행적은 그와 관련이 있는 미술이나 음악, 또는 행위예술계에 한정되지 않고 많은 일반인들의 촉각을 곤두세우게 했다.

그가 바로 백남준이었다!

1984년 6월 30일, 30여 년 만에 서울로 들어오던 날, 공항에서 처음 만난 그의 모습은 사진에서 보던 그대로였다. 언제나처럼 반쯤 풀어 헤쳐진 와이셔츠, 곧 흘러내릴 듯한 멜빵, 졸린 듯한 눈초리, 계면쩍은 듯, 그러나 누구에게나 빙긋 웃어주는 천진스러운 웃음….

그를 보려고 많은 기자들이 몰려들어 공항 귀빈실이 임시 기자회견장이 되어 버렸다. 백남준을 처음 소개한 것이 KBS임을 아는 신문기자들이 그의 옆자리를 자연스럽게 비워주어 내가 그 옆에 앉게 되었다. 그 자리에서 많은 질문이 쏟아졌지만 그는 간단하게 대답했다. 그 중에서도 자신의 예술에 대해 어떻게 생각하느냐는 질문에 그는 이렇게 답했다.

"예술은 사기예요. 예술가는 고등 사기꾼이지! 그러니까 나도 사기를 하는 사람이지 뭐!"

어떤 예술가도 해본 적 없는 말, 아무도 예상치 못했던 말이었다. 일반적으로 고상한 것으로 치부되던 예술을 사기, 그것도 고등 사기에 지나지 않는다고 하였으니! 그의 이 말은 우리 문화계에 큰 충격을 안겨 주었다. 1984년 당시 그의 말은 우리 문화예술계의 화두가 되어 많은 사람들로 하여금 깊은 생각을 하게 만들고, 많은 논란을 일으켰다.

백남준은 왜 예술을 사기라고 했을까? 사기도 그냥 사기가 아니라 고등 사기.

집안이 워낙 부유했던 터라 1949년 홍콩에 건너가서 살다 1950년 한국으로 돌아왔다가 6.25전쟁을 맞아 부산에서 배를 타고 고베를 통해 일본에 건너가 살게 된 백남준은 1952년 일본의 수재들만이 들어갈 수 있다는 최고의 명문 동경대학의 문학부에 입학한다. 동경대학 문학부 미학과에서 음악에 관심을 갖고 있던 백남준은 1956년 졸업한 뒤 곧바로 독일로 건너가 뮌헨 대학, 프라이부르크 고등음악원, 퀼른 대학(1958~1962)을 차례로 거치면서 당시 스톡하우젠 등에 의해 주도된 전자음악을 연구한다. 1959년 뒤셀도르프에서 열린 '존 케이지에 바친다' 라는 이름의 연주회에 출연해서 피아노를 때려부숨으로써 전위적인 행동음악가로서의 첫발을 내딛는 백남준! 그가 독일에서 선택한 것이 바로 사기의 일환이라는 점에 주목하지 않을 수 없다.

"음악 공부를 진짜 제대로 해보자고 독일로 건너간 건데, 작곡가들이라는 게 모두 엉터리예요. 이미 인정받고 있는 음악가들은 너무나 까마득하고. 이런 사람들 사이에서 일어서려면 기존의 것을 따라만 해서는 안 되겠더라구. 무언가 주목을 끌 수 있는 행동을 해야겠다는 결론을 얻었지."

백남준은 1960년 쾰른에서 당시 현대 음악의 거장으로 이름을 날리고 있던 존 케이지의 넥타이를 가위로 자르고 무대 위에서 샴푸로 머리를 감는 등의 행동을 시작으로 기성화된 모든 것을 깨고 부수는 전위적인 예술가로 차츰 두각을 나타내기 시작한다. 뒤셀도르프의 카마 극장에서 열린 바이올린 독주회에서는 엄숙한 표정으로 무대에 등장해 바이올린을 아주 천천히 머리 위로 들어 올렸다가 갑자기 밑으로 내리치며 부수어 버렸다. 파리의 에펠탑에서는 '관객이 없는 높은 탑을 위한 음악'이란 이름 아래 무대 위에서 피아노를 쓰러뜨리고 해머로 부수어 버리는 과감한 음악을 연주(?)한다. 1961년에는 전후 독일의 가장 중요한 행동예술가 그룹인 플럭서스의 창시자 조지 마츄너스를 만나 이 운동의 중요한 멤버로서 많은 새로운 퍼포먼스 활동을 계속한다.

이것을 행동음악이라고 부를 수 있다면 백남준은 당시 행동음악을 통해 모종의 사기를 획책하고 있었던 것이다. 즉, 기존의 것을 따라만 해서는 영원히 남을 앞설 수 없으므로, 남이 하지 않은, 생각하지 않은 새로운 것을 하려 했던 것이다. 새로운 것은 기존의 것을 깨뜨리는 데서 나온다. 그것을 겉으로 보면 파괴로 보일지 모르지만 파괴라기보다는 (기존의 것에 대한) 해체이다.

남다른 의식과 실험 정신

"아무래도 그 때 유행하던 전자음악을 보니까 한정된 전자음에는 내가 구하던 음이 없었지. 개인이 스튜디오를 만들어 간단한 전자음악을 하는데, 아무리 해도 클라이막스에 도달이 안 되는 거야. 그래서 생각한 것이 역시 즉흥적, 일회성 해프닝을 해야겠다는 것이었어. 그래서 피아노 쓰러뜨리기를 한 것인데, 이것으로 평판이 나기 시작했지. 그 때가 26살이야."

그러나 그 사기는 아무나 할 수 있는 것이 아니었다. 정확한 안목과 과감한 발상이 필요했는데, 백남준은 이 두 가지를 동시에 소유하고 있었다. 그랬기에 가능했던 것이다. 그리고 그 사기는 점점 성공을 거두어 갔다.

'텔레비전 수상기, 전기가 들어오면 그림이 나오고 소리가 나오는 이 괴상한 현대의 사생아도 무언가 예술이라는 이름으로 팔아먹을 수 있지 않을까?' 이러한 생각에 미치자 1963년부터 그는 고물 텔레비전을 괴롭히기 시작한다(당시는 돈이 없어서 새 수상기는 쓸 엄두도 못 내던 형편이었다). 전류가 흐르는 브라운관 가까이에 강한 자석을 붙여보았다. 전류와 전압, 자기라는 전기의 3요소로 형성되어 있는 텔레비전 화면은 자석의 영향으로 일그러지면서 전혀 새로운 영상을 만들어내었다. 비뚤어지고 휘어지고 구부러지고 휘감긴, 그러면서 작가의 손놀림에 따라 전혀 예상치 못한 세계를 그려낸다는 것을 발견한 것이다. 그렇게 해서 그 해 3월, 인류사상 최초로 텔레비전 수상기를 예술작품의 소재로 쓴 비디오아트가 발표되었다. 부퍼탈의 파르나스 화랑에서였다.

이 전시회는 그때까지 음악가였던 백남준을 자신도 모르게 미술가로 변신시킨 계기가 되었다. 그것은 또한 현대기술문명을 대표하는 텔레비전을 예술의 소재로 쓴다는, 전혀 새롭고 엉뚱한, 그러나 현대에 가장 중요한 예술 장르인 비디오예술이 창시된 예술사적인 사건이었다. 무언가 남과 달라야 한다는 그의 생각이 이루어낸 일이었다.

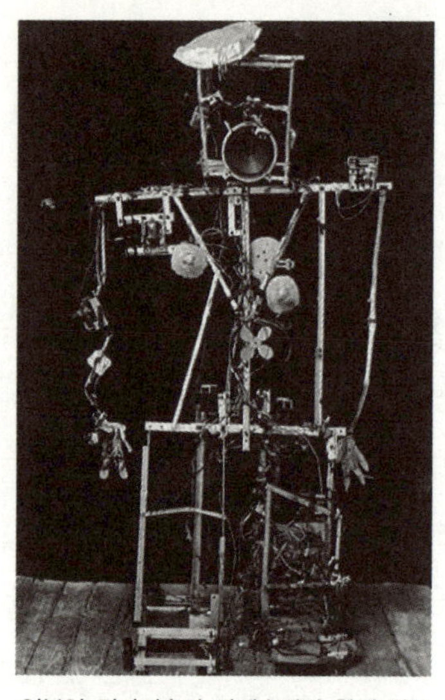

일본인 전자기술자 아베슈와와 함께 만든 노래하는 로봇 k-456

1963년 일본인 전자기술자인 아베 슈와와 함께 노래하며 걸어가는 로봇을 만들어낸 것도 무언가 새로운 것을 만들어 내자, 무언가 남과는 다른 것을 하자, 남이 안 하던 것을 하자는 그의 남다른 의식과 모험정신, 실험정신이 빚어낸 기념비적인 작품이었다.

바이올린은 어깨 위에 올려놓고 연주하는 악기라는 고정관념도 백남준에 의해 깨어졌다. 그는 바이올린을 끌고 다니다가 분수에 버려버린다. 텔레비전도 그에게는 단순히 바라보기만 하는 기계가 아니다. 그냥 남들이 만들어주는 프로그램을 시청만 하는 게 아니라

 찔레꽃과 된장

텔레비전을 갖고 마음대로 즐겁게 놀라고 말한다.

미국에서 인정을 받다

60년대로 넘어서면서 새로운 것을 찾아내고 시험할 기회는 구대륙보다는 신대륙에 많았고, 그것도 세계 제일의 부국인 미국의 경제 중심지 뉴욕이 최고였다. 예술적 아이디어와 변신의 천재인 백남준이 이 사실을 놓칠 리 없었다. 1964년 독일에서 뉴욕으로 건너온 그는 첼로 연주가인 샬롯 무어맨을 만난다. 백남준은 이 젊은 여자 첼리스트를 상대로 그 때까지 그 누구도 감히 엄두를 내지 못했던 음악과 섹스의 결합을 과감하게 시도한다. 이번에는 미국에서 사기를 치기 시작한 것이다.

1965년 1월, 미국에서의 첫 전시회에서 샬롯 무어맨은 백남준의 기획에 따라 '성인만을 위한 첼로 소나타 1번'을 연주하면서 차례로 상의를 하나씩 벗어 완전 누드가 된다. '생상의 주제에 의한 변주곡'에서는 얇은 가운을 입고 생상의 작품 '백조'를 연주하다가 옆에 있는 물통에 들어가 젖은 몸이 된다. 1967년 2월엔 뉴욕에서 상의를 모두 벗은 채 '오페라 섹스트로니크'란 작품을 연주하던 무어맨이 하의까지 벗으려 하다가 경찰에 의해 중지당한다. 이런 일련의 작업도 끊임없이 새 것을 추구하는 백남준의 예술적 창작정신의 소산이었지만, 한편으로는 무언가 센세이셔널한 것을 통해 갓 입문한 뉴욕 문화계에 빨리 이름을 알리려는 고도의 계산이 깔려 있는 작업이기도 했다.

"나는 당시 영주권이 없어서 체포되면 큰일이었어. 여자는 계속해 체포될 것이고, 예술은 어차피 난봉꾼이니깐 어느 정도 놀아나야 사회적 물의를 일으켜 가십이 되는 거고, 그렇게 해야 유명인 리스트에 들어가는 거지. 유명 인물에 들어가야 추방당하지도 않잖아?"

그가 문제를 해결하는 방법은 이런 식이었다. 즉, 남들이 생각하지 못한 기상천외한 사기를 치는 것이다. 그러나 그런 와중에도 백남준의 관심은 텔레비전에 쏠리고 있었다. 그의 텔레비전 작업은 두 가지였다. 하나는 TV를 조각 작품처럼 세우거나 눕히는 등 진열하고 전시하는 일이었고, 또 하나는 TV의 화면 자체를 변형시키거나 화면에 이미지를 첨가시켜 새로운, 예술성이 강한 화면을 만들어내는 것이었다.

비디오예술이 본격화되면서 백남준이 보여주는 비디오작품은 그의 특기인 음악뿐 아니라 무용, 종교 등이 포함된 종합예술로 확대, 발전되어, 단순한 화면 장난에 머무르지 않고 현대 문명을 역설적으로 비판하는 메시지를 담아내기 시작한다. 1975년 뉴욕의 르네 블록 화랑에 처

동양과 서양, 전통과 현대가 절묘하게 결합된 작품
TV붓다

음 등장한 'TV-붓다'가 그것이다. 앉은 자세의 부처가 그 앞에 놓인 텔레비전에 비쳐진 자기 모습(폐쇄회로 카메라로 잡아서 부처 앞의 텔레비전 수상기에 집어넣은 것)을 말없이 바라본다. 이 작품에는 동양과 서양, 전통과 현대가 절묘하게 결합돼 있어서 격찬을 받았다.

1976년에 발표한 작품 '달은 가장 오래된 TV'라는 작품은 어두운 공간에 있는 12대의 텔레비전에 수상기 조작으로 각기 차례로 커지는 달의 형상을 재현해 놓은 것으로, 텔레비전이 동양적 명상과 신비로움의 세계를 표현할 수 있는 훌륭한 조각 소재임을 입증했다. 1978년에는 프랑스의 퐁피두 문화센터에서 수많은 나무와 풀 사이에 텔레비전 수상기를 눕혀 늘어놓는 'TV-정원'을 발표해 또다시 갈채를 받는다.

그러다 드디어 미국인들, 아니 뉴욕에 모여 있는 세계인들이 그에게 넘어간 사건이 생겼다. 1982년 미국의 대표적 미술관인 휘트니 미술관에서 대규모 회고전을 열어준 것이다. 휘트니 미술관이 그의 회고전을 열어주었다는 것은 그의 일거수일투족, 그가 만든 작품들, 그의 기발한 행동들이 이미 예술적으로 상당한 경지에 올라서 있으므로, 그를 인정하고 그 예술 세계를 함께 평가하자는 뜻이다.

지상의 예술에서 우주의 예술로

그의 사기는 이제 지상에 머물 수 없었다. 미국과 프랑스, 독일, 일본 등에서 인정을 받기 시작한 그 순간부터 그는 서로 떨어진 각 나라를 잇는 사상 최대의 예술작품을 만들어 팔아먹자는 아주 기발한 착상을 하게 된다. 그것은 곧 막 실용화되기 시작한 위성을 이용한 아트, 곧 새틀라이트 아트라는 것이었다.

그 첫 작품이 이 글 맨 앞에서 언급한 '굿모닝 미스터 오웰'이다. 미국 뉴욕과 프랑스 파리 등을 위성으로 연결해 양쪽의 대표적인 전위 예술가들이 벌인 첨단 예술쇼.

조지 오웰이 전체주의가 도래할 것이라고 예언했던 새해, 그가 예언한 대로 텔레비전은 과연 인류의 생활을 감시하는 나쁜 도구가 되었는가? 일찍부터 텔레비전을 예술의 도구로 활용해온 백남준으로서는 결코 인정할 수 없는 잘못된 전제였다. 그것을 메시지로 삼아 전 세계에 신 문명의 도래를 알리는 지구 대축제였다.

1984년의 성공 이후 1986년 아시안게임에서는 뉴욕, 도쿄, 서울을 잇는 위성쇼 '바이바이 키플링'을 만들어 방송했고, 다시 1988년에는 서울 올림픽을 기념해서 'wrap around the world'라는 위성잔치를 열었다. 우리말로 '지구를 싸는 보자기'라는 뜻의, 한국, 미국, 일본뿐 아니라 소련, 독일, 중국, 그리고 이스라엘까지를 연결하는, 그야말로 지구 전체를 문화예술의 보자기로 둘러싸는 가장 큰 지구문화잔치를 직접 지휘함으로써 그는 역사상 가장 넓은 지역에 예술작업을 펼친 예술가로 기록되게 되었다. 그의 예술은 이때 비로소 새틀라이트 아트, 곧 인공위성을 이용한 예술, 나아가서는 스페이스

 찔레꽃과 된장

아트, 곧 시공예술(時空藝術)이란 가장 높고 넓은 차원의 예술이름을 부여받게 된다. 그의 말대로 "새로운 콘택트가 새로운 콘텐트를 부르고 새로운 콘텐트가 새로운 콘택트를 부르는 문명의 피드백"이 그에 의해서 실현된 것이다. 이쯤 되면 더 이상 그를 사기꾼이라고 비난할 수가 없다. 그의 사기는 너무나 완벽했고 너무나 앞서 갔고 너무나 기상천외해서 보통 사람들이 생각할 수 있는 것 이상이었던 것이다.

그의 성공은 그의 재능과 노력에 의한 당연한 결과이지만, 그가 일찍부터 그의 예술적 야망을 성취하기 위해 서울을 떠나 일본, 독일, 미국 등으로 차례로 옮겨온 과정을 더듬어 보면 옛날 유라시아의 광대한 벌판을 누비던 우리 선조들의 피가 몸속에 흐르고 있기 때문은 아닐까 하는 생각이 든다. 그는 자신이 시인하든 부인하든 세계의 예술계를 흔들고 일반 시민들을 예술이라는 영역 속으로 불러들인 예술의 영매, 곧 무당이었던 것이다.

새로운 것에의 끝없는 욕구

현대의 매스커뮤니케이션은 인간을 획일화하고 독자적인 사고를 제약하며 행동이나 의욕, 창의력을 상실케 하여 이른바 틀에 박힌, 획일화된 인간을 만들었다. 예술은 이렇게 비인간화된 기술로 인해 고갈된 생명력과 에너지를 다시 한번 부활시켜야 한다.

현대의 대표적인 사회학자 루이스 멈포드는 이렇게 말한 바 있다.

"우리가 예술가를 존경하고 우대하는 것은 그들이 우리 범인들이 갖지 못한 창조의 에너지를 갖고 있기 때문입니다."

멈포드가 말한 창조의 에너지가 백남준에게 있었던 것이다.

백남준은 1940년 대 후반 김순남, 이건우 등의 음악가들로부터 당시로서는 첨단 음악가인 쇤베르크의 음악을 배우고 이를 작곡에 응용했을 정도로 일찍부터 세계에 눈을 돌리고 있었다. 그는 특히 김순남의 음악세계를 높이 평가하면서, 그가 이북으로 끌려가 재능이 꽃피지 못한 것을 한국 문화계의 큰 손실이라고 아쉬워하고 있다.

"날 자꾸만 서양에서 다 배운 사람인 줄 아는데, 사실 내 인생을 결정지은 사상이나 예술의 바탕은 모두 내가 한국을 떠나기 전에 이미 한국에서 흡수한 거거덩. 우리나라 일제 시대 때 한국 예술가들의 수준이 서구라파나 일본의 아방가르드적 수준에 조금도 뒤지지 않았단 말이지. 난 쇤베르크나 스트라빈스키도 이건우 선생한테서 유학 가기 이전에 다 배운 거구, 신재덕 선생이나 이건우 선생 같은 분이 가르쳐주신 수준이나 김순남 선생한테 사사한 수준이 독일 가서 작곡가 노릇을 할 수 있었던 바탕을 다 만들어주셨던 거거덩. 역사는 자꾸 단절적으로 보면 안 돼. 우리는 일제 시대 때 전통문화고 서양문화고 다 높은 수준으로 가지고 있었거덩. 난 그걸 흡수한 거야. 그리고 내가 내 속에 가지고 있었던 전통문화하고 서양의 아방가르드가 결국 비슷한 거라는 것을 나중에 발견한 것뿐이지."

나는 백 선생과의 인터뷰를 마감하면서 보통의 기자들이 그러듯이 좀 멋있어 보이는 말로 질문을 했다. 시대가 바뀌면 예술가의 역할도 바뀌는데 여기에 대해서는 어떻게 생각하느냐고?

"루벤스 시대의 뛰어난 화가는 임금 얼굴을 잘 그리는 것이고, 현대에는 사람들에게 재미를 주는 거지. 결국 예술은 엔터테이너라고 할 수 있겠지. 지루한 일상에 재미를 던져 주는 것, 사람들에게 무언가 할 거리, 볼거리를 만들어 주는 거야. 요즈음을 보라고. 우리 주위에 어디 하나 부족한 게 있냐고. 21세기는 살 물건이 없는 시대야. 뭐든지 다 있거든. 그러니까 무언가 할 것을 만들어 줘야 하는 거야. 예술가는 욕망의 창조자가 돼야 하는 거지."

세계의 예술계를 흔들고 현대인들을 예술의 세계와 접신시킨 예술의 영매 백남준 그의 작품 '다다익선'

백남준은 1992년 8월 국립현대미술관이 그의 회갑을 기념해서 마련한 전시회를 위해 한국을 방문해서 철학자이며 한의학자인 도올 김용옥 선생과 얘기를 나눈 자리에서도 같은 내용의 이야기를 했다.

"컴퓨터 문화가 점점 증대되면 인간의 할 일이 없어진다. 생산은 많아지는데 소비는 한정된다. 여태까지는 이런 잉여를 처리하는 가장 좋은 방법이 전쟁이었다. 그런데 이젠 전쟁도 쉽게 할 수가 없다. 그러면 인간의 삶에서 삶의 이기의 모든 것이 포화되어 버린다. 냉장고도 다 사버리고, 자동차도 다 사버리고, 이제 이런 건 20년이면 끝난다. PC도 얼마 못 가서 다 팔아먹고 새로 팔아먹기가 어렵게 된다. 무슨 지랄을 해 본들 인간의 소유는 한정이 있다. 그럼 이런 상황에서 예술이란 뭐냐? 폭력적 결과를 초래하지 않는 소비를 조장시키는 일이다. 전쟁이나 공해로 연결되지 않는 인간의 소비를 부추겨주는 일이다. 다시 말해서 예술가의 임무는 어떻게 하면 소비를 창안하느냐 하는 것이다."

그는 유명해지고 싶어서 여러 가지 깜짝 놀랄 행위들을 끊임없이 쏟아내었지만, 그 근본에는 남들이 하는 것에 대한 따분함, 일상에 대한 지겨움, 뭔가 재미있는 것을 찾아보고 만들어보자는 정신, 그런 것들이 있었던 것이다. 거창한 예술적 이론을 떠나서 그것이 오늘날 세계 미술사에 유일하게 이름이 오르는 한국인 예술가 백남준을 낳은 것이다.

시대가 낳은 천재적인 사기꾼

백남준, 그는 시대가 낳은 천재적인 사기꾼임에 틀림이 없는 것 같다. 그저 우연이나 요행으로 세계 정상급 예술가로 올라설 수는 없다. 그는 예술을 심각하게 보기보다는 인생의 양념이라고 보고, 갖가지 양념을 뿌려주는 사람이었다. 그러면서 역사에 대한 통찰과 반성, 그리고 현대 문명에 대한 비판과 풍자도 담아내었다. 그의 사기는 멋지게 성공했다. 그리고 지칠 줄 모르는 사기꾼의 기질에 의해 무한대로 뻗어나갔다. 좁은 무대, 전시장에서 국가의 영역을 넘어 우주로 올라갔고, 다시 빛의 궁극적인 형태인 레이저를 예술에 도입해서 새로운 재미를 주는 영역으로 들어섰다.

재미를 주는 예술가로서 그는 그에게 맡겨진 임무를 누구보다도 잘 수행했다. 사기를 치되, 남에게 해를 주는 사기가 아니라, 사람들에게 새로운 볼거리, 들을 거리를 주고 사람들을 즐겁게 한 사기를 쳤다. 그는 아무도 모방하지 못할, 아무도 추종하지 못할 기상천외한 사기를 계속 터뜨려 온 이로운 사기꾼이었다.

세계 정상의 예술인으로서 현대 세계 미술사에 유일하게 등재된 한국인 예술가 백남준, 그는 회갑을 넘고 고희를 넘으면서 과거를 때려 부수는 문화의 테러리스트로서가 아니라 인간에게 꿈과 희망을 주는 긍정적 예술가로 재평가받았고, 동시에 그런 작품세계를 보여주었다. 그는 평생 동안 결코 가만히 앉아 있지 않는 예술가였다.

"인생의 베타막스에는 REWIND(되감기)의 단추가 없다."

-1984년 도쿄도립미술관에서 열린 백남준 비디오전 카탈로그의 자필 서문

황병기 선생님께

모순을 명상하는 선(禪)의 경지

황병기 선생님!

지난 목요일 밤 근 20년 만에 다시 뵈었습니다. 선생님의 모습에 선 시간과 세월의 흔적을 볼 수 있었지만, 서글픔 같은 것은 없었습니다. 다만, 선생님이 강의 중에 던진 모순이라는 화두, 육체적 생명은 영원하지 않기에 정신적인 생명으로 영원을 추구하는 것이 인간이란 존재의 모순이라는 말을 다시금 생각해보게 되었습니다.

시간, 곧 세월이란 것이 생명을 꽃피울 때는 마냥 좋아 보이다가 그 생명을 거두어 갈 때는 원망의 대상이 되지요. 그리고 바로 그 육체적 생명의 유한성 때문에 사람들은 사는 동안 열심을 다하게 되고, 그것이 한 인간의 삶을 영원으로 이어지게 한다는 점을 생각하면, 참으로 우리 인간도 무정하고 매정한 시간의 유한성 때문에 오히려 그 존재의 의미가 드러나는 게 아닌가 하는 생각이 들었습니다.

지난 1999년, 2주나 걸린 대장암 수술을 받고 막 죽음에서 깨어난 선생님이 링거 병을 꽂은 채 병원을 걸으면서 느낀 생명의 유한함과 허무감과 절박감, 그것이 없었다면 어떻게 베토벤의 마지막 소나타 2악장처럼 반딧불이 춤추는 환상이 가야금의 선율을 통해 나타날 수 있었겠습니까? 자신의 가슴 속에 있는 모든 것을 때로는 형체로, 때로는 소리로, 때로는 몸짓으로 토해내지 않고 못 배기는 예술가들의 열정도 바로 그 생명의 유한성이란 존재의 모순 때문이 아니겠습니까?

그날 선생님은, 황병기의 음악은 '모순을 명상하는 선(禪)의 경지'라고 한 영국 셰필드대 앤드루 킬릭 교수의 말이 자신의 음악세계를 가장 잘 대변한 것이라고 말씀하셨지요. 인간이나 우주의 가장 큰 모순이 바로 존재의 유한성이고, 그 모순과 싸우는 존재가 인간이라면, 선생님은 의식하셨든 않으셨든 음악이라는 무기를 가지고 가장 열심히 싸워온 분이 아닌가 합니다.

존재의 유한성이란 모순과 싸워서 인간이 얻어낼 수 있는 것은 '유한의 극복' 또는 '유한의 초월'이겠지요.

선생님이 1951년 피난살이 부산의 간이 천막으로 만들어진 학교에서 돌아오다 길 옆 건물에서 들려오던 김철옥 할아버지의 가야금 소리를 들은 것이 일종의 운명이었다면, 그것은 가야금으로서는 우륵 이후 1500년이 지나 쇠잔해진 자신의 생명의 유한성을 선생님을 통해 되살리기 위한 다가섬이었고, 결국 선생님의 음악을 통해 자신

의 존재의 모순을 극복할 수 있었던 것이지요. 그 이후에야 가야금
은 비로소 국악, 아니, 우리 음악을 전공하지 않고 배우지도 않은 현
대인들에게 뿌리를 내릴 수 있었으니까요. 가야금으로서는 제2의
생명을 얻은 셈이었지요. 선생을 통해 가야금은 비로소 '김치 냄새'
도, '버터 냄새' 도 아닌 절대 소리로서의 가야금으로 다시 태어날 수
있었으니까요. 물론 가야금에 배어 있는 절절한 '김치 냄새' 가 나쁘
다는 얘기는 아닙니다.

전통을 파괴한 가장 전통적인 작품

우리의 전통문화예술을 보존하기 위해 무형문화재 제도가 처음
만들어진 해인 1962년, 선생님은 전통을 벗어난 첫 가야금 독주곡
'숲' 을 발표하셨습니다. 선생님의 말씀처럼 그것도 일종의 모순이
지요. 하지만 그것보다는 "어떻게 보면 전통을 파괴한 선생님의 작
품들이 어떻게 우리의 전통을 가장 잘 표현하는 고전으로 인식되는
가?" 하는 것입니다. 바로 그런 모순이
야말로 현대의 후학들이 새겨보아야
할 화두이겠지요.

전통음악을 뛰어넘은, 그러나
전통의 멋을 가장 잘 살려낸 음
악가 황병기

선생님은 우륵이 창시한 가야금 음
악은 남아 있는 게 없고 현재까지의 가
야금 음악은 모두 조선 시대의 것이라
며, 그것을 깨기 위해 멀리 신라로 올라
가보자는 생각에서 발표하신 것이

1974년의 '침향무(沈香舞)'라고 하셨지요. 전통적인 장단과 선율로 된 1장에 이어 2장에서는 분산화음으로 서역의 이국적인 정취를 불러일으킨 후, 오른손의 스타카토 반주에 왼손에 의한 서정적인 가락이 노래하듯이 흐르고, 3장에서는 정열적으로 진행되던 선율이 갑자기 멈춘 다음 이어지는 트레몰로, 피아니시모에서 포르테로 점차 커지며 긴장감을 주다가 다시 피아니시모로 약해지는 기법, 그 여음이 사라질 즈음에 이어지는 영롱한 분산화음… 그 이전까지는 우리 음악에 없었던 이런 류의 음악이 국립국악원 전통음악 연주회의 주요 곡목이 된 것은 어떻게 설명이 가능할까요? 선생님은 때로는 서양의 음악 스타일을 채용하고 서양의 기보법을 쓰며, 서양의 음악언어를 채용하기도 하지만, 그 바탕엔 한국의 전통음악, 선생님이 성장해온 과정과 그에 대한 깊은 이해가 깔려 있기 때문이 아닐까요? 그렇기에 한국 전통 음악의 세계를 훌쩍 뛰어넘으면서도 언제나 분명하게 한국적일 수밖에 없는 것이 아닐까요? 선생님이 설명하시듯, 세계 어디서도 들을 수 없는 음악을 만들어냈지만, 그 바탕은 한국의 전통이기에, 오히려 더 세계적인 것이 될 수 있었던 것이 아닐까요? 우리 음악, 우리 국악의 대중화와 세계화, 상품화를 위해 오히려 거꾸로 가고 싶었다는 선생님의 생각이 곧 가장 유망한 세계화의 방법론이라고 할 수 있겠지요.

아쉬운 것은, 선생님의 음악세계가 좀더 일찍 대중들에게 알려졌더라면 선생님에게 영감을 받은 후학들이 더 많이 나올 수 있었을 텐데 하는 것입니다. 미국에서는 이미 1965년에 선생님의 연주가

무용가 홍신자와 공연한 미궁

LP로 나와 절찬을 받았는데, 우리나라에서는 1962년에 작곡된 '숲'
이나, 74년에 작곡된 '침향무'가 70년대 후반이 되어서야 알려졌고,
73년에 공연된 '미궁(迷宮)'도 80년대가 되어서야 비로소 음반으로
나와 그 존재가 알려졌습니다. 선생님을 받아들이는 데 너무 오랜
시간이 걸린 것이지요. 선생님이 1968년 백남준의 문제작 '오페라
섹스트로니크'의 주인공이었다는 사실도 사람들은 지나쳐 보았습
니다. 샬롯 무어맨이 백남준과 함께 퍼포먼스를 하던 그 자리에서
선생님이 가야금을 연주했다는 사실을 사람들은 제대로 의식하지
못한 것이지요. '전위(前衛:아방가르드)'라는 말도 모르던 그 시대에
선생님은 이미 전위를 실천하고 있었고, 그것이 1973년 무용가 홍신
자와의 공연 '미궁'으로까지 이어진 것이었지요. 그러나 정작 선생

 찔레꽃과 된장

님의 음악 세계가 일반에 알려진 것은 1980년도 훨씬 지나서이니, 우리는 예술을 받아들이는 데 너무 인색한 것일까요?

아니, 그보다는 우리가 우리의 예술세계에 대해 확신이 없기 때문이 아닌가 하는 생각이 듭니다. 지금 우리가 갖고 있는 예술에 대한 기준은 우리 스스로의 것이 아니라 서양인들이 만들어놓은 것이기에, 우리 스스로의 기준으로 우열을 논하지 못하고, 외국의 무슨 대회에서 입상을 하고 그 사회에서 평가를 받은 다음에야 역수입하느라 수선을 떠는 것이 아닌가 하는 생각이 드는 겁니다. 사물놀이도 세계 타악인회에 소개되어 절찬을 받은 뒤에야 그 가치에 눈을 뜨고 키우기 시작한 것과 마찬가지지요. 그만큼 우리의 문화예술은 자력 성장이 아니라 타력에 의한 반사성장이었다는 데 우리의 아픔이 있음을 선생님을 통해서 다시 한번 확인합니다. 오로지 세계무대에서 활동한 백남준 선생만이 선생님의 예술을 일찍부터 알아보고 86 아시안 게임, 88 서울올림픽 기념 범지구촌 축제에서 선생님의 예술을 세계에 소개하려고 애를 쓰신 게지요.

선생님이 열어놓으신 가야금의 세계

선생님의 음악에 대해 '수채화'라는 표현이 많은 것을 보면 가야금 소리의 영롱함 때문이 아닌가 싶습니다. 그러나 기실 선생님의 가야금은 영롱하거나 아름답기만 한 것이 아니라 오히려 가슴 속에서 울려나오는 신음소리, 곧 사라져가야 할 운명에 몸부림치는 소리의 탄식처럼 들리기도 합니다. 옛날 신라 시대 백결 선생이 방앗소리를 거문고로 처음 묘사했다고 한다면, 가야금 소리로 뻐꾹새를 만들고 쏟아지는 빗방울이 춤추게 하며, 나른한 숲의 오수를 느끼게 하는가 하면, 가슴 속의 쥐어짜는 고통을 찾아내어 가야금 12줄로 울게 한 것은 바로 선생님입니다. 선생님이야말로 현대의 백결이며, 죽으면서도 광릉산 연주를 남긴 중국 진나라의 혜강이며, 친구가 연주를 듣고 "아, 멋지도다. 마치 태산준령 같도다" 하며 감탄한 백아(伯牙)입니다.

흔히 가야금은 화려하고 섬세하고 경쾌하고 표현력이 풍부해서 여성에 비유되고, 거문고는 담담하고 웅장하며 막힘이 없어 남성에 비유되지만, 선생님의 가야금은 남성적인 웅장함과 호방함, 장엄함과 시원함까지를 표현해냄으로써 그 표현력을 극대화했다는 평가를 받게 되었습니다. 과거 거문고가 선비 시대의 으뜸가는 음악(백악지장:白樂之長)이었다면, 현대 우리 음악에서는 가야금이 그 자리를 차지하고 있다고 할 수 있으니, 그것도 다 선생님 덕이라고 할 수 있지요.

선생님이 열어놓으신 가야금의 세계는 과연 무변광대의 세계에서 마침내 하늘을 꿰뚫으며 울리는 천상의 소리이며, 한스럽고 지루한 가락에서 벗어난 음악으로 그린 수채화이며, 무한한 꿈과 환상, 환희와 동경, 슬픔과 기쁨이 교차하는 고차원의 세계입니다. 그 세계로 인도하기 위해 선생님은 때로는 자르고 때로는 늘이고 때로는 부수고 때로는 펼치며 때로는 뒤집고 때로는 쓸어 담고 때로는 쏟아내고 때로는 삼키고 때로는 토하며 때로는 참고 때로는 폭발하는 소

꿈과 환상, 환희와 동경, 기쁨과 슬픔이 교차하는 황병기의 음악

리를 만들어내었습니다. 그 소리는 과연 우리를 긴 명상으로 이끌고, 무아경으로 초대하며, 근심과 고통까지도 멈추게 하기에 현대와 같은 '초스피드 시대의 해독제'로서 평가받는 것입니다. 그것이 지난 70년대 후반부터 선생님의 음악이 음반으로 나오기만 하면 항상 판매 1위라는 신화를 창조하는 이유이겠지요.

그날 선생님은 13년 만에 새로 나온 음반 '달하 노피곰'을 선물로 주시면서 역사상 모든 사랑 노래는 이루지 못할 사랑이나 불륜이라는 용감한 정의를 내려주셔서 좌중이 웃다가 넘어졌지요.

그렇군요. 대부분의 사랑 노래가 자기 마누라가 이쁘다고 부르는 경우는 드물고 다 이웃집, 남의 여자, 떠나가서 남과 같이 사는 남자나 여자가 이쁘다는 것이라는 말을 듣고 보니 새삼 그 혜안에 충격을 받습니다. 다만 선생님이 '달하 노피곰'으로 시작되는 정읍사에 대해 유일하게 여자가 자기 남편 이쁘다고, 잘 돌아오라고 비는 노래인 만큼 맑고 아름답고 깨끗하다고 하신 말씀에 대해서는 완전히 동의하지는 못하겠습니다. 설마 여인이 자기 남편에 대해 그립고 보고 싶고 안전하게 돌아오기를 기원하는 노래가 아무렴 이 정읍사 하나이려고요. 그러나 저러나 이번 독집도 벌써 차가워지는 음반시장에서 새로운 열기로 국악 판매고 1위를 기록한다고 하니 다시 반가운 마음 금할 수 없습니다.

옛 선비들은 '좌서우금(左書右琴)'이라고, 열심히 책을 보다 시간이 나면 금(琴)을 연주하며 머리를 식히고 마음의 수양을 했다고요. 그러고 보면 가야금이나 거문고는 심심함을 깨는 파적(破寂)의 방편일 뿐만 아니라 우주의 철리, 삶의 대도를 터득해 가는 신비의 영매(靈媒)가 아니었을지요. 선생님이 연주를 하실 때 감정을 드러내지 않으면서 단정한 표정으로 12줄, 17줄을 희롱하며 음악 속에 함몰하시는 모습을 보면, 그 진지함에 우리는 다시 경건해지면서 음악의 힘, 선비의 길을 배우게 됩니다. 논어에서 공자가 말씀하신 '흥어시 입어예 성어악(興於詩 立於禮 成於樂)'이라는 말처럼 음악이 인간의 완성을 위한 가장 중요한 방편이 된다는 점에서, 일찍부터 가야금이라는 한 산을 넘어 음악이라는 산맥을 찾아간 선생님의 노력의 의미를 다시 생각해 봅니다.

사실 우리의 전통음악은 음의 농현(弄絃)이라든가 박자와 장단의 자유로운 변형, 다양한 변주, 시나위 같은 즉흥성으로 인해 다른 어느 나라 음악보다 연주가의 기량에 따른 자유로움의 여지가 많아 어느 작곡가 개인의 작품이 남아 있지 않은 특이한 전통을 고수해왔습니다. 그렇게 볼 때 새로운 우리 음악의 전통을 만든 선생님이야말로 근대적인 의미의 최초의 국악 작곡가라고 해도 틀리지 않을 것입니다. 근래 우리 국악에 창작 열풍이 몰아닥친 것도 다 선생님 덕분이지요. 창의성 없는 전통의 보전은 있을 수 없습니다. 전통도 새로운 시대에 맞게 새롭게 태어나야 전통으로 유지되는 것이니까요.

선생님이 15살에 가야금 소리에 이끌려 우리 음악을 시작하신 지 이제 56년, 얼마 있지 않으면 음악 인생 60년이군요. 선생님이 열어 보이신 음악은 시간과 존재의 유한성, 곧 존재의 모순을 극복한 영원함 그것입니다. 녹아내리는 이슬이 사라지지만 이슬이란 존재는 영원한 것이며 그 아름다움 또한 영원한 것이라면, 어차피 끊어지고 죽어가는 여운이지만 소리는 그 순간의 존재를 넘어 혹은 악보로 혹은 음반으로 혹은 화면 속에서 영원의 존재로 다시 태어납니다.

독집 '달하 노피곰'의 발매를 축하드리며, 그것이 완결이 아니라 앞으로도 무한히 이어질 작품의 또 하나의 징검다리로서, 또한 많은 사람들의 삶을 유한한 차안(此岸)에서 영원한 피안(彼岸)으로 인도하는 다리로서 많은 이들에게 안도와 기쁨과 희망을 전해주기를 기대해봅니다. 선생님이 열어 보이신 우리 음악의 세계는 아직도 세계 음악에 비하면 '미효(未曉)', 곧 새벽이지만 아직 해가 뜨지 않고 먼

동쪽에 기별만 보이는 새벽입니다. 우리 음악이 새벽을 지나 해가 뜨는 진정한 아침이 될 수 있도록 선생님께서 더 많은 후학들에게 깨우침을 주시기를 간절히 바랍니다. 그러기 위해 더욱 건강하소서!

만남의 예술 - 이우환

만남의 작가 이우환

이우환은 세계적인 미술가다. 이 말에 대해 동의하지 않는 사람이 많이 있을 것이다. 그러나 그것은 실상을 모르기 때문이요, 이우환은 우리가 알건 모르건 세계적인 작가로 이미 평가를 받고 있다.

이우환은 흔히 '만남의 작가'로 알려져 있다. 그가 제시한 모토가 '만남'이기 때문이다.

"만남이란 것은 어떤 정화적인 장면에 있어서 기실 어떤 무엇과도 부딪치지 않고, 일체가 투명한 시간으로 되는 생김, 일의 세계인 것이다. 만든다는 행위는 그러한 '만남의 경험을 부르는 짓'이라고 할 수 있다."

이러한 만남의 철학을 표현하기 위해 그는 작품에서 다양한 재료

와 재료의 만남, 사상과 사상의 만남, 생명과 기법의 만남을 추구하고 있다;

"시각적인 작품의 생명력은 기운의 생동에 있으며, 훌륭한 작품일수록 말없이 투명한 차원을 연다."

"온갖 붓 자국과 물감과 형태를 넘어서서 그 속에 감추어진 캔버스의 밑바닥을 환히 볼 수 있는 이야말로 최상의 감상자이자 진정한 로맨티스트이다."

"나는 만들어지지 않기 위해서 만든다. 이것은 끊임없는 자기부정을 통해서 크낙한 자기긍정을 꿈꾸게 하는 우주의 역설이자 섭리임에 틀림없다."

"내가 하고 있는 일은 보이는 것을 보이지 않게 하고, 보이지 않는 세계를 보이게 하는 양의적(兩義的)인 전이(轉移) 작업이다. 그러나 보이는 것과 보이지 않는 세계와의 접점이야말로 작품이라는 즉(卽)의 차원이다."

"모든 것은 점에서 시작하여 점으로 돌아간다. 나타나서 사라지고 사라져서 나타나는 점을 이은 것이 선이다."

– 이우환의 노트에서

일본 미술을 세계 미술로 끌어올린 작가

서예에서의 가로 긋기를 한번 생각해보자. 처음 붓을 댈 때는 마치 한 점을 찍는 것과 같다. 그렇게 하나의 점을 무수히 찍어 나가 결국 선이 된다. 초등학교 때 습자 공부를 해본 사람이라면 잘 알 것이

다. 그런데 이것을 그림으로 그린다면 어떨까? 그것을 그림이라고
할 수 있을까?

사물의 존재가 원소라는 하나의 작은 단위에서 시작되듯, 미술,
그 가운데서도 회화는 하나의 점에서 시작된다고 할 수 있다. 그런
데 이우환이란 미술가에게 있어서의 시작도 역시 점이라고 말할 수
있다. 왜 점에서부터 회화를 시작하는가? 여기에 이우환이란 현대
미술가의 새로운 영역이 있다.

이우환(李禹煥)은 1936년 경남에서 태어났다. 1956년 서울대학교
미술대학을 다니다 일본에 건너가 일본에서 활동하는 한국인 미술
가다. 필자가 이우환을 처음 만난 것은 1984년이었다. 1984년 8월 KBS 보도본부가 제작한 '세계 정상의 예술가' 시리즈의 두 번째 인물로 소개하기 위해서였다.

그의 예술은 처음 보는 이에게는 우선 당혹감을 준다. 필자가 시내에 걸려 있는 그의 그림을 처음 만났을 때도 그랬다.

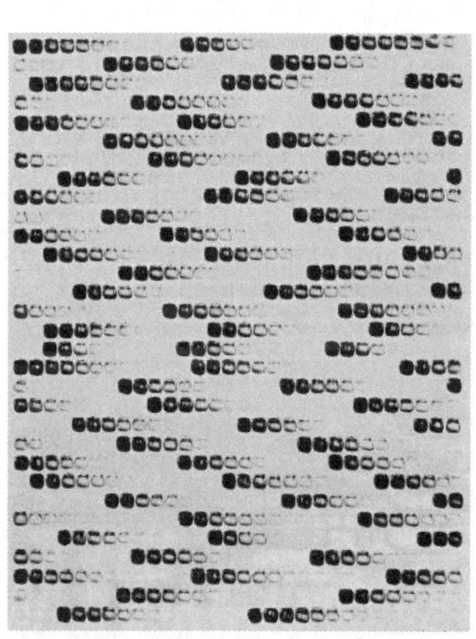

그림같지 않은 그림을 그리는 화가 이우환, 그의 세
계적 작품 '점으로부터'

흰 캔버스 위에 푸른 유화 물감으로 몇 개의 점을 찍어놓은 것에 지나지 않았기 때문이다. 진한 점이 점점 옅어지는 과정을 볼 수 있을 뿐인 7~8개의 점, 그것이 이우환의 작품이란 꼬리표와 함께 걸려 있었다. 이른바 입체 작품이란 것도 큰 철판과 자연석 한 개, 또는 두 개를 한자리에 함께 놓은 것이었다. 돌과 철판은 서로 맞대고 있거나 기대어 있거나 서로가 아래 위로 놓여 있거나, 혹은 철판 사이에 돌이 있거나, 돌 사이에 철판이 있거나 하였다. 마치 처음 붓을 잡아본 문외한의 작품처럼, 돌을 쪼아서 형체를 만든다는 조각의 기본도 모르는 사람의 작품처럼, 아무것도 특별히 만든 것이 없는 작품들이.

그런데 그런 이우환의 작품들이 세계적인 평가를 받는단 말인가? 그것이 처음 그의 작품을 접한 필자에게 던져진 의문이었다.

점은 점이요, 선은 선일 뿐인데, 그것으로 대우주의 의미를 넘겨다보기라도 한단 말인가? 여기서 예술이라는 것에 대해 근본적인 질문을 던져보자. 예를 들어 붓으로 닭 한 마리를 그렸다고 치자. 종이 위에 그려진 것은 어떤 특정한 닭 외에 다른 어떤 의미도 없다. 말하자면 닭이라는 하나의 이미지를 벗어날 수 없다. 우리 주위의 예술은 이처럼 무수한 이미지를 만들어내고 있다. 그런데 이러한 이미지란 무엇이란 말인가? 닭을 아무리 잘 그렸다고 한들 그게 어쨌단 말인가? 닭과 가장 가깝게 그려냈다면 그의 솜씨가 훌륭하다고 말할 수는 있지만, 훌륭한 예술이라고 말할 수는 없지 않을까?

돌이란 것도 그렇다. 돌이란 사물을 놓고 볼 때 중요한 것은 돌이 무엇을 닮았다거나, 사람과 똑같이 생겼다거나 하는 것이 아니다.

 찔레꽃과 된장

오히려 무겁다거나, 표면이 거칠다거나, 유리와 부딪치면 유리를 깬다거나 하는 사실이 오히려 돌의 성격을 잘 보여주는 것이다. 이와 같이 사물이 지니고 있는 본래적인 것, 원초적인 것을 드러내 보여주는 일이 예술가의 임무가 아닐까? 그럼으로써 우주의 의미, 생명, 리듬을 볼 수 있지 않을까?

1970년 초 이우환은 일본의 예술계에 바로 이와 같은 질문을 던졌다. 이러한 의문에 대해 예술가들이 공동으로 해답을 찾아보자고 외쳤다. 이우환이 일본 대학 문학부 철학과를 졸업하고 1969년 미술출판사의 예술평론 모집에서 「사물에서 존재로」라는 평론이 입상한 뒤부터의 일이다. 1971년 그는 예술평론집인 『만남을 찾아서』를 출판하면서 이 같은 새로운 예술 세계를 일본 미술계에 강력하게 펼쳐 보였다.

이러한 질문은 전후 서양의 미술 이론을 답습하면서 철학의 빈곤으로 고민하던 일본의 젊은 작가들에게 좌표를 던져 주었다. 高松次郎, 關根伸夫, 小淸水, 管木志雄 등 전후 일본 미술을 대표하는 젊은 작가들이 그의 이론을 바탕으로 해서 일본뿐 아니라 세계 미술 무대에까지 진출할 수 있었다. 말하자면 이우환은 전후의 일본 미술을 세계 미술로 끌어올린 장본인 중의 하나였던 것이다. 당시 젊은 작가들은 사물의 본성을 드러내 보이는 작업에 열중하여 '물파(物派: 일본어로는 모노하)' 라는 이름을 얻었는데, 이우환이 바로 이러한 '물파(物派)의 선두주자였던 것이다.

이 때 이우환이 보여준 작품은 나무나 돌, 쇠, 못, 밧줄 등을 공간에 하나 혹은 몇 개의 조합으로 늘어놓은 것이었다. 1971년 프랑스

파리에서 열린 제17회 파리 청년 비엔날레에서는 넓은 유리판 위에
큰 자연석을 올려놓았는데, 유리를 일부러 깨어져 금이 가 있는 상
태로 만들어 보여주었다. 그런데 이 작품이 당시 상당히 큰 반향을
일으켰다. 이 파리 비엔날레를 계기로 이우환은 유럽과 미국 미술계
에까지 알려져 주목을 받게 된다.

70년대에 들어서면서 '한지' 에 구멍을 뚫거나 풀로 여러 가지 행
위를 하던 이우환은 '점에서' 라는 제목의 일련의 작품과 '선에서'
라는 제목의 작품들을 계속해서 발표한다. 73년부터의 일이다. 이
작품들은 앞에서 설명한 대로 점을 계속 찍어 나가거나 선을 계속
그어 나간 비교적 단조로운 작품들이다. 때로는 길이 2미터가 넘는
대형 화폭에 무수히 많은 점을 찍은 것도 있다. 마치 말뚝과 같은 선
을 무수히 내려 그은 것도 있다. 짙은 점이 점차 흐려져 소멸해 버리
거나 선이 하나 있으면 또 하나의 선이 있고, 리듬을 타고 이어졌다
가 스스로 자취를 감추기도 한다. 이들 점과 선이 마치 자신들만의
삶의 리듬과 생명을 갖고 있는 것처럼….

그리고 그러한 작업은 80년대 이후 '관계항' 이라는 개념으로 발
전된다. 돌이면 돌, 철판이면 철판, 유리면 유리, 그러한 사물들이 그
자체로 어떤 관계로 만날 수 있는지, 그 관계를 느껴보고 생각해보
자는 것이다.

본질적으로 동양 정신을 추구한 세계적 작가

세계 미술계에서의 이우환의 위치를 알려면 공공미술관에 그의
작품이 얼마나 소장되어 있는가를 보아야 한다. 우선 세계 최고의

권위를 자랑하는 파리의 퐁피두 미술관에서 84년 5월 그의 작품 13
점을 구입해 갔으며, 파리 시립 야외 조각미술관에 그의 입체 작품
이 서 있다. 네덜란드의 국립 크뢸러뮐러 미술관에도 그의 큰 입체
작품이 서 있으며, 독일에서는 베를린 국립 현대미술관, 뒤셀도르프
국립 미술관이 그의 작품을 다수 소장하고 있다. 미국에서는 뉴욕의
근대미술관이 그의 작품을 소장하고 있다. 이같이 세계 최고의 미술
관에 작품이 고루 소장된 미술가는 90년대까지 극동 출신으로는 거
의 없다고 한다.

이우환의 예술은 현대 미술에서 후기 미니멀리즘(Post Minimalism)
이란 계열로 분류되고 있다. 1960년대부터 미국에서부터 전개되기

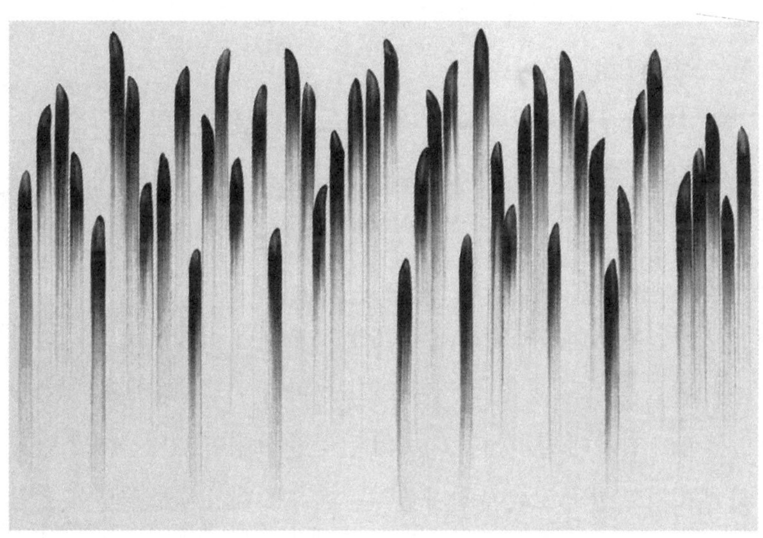

사물의 정서를 살려내는 작업을 한 이우환. 그의 작품 '선으로부터'

시작한 미니멀리즘은 어떤 최소한의 표현단위를 계속 반복하거나 최소 형태로 사물을 환원시키는 방법을 기본으로 하는 신예술사조로서, 예술의 자율성이나 순수성을 부각시켜 물체와 현실의 대비 또는 대조를 추구하는 20세기 후반 특유의 예술 개념이다. 이우환은 그의 탁월한 논리를 바탕으로 예술에서 환상을 제거하고 물자체(物自體)로서의 회화나 입체를 보여주려 한 것이다.

1970년대 초 그의 논리가 일본 화단에 던진 파문이 알려지면서 한때 그에 대해 예술의 논리화 때문에 예술에서 가장 중요한 요소인 정서를 빼앗은 사람이라는 비판이 일기도 했다. 그러나 80년대 중반 들어 그의 작품에서 엄격한 정형만이 아니라 스스로 허물어지고 흐트러지고 용서하는 점과 선이 등장하는 것을 보면 그의 작품은 정서를 빼앗은 것이 아니라 오히려 사물의 정서를 살려내는 예술이라고 하는 것이 합당할 것 같다.

80년대에 우리 화단의 많은 미술인들이 개념 중심의 작업을 많이 보여주었는데, 그것은 우리의 젊은 미술인들이 이우환이 제시한 새로운 미술의 논리, 새로운 미술철학에 그만큼 영향을 받았다는 뜻이 아닐까.

그는 일본에 살면서 작품 활동을 했기 때문에 작품에 국적이 없다는 비판을 받기도 했다. 그러나 1971년 파리 비엔날레에 참가할 때 일본측에 참가해 달라는 주최측의 간곡한 요청이 있었음에도 단호히 뿌리치고 한국 코너에 참가했다는 이유로 대상 후보 물망에 올랐으면서도 결국 아무런 수상도 하지 못했던 사실은 그의 의식을 보여

  찔레꽃과 된장

주는 대목이다.

이우환은 대학에 다닐 때까지 서예와 사군자를 특히 잘 했다고 한다. 그래서인지 그의 작품들에서는 서예의 필법을 느끼게 하는 것이 많다. 가로 긋는 선, 내려 긋는 선들은 각각이 어떤 글자의 구성요소로서만 존재 가치가 있던 것들인데, 그의 작품 속에서는 그것 자체로서 생명을 부여받고 있다. 이러한 작품들을 보면 이우환의 발상은 지극히 동양적이며, 예술세계 또한 본질적으로 동양적임을 느끼게 된다. 본질적으로 동양 고유의 정신세계를 담고 있기에 그의 작품들은 평면이건 입체 작품이건 서양 미술계, 나아가서는 세계 미술계에서도 주목받고 인정을 받아오고 있는 것이리라.

"20세기 후반 서양 미술사는 한마디로 회화의 부정이었죠. 다 지우거나 찢거나 하면서 말입니다. 그렇다면 어떻게 다시 시작할 것인가? 한번 붓을 대서 있는 것과 없는 것이 아니라 새로운 관계를 일으켜 보자. 공백과 사람이 부딪쳐 나타나는 새 출발점을 제시해보자라는 것이 제가 생각한 미술의 활로였습니다."

– 중앙일보 2004. 11. 3 이어령 전 문화부 장관과의 대담에서

오늘날 우리 미술인들은 세계를 향해 나아가고 있다. 많은 미술인들이 국제 미술전에 나가 우리의 새로운 미술을 선보이며 당당히 평가받고 있다. 한국 미술인들에 대한 그러한 평가가 가능하기까지는 이우환이 국제무대에서 쌓아온 역사가 작용을 하지 않았을까? 당시

의 시대 조류를 무조건 따라가는 것이 아니라, 한국인으로서의 주체
적 발상으로 미술의 세계를 새롭게 들여다보고 새로운 물줄기를 찾
아내었기에 국제 미술계가 '한국이라는 새로운 미술의 보물 창고'
를 주목하게 되었던 것이 아닐까?

백남준이 비디오아트라는 첨단예술 영역에서 이름을 날린 것과
함께 이우환은 순수 미술계에서 세계적인 위치에 서 있다.

이타미 준, 유동룡, 그의 공간

포도호텔을 아시나요?

"제주도에 있는 포도호텔을 아세요?"

식사 자리에서 누군가가 내게 물었다. 대답은 당연히(?) 모른다는 것이었다. 평소 자주 가지도 못하는 제주도에 있는 호텔까지 내가 어떻게 알랴? 모른다고 하니까 다소 맥이 빠진 듯한 목소리(사실 속으로는 신이 더 났을지도 모른다)로 설명을 하기 시작한다. 일본에서 활약하고 있는 재일동포 건축가인 이타미 준이 설계한 것으로, 하늘에서 내려다보면 하나의 거대한 포도송이처럼 생겼는데, 방 22개짜리의 단층 호텔이다. 방문을 열고 나가면 바로 잔디밭이 연결돼 있고 전망이 기가 막힌데, 방의 개수가 적은 만큼 호텔을 유지하기 위해 기본적인 수입이 되게끔 방 값은 조금 비싸다는 것이다.

그 얘기를 듣고 인터넷을 찾아보니 사진과 함께 설명이 올라 있

이타미 준이 설계한 제주도의 포도호텔 전경

다. 과연 단층의 호텔 건물이 푸른 자연 속에 놓여 있다. 그런데 호텔이 위치한 곳이 핀크스 골프장이라고, 지난해 한일 여자 프로골프대회가 열린 골프장 안에 있어서 일반인들에게는 많이 알려지지 않은 듯했다.

사진으로 보는 외형은 제주 고유의 시골집을 그대로 옮겨놓은 듯 아담하고 고즈넉하다. 호텔 앞에는 제주 전통의 밭이 조성되어 있어 봄에는 유채와 보리가 자라는 것을 직접 볼 수 있다고 한다. 한라산 자락 아래 자리한, 바다가 보이는 작은 마을, 외부와 철저히 차단된 듯하지만 호텔 어느 룸에서건 테라스를 통해 밖으로 나갈 수 있도록 만들어진 자연스럽게 열려 있는 공간. 건축가인 이타미 준은 제주도의 자연 속에 남몰래 존재하는 또 하나의 제주를 만들려고 한 것인가?

이타미 준!
그의 이름이 본격적으로 한국에 알려지게 된 것은 그가 설계한 온양 민속박물관이 1978년 개관하면서부터가 아닌가 싶다. 이름이 일본식이다 보니, 왜 일본인에게 민속박물관 설계를 맡겼을까 하는 의구심에서 그의 작품이 소개되기 시작했고, 그러다 보니 이타미 준

(伊丹潤)이란 이름은 예명이고 본명은 유동룡, 재일교포 2세라는 사실이 알려졌다.

그러나 필자에게 이타미 준의 이름은 다른 경로로 다가왔다. '우리 민족과 백색의 의미'라는 주제로 글을 쓰는 도중에 이타미 준이 '한국인에게 있어서 백색의 의미'를 일본에서 여러 번 말하고 다녔다는 사실을 알게 된 것이다. 그런 인연으로 이타미를 알게 되자 자연스럽게 그의 작품에 관심이 쏠리기 시작했다.

이타미 준이 설계한 온양민속박물관

실제로 그의 작품은 심심치 않게 우리나라에 세워지고 있었다. 온양 민속박물관 외에도 방배동 아틀리에 각인의 탑(Scarved Tower, 1988년), 부산 국립 해양박물관(1993년), 2001년 한국건축가협회상을 수상한 경기도의 게스트 하우스 올드 앤 뉴(2000년), 제주도의 핀크스 (PINX) 골프 클럽 하우스(1998년)와 게스트 하우스 포도호텔(2001년), 선천고등학교(2002년) 그리고 인사동 학고재 미술관(2003)도 그의 작품이란다. 일본에서는 시즈오카의 시미즈 주택(1971년), 도쿄의 인디아 잉크 하우스(1975년), 홋카이도 토마코마이의 석채의 교회(1991년)와 나무의 교회(1996년), 도쿄의 M 빌딩(1992년), 도쿄 시부야의 작업실 헤리티지 오브 잉크(Heritage of Ink, 1998년) 등 셀

수가 없다.

인사동 학고재 미술관이 완공되던 2003년은 이타미에게 가장 좋은 해였음에 틀림없다. 그해 7월말부터 9월말까지 두 달 동안 프랑스 파리의 기메 국립 아시아 미술관(Musee national des Arts Asiatiques-Guimet)에서 그의 건축 작품에 대한 회고전을 열어준 것이다. 회고전의 타이틀도 눈에 띈다. '이타미 준, 일본의 한국 건축가'. 더구나 기메 미술관 개관 이래 현존하는 인물에게 헌정되는 최초의 전시라고 한다. 이 뜻깊은 기회가 한국인 건축가에게 돌아갔다는 사실, 그가 활동한 일본도 아니고 프랑스 파리에서 프랑스 사람들이 그의 회고전을 열어주었다는 사실이 당시 유럽과 일본, 그리고 한국에 충격을 주었다.

한국의 전통 위에 세운 건축

기메 미술관은 왜 그를 선택한 것인가?

"일본에서 활동중인 한국인 예술가 이타미 준의 작품을, 작가가 오랜 세월 수집해 온 아름다운 한국 고미술품과 함께 전시할 수 있게 된 것을 행운으로 생각합니다. 한국의 전통 명품들과 건축 사이의 대화는 우리에게 이타미 준의 창조성을 보여주며, 나아가 아름다움의 본질이 무엇인지를 일깨워줍니다. 이타미 준은 예술가로서, 동시에 수집가로서 고려나 조선의 미술품에서 받은 인상을 깊이 명상함으로써 전통의 굴레에서 자유로워질 수 있었고, 시공을 초월한 독창성과 현대성을 지닌 예술 작품을 창조해왔습니다."

　기메 국립 아시아 미술관의 장 프랑수아 자리게 관장의 말은 함축적이다. 프랑스 측은 그의 건축 작품 전시회에 그가 수집한 한국의 미술품들을 같이 전시함으로써 그의 건축세계가 어떻게 형성돼왔는가를 보여준다. 전시회의 제목이 말해주듯 오랫동안 일본에 살았으되 한 사람의 한국인으로서 이타미 준의 정서는 어떤 것이며, 과거로부터 물려받은 문화 유산을 현대를 살아가는 오늘의 현실 안에 어떻게 구현했는지를 한 눈에 볼 수 있게 하는 것이다. 그래서 건축과 전통 미술, 언뜻 전혀 상관없어 보이는 두 분야의 작품들을 하나하나 비교해 가면 현대적으로 보였던 건축에서 한국의 전통이 발견되고, 동시에 낡은 것으로 보였던 옛 미술품이 이타미를 통해 현대적 가치로 되살아나는 것을 발견해낼 수 있는 것이다.

　이타미 준은 1937년 도쿄에서 태어났으니까 이제 70이 넘었다. 그는 자연 그대로의 재료, 자연스러우면서도 절제된 선을 써서 한국의 전통을 현대 건축에 접목하는 작업을 오랫동안 해왔다. 그러면서도 "토속주의와 지역주의가 모더니즘의 반대 명제라고 한다면, 나는 지금까지 아시아를 표현하려 하지 않았다고 말하겠다. 돌과 나무와 대나무 등의 소재를 사용한 것은 지역을 주장하기 위함이 아니라 시간을 초월한 건축 개념을 표현하기 위한 것이었다"는 그의 글처럼, 동양과 전통에 대한 깊은 사유의 힘으로 편의적인 오리엔탈리즘이나 이국주의에 빠지지 않으면서도 진정한 동양적 가치를 건축으로 드러내 보여 왔던 것이다.

그러한 그가 결국 프랑스 예술문화훈장을 받았다. 2005년 10월 5일 일본 도쿄에 있는 주일 프랑스 대사관에서였다. 그 자리에서 이타미 준, 아니 한국인 유동룡 씨는 살짝 떨리는 목소리로 소감을 말했다.

"이 상은 내가 받는 것이 아닙니다. 내 뒤에 오는 한국의 젊은 건축가를 위해 내는 길입니다."

이 훈장은 어떤 훈장인가? 2003년 파리에서 열린 그의 회고전을 평가한 프랑스 문화성이 한국 건축가에게 처음 주는 훈장이다. 사실 활약은 많이 했지만 그는 일본 건축계에서는 주류가 아닌 아웃사이더였던 모양이다. 모 일간지 기자에게 전하는 그의 속내가 새삼스럽다.

"나를 외부인이나 주변인으로 보던 일본 건축계가 충격을 받고 있어요. 건축 전문지 『신건축』 2006년 1월호가 제 최근 작품으로 특집을 꾸미고 있습니다. 남이 날 뭐라 부르든 나는 한국인이란 얘기를 하고 싶어요."

"이타미 건축의 미학이 있다면 그건 지역성입니다. 집이 들어설 곳의 자연 풍토와 전통, 추억을 아우른 건축이 제 독창성입니다. 그 땅에 살아왔고 살고 있고 살아갈 이의 삶과 융합한 집을 짓는 것이 제 꿈이고 철학입니다."

그의 작품에서는 그가 늘 얘기하던 대로 한국인의 백색에 대한 미학을 엿볼 수 있다. 그는 한국인들이 선호하는 흰색이 비애의 색이 아니라 자연의 산물임을 주장했다. 그러한 흰색의 원형을 그는 백자에서 본다.

"조선 백자는 새 건축을 창조하기 위한 내 교과서입니다. 항아리가 품고 있는 색이나 선을 보고 있을 때 항상 이미지가 떠오릅니다. 백자 같은 집을 짓고 싶다고 하루에도 몇 번씩 외칩니다. 도자기를 보면 영감이 떠오르고, 보고 있으면 스케치가 절로 나옵니다. 내 건축 세계의 독창성의 근본은 백자에 있습니다. 그건 생명, 사랑, 따뜻함 같은 것을 뭉뚱그린 무엇이지요."

기메 미술관의 수석 큐레이터는 이타미 준을 미래를 위한 새로운 모험의 발판이라고 규정한다.

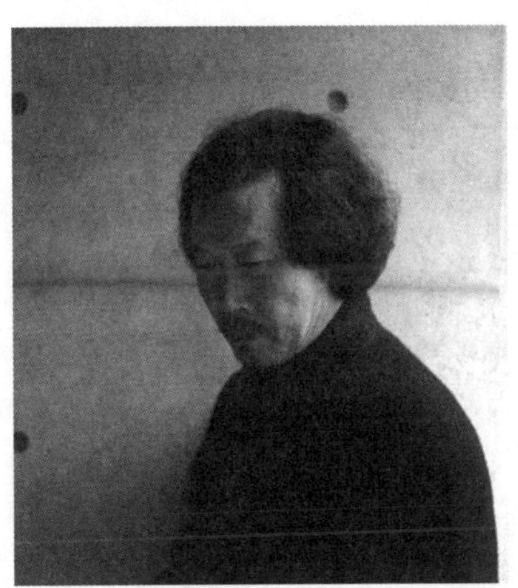
집이 들어설 곳의 자연풍토와 전통, 추억을 아우른 건축을 추구하는 이타미 준

"과거의 유산은 그저 이어받기만 하면 될 재산이나 '잊혀져서는 안 될 기억'이 아닙니다. 그것은 생생하게 살아 있는 환경, 생각의

방식, 느낌의 방식 그리고 사물을 바라보는 방식입니다. 우리에게 이타미 준은 한국과 일본을 프랑스와 겸허하게 이어주는 작가입니다. 인간적인 공간, 즉 인간이 인간을 위해 만든 공간 안에서 사람들은 삶을 즐깁니다. 따라서 건축 역시 살아 있는 환경입니다. 건축 디자인은 (마치 공기처럼) 곳곳에 있는데도 사람들은 그 존재를 느끼지 못합니다. 그런데 그렇기 때문에 삶에 다양성을 불어넣을 수 있는 것입니다. 우리는 건축 디자인으로부터 미술관의 소장품에 이르기까지, 모든 것을 섬세하고 완벽한 논리에 따라 구성했습니다. 건축이든 미술이든 아름다움, 자유, 신중함에 대한 사랑이라는 점에서 다르지 않습니다. 그래서 미술사는 어떤 순간에도 차가운 과학이 될 수 없습니다. 언제나 '문화적인 과학' 인 겁니다. 거기에는 개인적 취향과 선택이 들어갈 수밖에 없으며, 그것을 통해 각자의 시선으로 과거를 재구성하게 마련입니다. 그리고 나아가, 단지 과거를 재구성하는 차원이 아니라, 미래의 세대에게 새로운 모험을 향한 발판을 제공해주는 것입니다."

- 피에르 캄봉(Pierre Cambon), 기메 국립 아시아 미술관 수석 큐레이터

　　프랑스 문화훈장을 받음으로써, 한국인으로서의 그의 미의식은 국제적인 인정을 받게 되었다. 그에게 한국인으로서의 전통이 없었다면 과연 현재와 같은 작품을 만들어낼 수 있었을까? 그의 작품들이 프랑스를 비롯한 유럽에서 인정을 받을 수 있었을까? 그런 의미에서 이타미 준은 한국의 전통을 현대적으로 세계화한 좋은 본보기가 될 것이다.

아! 윤이상

윤이상 선생과의 만남

Sakrower Kirchweg 47.

독일 베를린 교외에 있는 윤이상 선생의 집 주소다. 정원이 딸려 있는 아담한 주택, 1층은 응접실, 2층은 작업실과 침실, 그리고 약간의 비탈을 파고 만든 반지하실이 있었다. 1984년 3월과 1988년 12월, 필자는 두 번 이 집을 찾아가 윤이상 선생을 만났다.

1984년의 첫 만남은 거실에서만 이뤄졌다. 당시 다른 취재로 베를린에 갔다가 갑작스런 인터뷰 요청이었지만 선뜻 응해주신 탓에 미처 세심한 준비를 하지 못한 채 급히 한 인터뷰였다. 동베를린 사건 이후 한국 언론들이 잘 찾지 않아서 텔레비전으로는 처음 회견을 하게 되었는데, 그 사건 이후의 심경과 자신의 음악 세계, 한국에 대한 생각 등을 담담하고 솔직하게 털어놓으셨다. 당시는 서울 올림픽을

몇 년 앞두고 있었기에 필자는 서울올림픽에 음악가로서 참여할 의
향이 있는지를 질문했고, 이에 대해 윤이상 선생은 정부에서 초청을
해준다면 기꺼이 응하겠지만 그때까지도 연락이 없노라고 응답했
다. 윤 선생과의 인터뷰는 곧바로 서울에서 KBS 뉴스파노라마 시간
에 방송이 됐고, 많은 사람들이 윤이상 선생을 처음으로 화면에서
만나게 되었다. 그런데 안타깝게도 당시 우리 문화당국에서는 윤 선
생을 초청하는 문제에 전혀 관심을 보이지 않았고, 그래서 윤 선생
의 올림픽 음악 참여는 무산되고 말았다. 그리고 윤 선생은 우리에
게서 잊혀졌다. 서울에서는 민주화의 진통이 계속되었고, 올림픽이
성공적으로 치러지면서 들뜬 국내 분위기는 멀리 유럽에 있는 예술
가를 생각하게 하지 않았다.

그러다가 88년 가을 인사동의 한 화랑에서 이듬해 신년 기획으로
재불 화가 이응로 씨를 초대한다는 소식을 들었다. 이응로 씨도 윤
이상 선생과 함께 동베를린 간첩단 사건에 연루돼 옥고를 치른 데다
윤정희 납치의혹사건까지 겹쳐 우리들의 관심 밖에 있던 화가가 아
닌가? 그런 미술가를 한국에 초대한다면 좋은 취재거리가 된다는
생각에 인터뷰를 요청해 승낙을 받았고, 그렇다면 차제에 윤이상 선
생도 같이 취재해 정치적 사건과 이념의 굴레에 갇혀 우리 문화사에
서 실종된 두 예술가를 한 번에 조명하는 것이 의미가 있겠다는 생
각에 윤 선생께 다시 연락을 드려 취재 허락을 받았다. 그래서 다시
베를린을 찾았다.

 찔레꽃과 된장

음악에 민족혼을 녹여
내고 싶어했던 윤이상

　두 번째 뵈니 윤 선생은 서울 올림픽의 성공으로 한국에 대한 이미지가 많이 좋아진 것으로 퍽 고무되신 듯했다. 마침 집을 방문하니 당시 예총의 전봉초 회장이 오신다고 했다. 두 분은 서울에서 예전에 같이 활동한 적이 있는 친구 사이. 전봉초 회장은 윤이상 선생과 함께 남북이 음악으로 같이 만나는 행사를 기획하고 있어서 그에 대한 보다 진전된 논의를 하려고 방문을 한 것이었다. 그 때문에 취재가 더욱 뜻깊게 되었다. 전봉초 회장과 윤이상 선생이 뜰을 거닐면서 여러 가지 이야기를 나누는 장면도 촬영할 수 있었다. 전 회장은 윤이상 선생께 이제 한국을 방문해도 좋지 않느냐, 옛날의 군부독재국가가 아니라 민주적인 국가가 되었으며, 올림픽 이후 특히 많이 변했으니 웬만하면 고향을 방문하자고 권유했다. 이에 대해 윤 선생은 가고 싶은 마음이야 누구보다 앞서지만 현실적으로 몇 가지 정리할 일이 있다고 했다.

　그런데 밑그림 촬영을 위해 2층으로 올라가니, 이층 벽 한가운데에 조그만 고구려 사신도가 눈에 띄었다. 백호도로 기억되는데, 강서대묘의 것을 축소 모사한 것이었다. 이 사신도에 관심을 보이자 2층으로 따라 올라오셨던 윤 선생의 부인 이수자 씨가 귀띔을 한다. "그것 보고 싶어서 이북에 갔다가 그렇게 혼났잖아." 그러고 보니 당시 유럽에서 발매된 윤 선생의 음악 레코드 자켓에 바로 그 사신도가 그려져 있는 것이 눈에 띄었다. 고구려 벽화 속에 살아 있는 민족혼, 그것을 선생은 표현하고 싶었던 것이리라.

인터뷰가 끝나자 윤 선생은 취재진에게 레코드 1장씩을, 그리고 필자에게는 CD 1장을 더 주신다. 본인의 자필 서명과 함께 주신 이 CD에는 칸타타 '나의 땅, 나의 조국이여'(87년 작곡)가 전면에 실려 있고 뒷부분에는 '광주여 영원하라'(81년 작곡)가 함께 들어 있었다. "나중에 이 음악들이 유명해질 테니 잘 갖고 있으세요"라고 하셨던 그 음악이 2005년에야 한국에서 초연되었다.

윤 선생과의 인터뷰는 나중에 파리에서의 이응로 화백 취재분과 합쳐져 1989년 1월 6일 KBS1 텔레비전에서 '신년기획 이향에서 본 조국, 윤이상·이응로'라는 제목으로 약 한 시간 동안 방송되었다. 방송되고 나서 나흘 후 이응로 선생이 영면하셨다. 그 소식을 듣고 이 프로그램이 이응로 선생에게는 예술가로서의 마지막 한을 풀어 드린 것이었다는 느낌이 들었다. 돌아가시기 전에 육성으로 자신의 예술세계와 그동안의 어려웠던 생활과 심경 등을 진솔하게 밝힐 수 있었으니 얼마나 다행인가.

길지 않은 기자 생활 중에 1989년 방송된 이 프로그램이야말로, 멀리 유럽에서 이름을 날리고 있었지만 동베를린 사건 이후 어쩔 수 없이 조국을 등지고 살아야 했던 두 분 예술가의 조국 한국에 대한 그리움을 전함으로써 그들을 신원(伸冤: 억울함을 밝혀 밝게 드러냄)해 준 작품이라 감히 자부하고 있다.

그의 음악의 주제는 조국이었다

윤이상 선생의 예술세계야 이제는 각계에서 활발한 조명을 해서 많이 소개가 되었지만, 23년 전 처음으로 그를 인터뷰하고 본격 프로그램을 만들었던 필자로서는 회견을 통해 느꼈던 그의 고향에 대한 간절한 향수를 잊을 수 없다. 고향 이야기만 나오면 그의 눈매는 무언가를 그리워하는 빛으로 바뀌었기 때문이다. 그런 윤이상 선생이 1994년 고국 방문을 위해 큰마음을 먹고 일본에까지 왔다가 당국과의 최종 조율이 안 돼 되돌아간 일은 정말 안타깝기 그지없다.

윤이상 선생이야말로 조국 분단이란 현실을 가슴 아프게 생각하고 남북이 음악을 통해서라도 우선 하나가 되자고 누구보다 앞장서서 노력해 남북 통일 음악회도 성사시키지 않았던가. 고인의 그런 노력이 이제 결실로 나타나 남북한 간의 교류가 점점 왕성해지고 있으며, 분단의 장벽이 낮아지면서 왕래와 가족상봉도 점차 수월해지고 있다. 그는 수많은 작품을 발표했지만 그 음악의 주제는 조국이었고 그 음악이 목표하는 바는 조국의 통일과 번영이었다.

"서양의 음악사를 볼 때 어느 저명한 작곡가건 다 그들의 조국(민족 고유의 문화와 역사)에 예술의 뿌리를 박고 있다. 대별한다면 이탈리아 음악, 독일 음악, 프랑스 음악, 러시아 음악 등 어느 나라의 작곡가도 다른 나라 작곡가들이 흉내낼 수 없는 귀중한 요소를 가지고 있다. 그렇기 때문에 대체로 독일 사람이 진정한 러시아 작품을 소화하기 힘들고, 다른 경우도 마찬가지이다. 특히 동양의 연주가들이 독일의 고전이나 낭만을 완전히 소화하려 할 때는 더욱 그렇다.

나의 음악은 역사적으로는 나의 조국(민족)의 모든 예술적 · 철학적 ·
미학적 전통에서 생겼고, 사회적으로는 나의 조국의 불행한 운명과 민족,
민권 질서의 파괴, 국가 권력의 횡포에 자극을 받아 음악이 가져야 할 격조
와 순도의 한계 안에서 가능한 한 최대의 표현적 언어를 구사하려고 노력
한 것이다. 음악은 구체적으로 말을 하지 않지만 듣는 사람으로 하여금 그
상상력을 불러일으키는 강한 힘이 있는 것이다.”

– 윤이상, 『나의 조국, 나의 음악』

윤이상은 생전에 21세기 생존 최고 작곡가 5인 중의 1명으로 인정
받았다. 그런데 만약 윤이상이 독일에 나가서 그 때까지 유행하던
독일식의 음악철학이나 음악기법을 사용했다면 오늘의 위치에 올
라설 수 있었을까? 그 답이 당연히 ‘아니오’ 라고 한다면, 우리는 우
리가 갖고 있는 정신적인 가치, 우리가 키워 온 전통적인 방법론에
대해 충분히 자긍심을 가져도 될 것이다.

서양인들도 한국인이 서양의 것을 따라하는 것이 아니라 한국인
의 이야기를 하기를 원하고 있다. 세계 최고 수준의 연주가들이 우
리나라에서 즐비하게 나오지만, 그것은 작곡과는 차원이 다르다는
것도 그런 맥락에서이다. 우리는 우리 것을 만들고 그것으로 인류의
역사에 공헌해야 한다.

 찔레꽃과 된장

음악의 노벨상, 진은숙

앞서가는 상상력의 진은숙

음악이라는 예술에도 3요소가 필요하다. 먼저 작곡이 있어야 하고, 연주가 있어야 하며, 그것을 감상하는 사람이 있어야 한다. 이 3요소 중 어느 하나도 중요하지 않은 것이 없지만 가장 우선돼야 할 것은 역시 작곡이다. 서양 음악이 세계의 음악을 대표하는 양 군림하게 된 것은 비발디나 바흐, 헨델 이후 그들 작곡가들이 만들어놓은 작품이 민족음악의 차원을 넘어 인류의 보편적인 음악으로 올라설 수 있었기 때문임은 두말할 필요도 없다. 그러기에 음악 하면 가장 작곡가가 많은 독일이 최고봉이라는 데 이의를 제기하기가 쉽지 않은 것이다. 그 다음이 프랑스나 이탈리아 등이고, 나머지는 지역적 · 민속적인 음악 전통을 보편적인 음악으로 끌어올리고 있는 수준이라고 할 수 있겠다.

그렇다면 우리의 음악은 어떨까?

우리 음악은 사실 세계 어느 나라 음악과 비교해도 수준이 낮다거나 모자라다고 할 수 없을 만큼 나름대로 독특한 힘과 멋이 있다. 동양의 여러 나라와 비교하면 가장 힘 있는 음악이 아닐까도 생각된다. 그런데 우리의 음악은 아직 민족음악, 민속음악의 차원에 머무르고 있다. 세계 여러 나라 사람들에게 공통의 음악으로 인정받고 사랑받는 음악이라고는 말하기 어렵다는 것이다. 그런 의미에서 우리는 훌륭한 작곡가를 필요로 한다. 자신의 고유한 음악세계, 한국적인 전통에서 키워온 소리를 자각하고, 이를 세계인이 함께 들을 수 있는 음악으로 표현해낼 수 있는 작곡가 말이다.

우리는 이미 윤이상을 갖고 있지 않은가? 맞다. 그러나 윤이상을 한국의 음악인이라고 말하기에는 조금 주저되는 면이 있다. 그는 이른바 동베를린 간첩단 사건 이후 독일에서 한 번도 귀국하지 못하고 생을 마감해야 했기 때문이다. 물론 정치와 음악은 별개라고 할 수 있다. 하지만 본의 아니게 끝까지 조국과 등진 채 근 30년이 넘는 긴 시간 동안 조국과 단절을 하고 살았던 까닭에 우리가 느끼고 생각하는 세계와는 다른, 그 어떤 단절감이 없을 수 없는 것이다.

그런데 반갑게도 젊은 한국인 작곡가가 음악의 노벨상이라는 '그라베마이어 상(Grawemeyer Award)'을 받았다. 그 작곡가는 독일에서 활동하는 진은숙(陳銀淑). 진은숙은 매년 세계 최고의 작곡가에게 수여하는 '그라베마이어 상(Grawemeyer Award)' 2004년 수상자로 결정돼 20만 달러(약 2억 4000만 원)의 상금을 받았다. 그러나 이 상의

음악의 노벨상으로 불리
는 그라베마이어 상을 수
상한 진은숙

영예는 상금으로 평가할 수 없는 것이다.

"그라베마이어 상은 모든 작곡가들의 꿈이라
할 수 있습니다. 워낙 유명한 대가들이 받아왔
고, 피에르 불레즈 같은 거장도 불과 2년 전에
수상했습니다. 최소한 20년은 더 기다려야 되
지 않을까 여겼는데 올해 이 상의 수상자로 지
명됐다는 것이 아직도 믿어지지 않습니다."

수상자로 결정된 뒤 진은숙이 모 신문과
의 전화 통화에서 밝힌 수상 소감이다.

우리에게는 생소하지만 그라베마이어상은 교토상과 함께 손꼽히
는 작곡상이다. 교토상이 일종의 공로상이라면, 그라베마이어상은
창조적 아이디어를 담은 작품에 주는 상으로서 미국 실업인 찰스 그
라베마이어(Charles Grawemeyer)가 1984년 모교인 켄터키 주 루이빌
(Louisville) 대학에 기부한 900만 달러로 만든 그라베마이어 재단이
제정했다. 그 후 이 상은 1985년 루토슬라브스키를 시작으로 리게티
(1986), 코릴리아노(1991), 타케미추(1994), 불레즈(2001) 등 당대 최고
의 작곡가들만이 수상했다. 그런 반열에 진은숙이 들어간 것이다.

진은숙은 지금껏 발표된 작품만으로도 이미 세계 최고의 평가를
받고 있다. 베를린 필하모닉 음악감독인 지휘자 사이먼 래틀은 지난
1999년에 이미 진은숙을 '세계 작곡계를 이끌 차세대 5인'으로 지

목했으며, '앙상블 앙테르콩탕포렝', '앙상블 모데른', '크로노스 콰르텟'등 현대의 대표적인 연주단체들이 진씨에게 창작곡을 위촉했다. 그동안 발표된 'Akrostichon(말의 유희)', 'Fantasie mecanique(기계적 환상곡)'. 'Xi(씨)'. 'Double Concerto(이중협주곡)' 등이 모두 화제를 모았다. 2001년에 도이체 심포니는 진은숙의 '바이올린 협주곡'을 베를린 필하모닉 홀에서 연주해 일약 진은숙의 이름을 세상에 알렸다.

그의 은사인 강석희 교수의 말처럼 진씨는 "시대를 앞서가는 상상력으로 21세기 현대 음악계를 이끄는 리더의 한 사람"이 된 것이다.

한국혼을 담은 음악

진은숙은 윤이상이나 강석희 등 국제적인 수준의 작곡가들이 있었기에 오늘이 가능했다고 하면서 현대 음악이 매너리즘에 빠져 있어서 이를 탈출하는 것이 급선무라고 말한다. 그녀는 서양, 특히 독일어권에서 50년대부터 해왔던 '현대 음악'을 해왔지만 항상 마음 한 구석에는 이것이 내 음악이 아니라는 의구심을 가졌다고 한다. 그래서 10여 년 전부터 새로운 화성을 사용한, 그렇지만 지나간 서양의 조성음악과는 다른 음악을 쓰려고 노력하고 있다고 한다. 특히 현대 음악만을 듣는 제한된 청중보다는 일반 청중을 대상으로 생각하고 곡을 쓰고 있다고 한다. 현대 음악이 너무나 철학적이고 사변적이고 음의 유희에 얽매여 청중들과 멀어진 데 대한 반성이란다.

 찔레꽃과 된장

진은숙의 작품 앨범

결국 음악은 어떠한 차원에서든 일반 청중과 교감해야지 자폐증 환자와 같아서는 안 된다는 생각이다. 그것이 현대 음악의 하나의 탈출구로 인정한 요인이리라.

"저의 다른 작품도 마찬가지지만 현대 음악의 매너리즘에 빠지지 않는, 바이올린이라는 악기의 성격에 위배되지 않는 음악을 쓰려고 노력했습니다. 화성의 구조도 아주 단순하게 바이올린의 4개 개방현에 기초를 두고, 악장도 고전적 4악장 구성으로 했습니다. 길이는 약 25분이에요. 화성 구조나 악장의 분할이 단순한 데 비해 오케스트라 음향은 최대한 독특한 소리를 끌어냈습니다."

이 부분의 설명을 들으면 우리의 가야금이 생각난다. 가야금은 5개의 음을 가지고도 수많은 세계를 표현하되 그 연주는 개방현을 많이 사용함으로써 영롱한, 심금을 끌어당기는 소리를 낸다. 윤이상이 심청 등 우리 전통의 설화나 무속, 민속, 사상을 현대 음악으로 표출했다면 진은숙은 우리 음악의 기본요소를 보다 충실히 현대화함으로써 청중과 멀어진 현대 음악을 다시 청중 앞으로 보내주는 역할을 할 것으로 기대된다.

세계 무대에서 활동하는 한국의 음악가들이 많지만 그들이 모두 연주가들이었다는 점에서 우리 음악의 세계화는 아직도 요원하다.

남이 만든 음악을 연주하면서 한국적인 심성이나 한국인만의 특성을 담는 데는 한계가 있기 때문이다. 물론 그동안 우리의 작곡가들이 전혀 없었던 것은 아니나 세계적으로 인정받으면서 동시에 대중과 함께 호흡했던 작곡가는 아직 없었다. 그런 점에서 진은숙의 등장은 우리 음악계에 희망을 던져 주고 있다.

우리 민족은 아득한 옛날부터 술을 좋아하고 노래를 좋아했다. 노래 잘 하기로는 아마 동양에서 최고일 것이다. 그러한 민족의 음악적 재질과 특성이 그동안 제대로 된 표현의 길을 찾지 못해 나래를 활짝 펴지 못했다면, 이제 진은숙을 통해 우리 음악의 힘이 세계에 알려지게 될 것을 기대한다. 그가 우리와 동시대를 살면서 같은 고민을 한 우리의 젊은이라는 점에서 더욱 기대가 된다. 한국이란, 한국인이라는 독특한 집단의 음악혼을 세계 속으로 던져주는 투수가 되기를 기대하는 것이다.

전통예술을 살려놓은 임권택

또 한 번의 감동

런던에 특파원으로 있을 때 장승업에 관한 영화를 만든다는 얘기를 제작사를 통해 전해 들었다. 그 얘기를 듣고 가장 걱정했던 것은 자칫 이 영화가 술 먹고 계집질하다 죽는 떠돌이 화가의 스토리 정도로 끝나는 건 아닌가 하는 것이었다. 미술 쪽을 취재하면서 보고들은 장승업의 그림과 생애에 관한 단편적인 지식을 근거로 생각할 때 '영화 소재로는 괜찮지만 과연 천한 영화가 아닌 멋있는 영화로 구워질 수 있을까?' 하는 의구심이 들었던 게 사실이다.

그러나 서울에 돌아와 시사회에 초대받아 영화를 보면서 내가 평소 얼마나 쓸데없이 조바심 많고 남을 잘 믿지 못하는 옹졸한 성격이었던가를 확인하고 말았다. 그 모든 것이 기우였던 것이다.

두 시간에 가까운 영화가 끝나고 제작진들의 이름이 올라갈 때 나는 나도 모르게 박수를 치고 있었다. 영화의 성공을 인정해서였으며, 우리도 이제 이런 정도의 영화를 또 하나 가지게 되었구나 하는 자긍심에서였다.

한국 영화 역사를 70년으로 보건 80년으로 보건 그 속에서 예술가를 다룬 영화가 얼마나 있었을까? '서편제'가 처음으로 판소리라는 예술과 예술가들을 다루었다면 '취화선'은 처음으로 한국인 미술가를 다루었다는 점에서 새로운 시도였고, 두 작품이 모두 성공을 했다. 그러나 두 작품이 모두 남다른 감동을 남기는 것이 단순히 소재가 좋아서만은 아닐 것이다.

제작기법이나 기술로만 본다면 '서편제'보다 '취화선'이 더 힘들수밖에 없다. 서편제에는 시간을 끌어가는 긴 소리가 있고, 그것을 배우는 사람들의 움직임이 있다. 그런데 그림이라는 것은 우선 평면에 나타나는 것이요, 소리가 없는 것인데다 우리 동양화(또는 한국화)라는 것이 서양화처럼 화면을 꽉 채우지 않고 많은 부분을 남겨놓는데다가 때로는 누워 있는 몇 개의 먹선만으로 이루어질 때도 있어서 좁은 앵글로 생동감 있게 담아내기가 무척이나 어려울 수밖에 없기 때문이다. 그런데도 그림들이 모두 마치 눈앞에 있는 것처럼 살아 올라온 것은 기술이 발달한 덕이라고 하기에는 무언가 미흡한, 설명할수 없는 그 무엇이 있었기 때문이었다.

카메라 렌즈의 앵글이란 것은 막상 들여다보면 때로는 너무 넓고

 찔레꽃과 된장

영화 취화선의 한 장면

때로는 너무 좁은 것이 보통이다. 대자연을 담기에는 너무 좁고, 우리네 소소한 삶을 담을 때는 너무 넓은 것이 아닌가? 그런데 이 영화에서는 앵글에 관한 한 모자라거나 넘침이 보이지 않는다. 채우지 못한 예술가로서의 포부를 담을 때는 넓게, 세밀한 손길과 정교한 기술을 담을 때는 좁게 쪼아서 담았기 때문이다. 그것은 감독과 촬영감독, 그리고 출연 배우가 한 마음, 한 정신으로 통해 있을 때에만 가능한 일이다.

우리 전통에 대한 살아 있는 해설서

인사동 거리를 지나면서 사람들은 미술관이나 화랑에 걸린 그림을 보면서도 무심히 보고 지나친다. 그러나 이 영화를 보고 나면 그림이 전혀 다르게 보인다. 이 그림은 작가의 어떤 마음을 담고 있으며 이 그림이 말하려는 것은 무엇일까, 눈에 보여지는 것 뒤에 또 무엇이 있는 것인가를 생각하게 되는 것이다. 한마디로 이 영화는 우리의 전통 그림에 대한 살아 있는 해설서 역할을 하였다. 그림이란 것 하나에도 우리 조상들은 그처럼 많은 생각과 감정을 쏟아 부으며 고민을 했구나 하는 것을 새롭게 체득하게 해주었으며, 그림이란 것도 눈요기가 아니라 마음을 가다듬고 생각을 높여주는 훌륭한 교과서임을 생생하게 가르쳐주었던 것이다.

'문자향 서권기(文字香 書卷氣)', '부벽준(斧劈皴)' 등 이 영화에서 출연자들이 주고받는 대화가 상당히 수준 높은 것이어서 대부분 한문을 배우지 않고 화론을 배우지 않은 요즘 세대들이 무슨 뜻인지 알아듣기가 쉽지 않다는 한계는 있다. 그러나 문제는 어렵다는 데 있는 것이 아니라 우리가 그런 정도의 대화를 못 알아듣는다는 데 있다. 그만큼 우리는 전통예술에 대해 무지하고, 전통이 갖고 있는 수준 높은 향기를 교육하는 데도 무심했던 것이다. 그런 까닭에 옛날에는 떠꺼머리 머슴이나 시장의 장돌뱅이도 줄줄이 주워섬기던 말을 요즘은 대학을 나온 성인들도 못 알아듣게 된 것이다. 이런 점에서 이 영화는 그동안 전통을 외면하고 살아온 현대인들에게 하나의 경종으로 다가온다. 나라가 기울어가는 시대적 상황에서 방황하던 한 미술가의 치열한 삶을 통해 우리가 지나쳐왔던 전통문화의 수준 높은 세계를 보여주며, 거기에 멈춰 서서 우리의 삶을 새롭게 반추해 보는 귀중한 시간을 갖게 해주었다.

이 영화는 그러면서 동시에 '비록 아무리 수준 높은 예술세계라 할지라도 남의 것을 무조건 따라 하는 것은 결코 올바른 예술이 될 수 없다'는 점을 조용히 외치고 있다. 천하에 명망 높은 추사 김정희와, 한국인이 자랑하는 작품 세한도를 흔들어놓는 그 자신만만함은 할리우드를 치고 올라가는 한국 영화계의 야심만큼이나 당찬 것이다.

여기에는 이 영화를 위해 온갖 자문과 지도, 귀중한 자료와 재료를 아끼지 않은 우리 미술인들과 문화계 인사들의 정성이 밑바탕이 되었을 것이다. 과거 어느 영화에 이처럼 많은 성원이 있었던가? 그러므로 이 영화는 영화 제작자들만의 작품이 아니라 우리 문화예술계의 공동 작품이라고 해도 과언이 아니다.

영화판을 바꿔놓은 서편제

되돌아보면 영화 '서편제'는 떠돌이 소리꾼 '유봉'과 그 가족의 일생을 담았지만, '소리' 곧 판소리가 주인인 본격 음악영화이다. 어떻게 보면 김명곤이나 오정해, 김규철 등 주요 배역들도 모두 소리를 들려주기 위한 배역에 지나지 않는다. 소리꾼 유봉의 떠돌이 인생은 모두 소리로 설명되고, 딸과 아들에게 소리를 가르치는 대목이나 인생의 주요 고비 모두를 소리가 채워준다. 마지막으로 심청이가 눈 뜨는 대목에 이르기까지 굵직굵직한 소리들이 이 영화의 뼈대를 이끌고가고 있다.

그 소리는 우리의 귀를 의심케 했다.
"아니, 판소리가 이처럼 쉬운 것이었던가?"
"판소리가 이처럼 감동적인 것이었던가?"
"판소리가 이처럼 신나는 것이었던가?"

사람들의 놀람은 소문이 되어 입에서 입으로 퍼져나갔다. 꼭 대통령이 보아서가 아니라 이 영화를 보지 않으면 뭔가 비문화적인 인물군에 속하는 것이 아닌가 하는 우려가 들 정도로 너도 나도 이 영화를 보고 감탄의 말을 전해주었다. 그 결과 관객 100만 명을 돌파했다.

한국 영화가 단일 작품으로 관객 100만 명에 달하는 관객을 불러모을 수 있었다는 그 사실, 그것 하나만으로도 영화인들은 힘이 솟았다. 터미네이터 속편 등 외화들이 50만 명, 100만 명을 돌파할 때 매번 부러워하면서 '우리 영화는 어쩔 수 없어' 하며 자위하던 영화인들이 불현듯 '나도 하면 된다' 는 자신감을 갖게 된 것이다.

많은 관객은 돈으로 이어졌고, 한국 영화로도 돈을 벌 수 있다는 믿음이 생겼다. 그 이후 영화판으로 우리의 젊은 영화인들, 감독과 작가들이 몰려들었다. 그전까지는 광고계나 금융업으로 갔을 인재들이었다. 그들이 영화판으로 몰려들자 영화계의 수준이 올라가지 않을 수 없었다. 서기 2000년을 전후해 많은 우리 영화가 대박을 터뜨린 것도 바로 이런 인재들이 모여들었던 것과 관련이 없지 않다.

 찔레꽃과 된장

서편제의 힘은 판소리의 힘

판소리 영화 '서편제'가 우리 문화계를 휩쓴 이후 이 영화가 촬영
된 장소들이 영화와 함께 유명해졌다. 영화 속의 장소를 찾는 관광객
들이 급증했던 것이다. 유홍준의 문화유산답사기기가 나오기 전 영
화촬영장소 답사 붐이 일었던 셈이다.

그 장소들로 유명한 곳은 고창 선운사 골짜기와 강진으로 내려가
는 도암만 일대, 그리고 해남 두륜산 대흥사 등.

그 중에서도 청산도는 완도에서도 철선을 타고 한 시간 반을 가야
하는 남해의 고도에서 사람들의 발길을 끌어들이는 관광섬이 되었
다. 수석 애호가들에게만 알려져 있던 이 섬은 이 영화에서 그 유명한
'진도 아리랑'이 불려지는 5분 40초 동안 단 한 커트로 촬영된 곳이
다. 무려 5분 40초 동안 카메라는 조금도 실수하지 않고 아주 천천히
청산도의 한 마을을 담아내며 진도 아리랑의 사설을 그대로 그림으
로 그려내었던 것이다.

그 덕에 청산도는 한때 밀려드는
관광객들로 성황을 이루었다. 이 때
문에 완도군에서는 관광객들에게
편의를 제공한다고 마을 한복판을
가로지르는 길을 시멘트로 포장했
다가 항의를 받고는 다시 흙으로 덮
는 소동까지 있었다.

영화 서편제의 포스터

이제 그 영화의 광풍이 지나간 지

10년이 넘었다.

그 때 판소리를 불렀던 김명곤은 국립극장 극장장에 이어 문화부 장관까지 올라갔고, 오정해는 FM 음악방송의 진행자로 자기의 길을 탄탄히 걸어가고 있다. 민족의 음악인 소리를 영화로 되살려낸 감독 임권택은 '서편제'의 후속이자 완성작인 '천년학'을 그의 100번째 영화로 제작하였으며, 제작자 이태원은 이제 한국 영화 최대의 번성기를 누리며 영화계에 남긴 자신의 발자취를 되돌아보며 흐뭇해하고 있다.

다시 위기라는 소리가 없는 것은 아니지만, 취화선과 서편제는 우리의 영화판을 바꿔놓았고, 알려지지 않았던 국토의 아름다움을 사람들에게 일깨웠으며, 전통의 소중함과 우리 문화와 예술에 대한 자부심을 불러일으켜주었다. 이 모든 것은 임권택이라는 걸출한 감독과 정일성이라는 촬영감독, 그리고 그 뒤를 묵묵히 받쳐준 제작자 이태원이 있었기때문이다. 그 세분들에게 우리가 경의를 표하지 않을 수 없다.

영원한 '젊은 그대' - 김수철

1993년 봄, 초조해 하고 있는 한 음악가가 있었다. 작은 키에 안경을 쓴 남자였다.

'어떻게 한다…? 시간은 다가오는데, 악상은 잡히지가 않고… 지난번에는 어쩔 수 없이 녹음을 취소했지만, 연기했다가 다시 오신 분들을 돌아가시라고 할 수도 없고… 영화 녹음도 가까워 오는데… 어떻게 하지?'

이제 마지막이라고 데드라인을 걸어놓은 날이었다. 내로라하는 국악인들이 스튜디오로 모여들어 바로 녹음에 들어가야 할 판이었다. 그러나 이 음악가는 도무지 생각이 정리되지 않는 것이었다.

그런데 택시를 타고 녹음을 할 스튜디오로 가는 도중, 갑자기 머리속에서 멜로디가 마구 흘러나오는 것이었다. 그는 차 안에서 러프

서편제의 타이틀곡을 작곡한 김수철

하게나마 멜로디를 오선지 위에 그려 나갔다.

녹음실에 도착하자 이미 연주가들이 와서 기다리고 있었다.

"형님들, 잠깐만 기다리세요."

그는 그렇게 말하고 부지런히 악보를 그려 나갔다. 그리고 30분 후 녹음실로 뛰어들어온 이 음악가는 대금 연주가인 박용호 씨에게 악보를 내밀며 비로소 말했다.

"형님들, 이겁니다!!"

이렇게 태어난 음악이 영화 서편제의 타이틀곡인 '천년학' 이다. 무겁고 장중한 분위기 속에 대금이 흐느끼면서 슬픈 비극으로 끝날 음악인의 인생을 예고한다. 또 이 때 함께 만들어진 '소리길' 이란 곡은 소금이 멜로디를 연주하는데, 주로 인물들이 갈등하거나 심적으로 복선이 깔릴 때 연주되어 영화의 분위기를 한껏 고조시키고 있다.

영화 '서편제' 에서 김수철의 음악은 주인공은 아니다. 주인공은 어디까지나 '소리', 곧 판소리이다. 그러나 김수철의 '천년학' 과

'소리길'은 이 영화에 등장하는 유일한 '판소리 아닌 음악'으로서
영화의 분위기를 살리는 데 중요한 공헌을 하고 있다.

이 곡의 작곡가가 누구인가? 바로 김수철이다.

본질적인 소리를 세계를 찾다

대중가수로 시작해 '못다 핀 꽃 한 송이', '젊은 그대', '내일',
'나도야 간다', '별리', '왜 모르시나', '정신 차려', '정녕 그대를'
등등 모두 한 가락씩 하는 명곡을 남긴 김수철은 이제 더 이상 대중
가수만이 아니다. 그는 작곡가이다.

가수로서 스크린에 등장하지 않으니 사람들이 잘 모르지만 그는
이미 '고래 사냥', '칠수와 만수'의 영화음악, '0의 세계'라는 무용
음악, 88년 서울 올림픽에서의 현대무용 음악, 고전무용 음악, 제11
회 대한민국무용제의 대상 작품 '불림소리'의 무용음악 등 수많은
곡을 작곡한 작곡가이다.

그런 그가 2002년 서울에서 열린 월드컵에서 개막식 음악으로 세
상을 깜짝 놀라게 하더니, 얼마 전에는 기타를 마치 가야금처럼 자
유자재로 연주하면서 전통음악의 산조 형식을 연주하는 '기타 산
조'라는 명음반을 선보였다.

그는 노래를 덜 부르면서 작곡을 통해 보다 본질적인 소리를 찾아
가고 있었던 것이다. 그의 음악은 우리나라 대중음악에서 출발했지
만 국악과 양악의 만남, 그리고 클래식과의 만남까지 아우르는 새

장르요, 새 운동장이며. 새 그림책이다. 그 속에 들어가 볼수록, 그
페이지를 넘길수록 거기에는 너무나 다채로운 꺼리들이 있다.

그가 작곡한 영화 서편제의 주제음악은 이미 방송국의 국악 시간
에 정규 국악 작품으로 대접받으며 방송되고 있다. 유엔 총회장에서
의 공연은 사람들을 열광의 도가니로 몰고 갔다. 이것은 그의 음악

UN의 날 제 57주년 기념 초청특별공연을 한 김수철

이 한국을 넘어서서 세계적인 경지로 올라섰다는 증거가 아니고 무엇이랴.

음악을 처음 시작할 때부터 무대에 안주하지 않고 깡충깡충 뛰던 그 모습 그대로 김수철은 끊임없이 음악의 새로운 영역을 탐구하는 영원한 '젊은 그대'로서 '못다 핀 꽃 한 송이'를 완전히 피우기 바란다.

애이불비 哀而不悲의 신승훈

신승훈의 노래 '애이불비'

신승훈의 노래 중에 '애이불비' 라는 노래가 있다. 처음엔 노래 제목이었지만, 지금은 자신의 음악세계를 대표하는 말로 여기고 있는 말이다.

누군가에게로 가던 길이었나요.
잠시 내 곁에서 머물렀나요.
이제서야 겨우 보내주네요.
그댈 기다리는 사람에게로

나에게 미안해 떠나지 못했나요.
미뤄둔 이별이 오늘인가요.

눈물겨운 헤어짐을 알면서
조금 더 내 곁에 있길 바랬죠. …

애이불비, 그냥 한글로만 써놓으면 무슨 뜻인지 금방 파악되지 않지만 한자어 哀而不悲의 의미를 새겨보면 그 은근하고 깊은 의미가 다가온다. "가슴이 아리도록 슬프지만 비통해하지 않는다", 곧 슬픔을 드러내지 않는다. 여기서 한자 哀는 슬프다는 뜻, 悲도 슬프다는 뜻이지만 앞의 슬픔은 슬픈 상태를, 뒤의 슬픔은 이를 드러낸다는 뜻으로 쓰였다.

원래 이 말은 『삼국사기』에 나오는 말이다. 가야의 음악인인 우륵은 12곡의 가야금곡을 만들었는데 나라가 위태로워지자 신라로 망명했다. 당시 신라의 왕인 진흥왕은 우륵을 국원성, 곧 충주에 살게 하고 제자들에게 그 곡을 전수하도록 했다. 제자들은 그 중 11곡을 배운 다음 '곡들이 너무 번거롭고 조잡, 음란하여 아정치 못하다' 며 다섯 곡으로 줄였다. 당대 최고의 음악인이었던 우륵은 제자들이 연주하는 곡을 듣고는 처음에는 기분이 몹시 상했으나 다섯 곡을 다 듣고는 눈물을 흘리며 했다는 말이 바로 이 말이다.

"樂而不流 哀而不悲 可謂正也 즐거우면서도 무절제하지 않고 슬프면서도 비통하지 않으니, 바르다고 할 만하다."

사실 이 말은 진짜로 우륵이 했는지는 알 수 없다. 원래는 공자가

한국적 정서를 표현하고자 한 신승훈

당시까지 전해지던 각국의 노래를 모아 『시경(詩經)』을 편찬하면서 그 첫머리에 유명한 연애시인 '관저(關雎)'를 올려놓고 그 시를 평하면서 한 말이기 때문이다.

"關雎 樂而不淫 哀而不傷 관저는 즐거우면서도 음탕하지 않고, 슬프면서도 상하지 않는다."

아마도 김부식은 가야금 음악이 신라에 전해지는 과정을 기록하면서 공자의 음악관을 받아들여 마치 우륵이 말한 것처럼 기록했을 것이다.

그러나 그 기원이야 어찌 되었든 이 표현은 당시 우리 민족의 음악관을 전해주고 있다. 즉, 음악은 듣기에 즐거우면서도 너무 지나치게 풀어지면 안되고, 슬프다고 해서 너무 심하게 드러내서는 안된다는 것이다.

그런데 한글 세대인 신승훈이 어떻게 이런 어려운 한자어를 골라 썼을까? 알고 보니 고등학교 국어 시간에 김소월의 '진달래꽃'을 가르치면서 이 시의 사상을 '애이불비'라고 가르치고 있었다.

나 보기가 역겨워

가실 때에는

말없이 고이 보내 드리우리다.

영변의 약산

진달래 꽃

아름 따다 가실 길에 뿌리우리다.

가시는 걸음걸음

놓인 그 꽃을

사뿐히 즈려밟고 가시옵소서.

나 보기가 역겨워

가실 때에는

죽어도 아니 눈물 흘리우리다. .

　이 시의 저변을 흐르는 정서인 애이불비(哀而不悲) - 슬프지만 슬퍼
하지 않는 것, 참고 견디는 것, 이것은 바로 전통적 한국 여인들의 정
서이자 우리 문학의 주요한 특질 중의 하나가 아니었던가. 그것은
'은근과 끈기'라는 특질과도 일맥상통하는 것으로서, 희로애락을
겉으로 요란하게 드러내는 것이 아니라 속으로 삭이면서 은근하게
드러내는 것이다. 그것은 곧 찔레꽃의 은은한 향기이며, 된장의 텁
텁하면서도 구수한 맛이다.

　신승훈도 바로 이 정서가 자신과 통한다고 생각해 이를 음악으로
표현해 보고자 노력을 쏟아 부었던 것으로 보인다.

　"저는 '애이불비' 정서가 강해요. '미소 속에 비친 그대'에서도 '울고 싶
지 않아 다시 웃고 싶어졌지' 같은 표현이 그런 거죠. 가는 사람 붙잡는 것
이 아니라 최대한 웃으면서 보내주는 것 같은 거요. 김소월 님의 '사뿐히
즈려밟고 가시옵소서' 같은 정서는 웬만해서는 나올 수 없는 정서거든요.
간다고 하면 화도 날 텐데, 자기 몸까지 밟고서 가라고 하는 게 쉬운 일이
아니죠. 전 어려서부터 그런 정서가 강했어요. 그게 우리나라의 대표적인
정서 같아요. 미국에서는 '새가 노래한다'고 하지만 우리는 '새가 운다'라
고 하잖아요. 저에게는 그런 정서가 강해요. '애이불비'에 이어서 이번에
'애이불비 2'를 만들었는데, 여기서도 신승훈에게는 이런 정서가 있다는
것을 보이고 싶었어요."

과연! 발라드의 황제는 아무나 되는 것이 아니다. 그는 진정한 자신의 정서를 찾아내고 그것을 보여주기 위해 오랫동안 노랫말을 만들고 곡을 붙이기 위해 고민했던 것이다.

우리 민족의 정서 '애이불비'

사실 '애이불비'의 정서는 김소월만의 것도 아니요, 신승훈만의 것도 아닌, 우리 민족이 공통적으로 갖고 있는 정서이다. 그런데 이것은 단순한 슬픔의 정서와는 다르다.

흔히 우리 민족을 가리켜 슬픔과 한의 민족이라고 하는데, 그런 주장이 맞다면 우리 음악, 곧 국악도 청승맞은 음악이어야 한다. 그런데 국악에는 슬픈 곡, 청승맞은 곡이 거의 존재하지 않는다. 오히려 애이불비의 정서, 곧 슬픔을 결코 슬픔으로 표현하지 않는 음악이 많은 것이다. 서양의 단조에 해당하는 계면조로 된 곡조차도 꿋꿋하고 화평정대한 느낌을 준다.

물론 슬픔을 표현한 곡들도 있다. 수심가, 육자배기, 흥타령, 산조, 시나위 등. 그러나 이 곡들도 겉으로는 애간장을 긁는 비곡(悲曲)인 것 같지만 실상은 슬픈 느낌 속에서도 오히려 위로가 되고 힘이 나는 그런 정서를 담고 있다. 이것은 우리 민족의 정서의 본질이 한이 아니라 흥이라는 사실을 웅변해준다.

신승훈은 1990년 데뷔한 이래 15년 동안 모두 1,400만 장의 음반을 판매했다. 50만 장만 넘어도 '대박이 터졌다'고 환호하는 우리 가요계에서 일년에 100만 장씩 음반을 팔았다는 얘기다. '미소 속에 비친 그대'가 수록된 1집이 140만 장, '보이지 않는 사랑'이 수록된 2집은 158만 장, 3집 '널 사랑하니까'가 170만 장, 4집 '그 후로 오랫동안'과 베스트 앨범을 합쳐 247만 장, 5집 '나보다 조금 더 높은 곳에 니가 있을 뿐'이 180만 장, 그리고 6집 '지킬 수 없는 약속'이 105만 장 등 발표하는 앨범마다 100만 장 이상의 판매고를 기록했다. 그에게는 '전(全)앨범이 가요 차트 1위를 기록한 가수', '가요 차트 1위를 가장 많이 한 가수', '가요 차트 1위 곡을 가장 많이 작곡한 가수' 등의 화려한 수식어가 따른다. 가요 전문가들은 신승훈을 두고 "건국 이래 최대 불황에 허덕이는 음반 시장을 거침없이 돌파한 유일한 뮤지션"이라고 얘기한다. 이러한 그의 성과 뒤에는 김소월의 '진달래꽃'에서 느낄 수 있는 한국 여인의 정서를 음악 속에 담아내기 위해 끊임없이 갈고 닦는 그의 노력이 있었다. 그래서 그의 노래들이 우리 국민들의 마음에 착착 감기는 것이다. 그는 이렇게 늘 새로운 시도를 하되 그 바탕에 우리의 정서, 우리의 음악을 깔아준다.

"중국, 홍콩, 일본을 많이 가봤는데 음악적 수준을 보면 우리가 뒤질 게 없어요. 음악이나 사운드 면에서 뒤지는 부분이 전혀 없는데, 음악 자체가 팝 문화에 너무 젖어 있다는 것을 많이 느껴요. 말씀드린 다른 나라에 가보면 그 나라의 독특한 특색이 강하다는 것을 느꼈어요. 중견 가수로서 제가 우리 음악을 알리는 데 무엇을 해야 할까 고민했어요. 중국의 전통 악기는 우리 악기와 많이 비슷하지만, 우리 대중음악에서 가야금을 사용한 경우는

 찔레꽃과 된장

별로 없더라고요. 아시아 시장이 열렸기 때문에 우리의 악기 소리로 우리
의 특색을 담고 싶었어요.”

–신승훈 2004. 4.

　　이렇게 우리의 전통을 현대에 살리려는 젊은이들의 노력은 신승
훈 하나에 그치지 않을 것이다. 이른바 세계화의 시대에 우리의 문
화 예술이 강점을 가질 수 있는 길은 우리만의 것을 찾고 살리는 길
일 것이기 때문이다.
　　신승훈의 ‘애이불비 II’만이 아니라 ‘애이불비 I’도 들으며 멀리
고려 시대 서경별곡에서부터 김소월, 신승훈으로 이어지는 한국의
정서를 느껴보리라. 그리고 그 음악들이 우리나라를 넘어 일본과 중
국, 그리고 아시아로 퍼져나가는 것을 지켜보리라.

그대 나를 떠나려는 이유를 굳이 알려 하지 않으렵니다.

그저 나 그대 가시는 그 길에 그대의 행복이 있길 바랄 뿐

눈물로도 그댈 잡아봤지만 그대를 많이 미워도 했지만

더 이상 내가 아니라 하기에 이제는 편히 보내주려 합니다.

신이 내게 주신 행복이 여기가 끝이라 한다면

이제 눈물만 남았다 해도 그만큼 행복했으면 된 거죠. …

– 애이불비(哀而不悲)

찔레꽃, 된장, 블루스 - 장사익

그의 노래는 슬펐다.

1996년 11월 24일 서울 세종문화회관 대강당에서 열린 장사익의 소리판 '하늘 가는 길' 공연을 친구의 권유로 보게 되었다. 관람후 정신이 아득해져서 서둘러 구입한 동명의 CD를 자동차에 꽂아놓고 출퇴근 길마다 틀었다. 그 CD의 첫 곡인 찔레꽃, 그 노래는 가사만큼이나 슬펐다.

♬♪

하얀 꽃 찔레꽃

순박한 꽃 찔레꽃

별처럼 슬픈 찔레꽃

달처럼 서러운 찔레꽃

찔레꽃 향기는 너무 슬퍼요

그래서 울었지 목 놓아 울었지

마치 접시 위에 담긴 듯 떼구루 눈 가에서 눈물이 구르는 장면을 임동창의 피아노가 퉁겨내면 장사익은 그 눈물을 기어코 얼굴 밑으로 흐르게 만든다. 힘든 세상을 산 우리들의 한숨과 눈물이 담긴 목소리로 박자도 느릿느릿, 소리도 흐느적 흐느적, 그러면서 기어코 우리를 쥐어짜고 있었다. 그 CD를 지겹게 지겹게 듣고는 이어 2집, 3집으로 넘어가면서 결국엔 그의 5집 곡을 다 사서 듣게 되었고 그러기면서 10년이 흘렀다. 그 10년 동안 나도 아침 일찍 출근해서 밤 10시가 넘어 퇴근하는 아주 힘든 생활이 많았지만, 지난 10년의 세월을 보내는 힘은 결국 장사익의 노래가 담아서 준 막걸리의 힘이었다.

왜 첫 곡이 하필 찔레꽃이었는가요?

그러한 물음에 대답이라도 하듯 지난 번 어느 강연장에서 만난 장사익은 마치 한 장 한 장 떨어져 빗물에 흩어져가는 찔레꽃 잎을 세듯이 지나온 자취를 더듬어주었다. 46살의 나이에 도 일정한 직업 없이 태평소를 불며 사물놀이패를 따라다니던 1994년 6월 잠실 5단지 옆을 지나는데 아주 향기로운 냄새가 코를 찌르더란다. 당시 아파트 담장에는 장미가 많이 심어져 있었기에 당연히 장미꽃이겠거니 하고 냄새를 따라가 보니 장미에서는 전혀 냄새가 없고 어느 잘 보이지 않는 한 구석에 하얀 찔레꽃이 피어있는데 거기서 그렇게 향기가 나는 것이 아니던가? 그것을 보고 울컥했단다. '야! 아무도 안 보는 이 보잘 것 없는 찔레꽃에서 이런 좋은 향기가 나다니. 그래. 고 대광실에 번쩍거리는 승용차를 자랑하며 잘 사는 사람이 아니라도 우리 서민들이 바로 이런 사람들이 아니겠나? 속으로 진한 향기를 담고 각자 자기의 삶을 사는 ....' 그래서 만든 것이 이 노래란다. 결 국은 자신의 이야기이고 자신의 노래이다. 그래서인지 그 뒤부터 이 노래만 부르면 개운하고 모든 고통을 잊을 수 있다는 것이다. 그래 서 언제 어디에 가나 이 노래는 꼭 부른단다.

94년 11월, 46살에 노래를 시작해 곧바로 주목을 받고 하루아침에 유명해졌지만. 반대로 보면 40대 후반까지 어떻게 지냈는지 그야말 로 눈물의 스토리이다. 그 자신 '자발이 없어'(참을성이 없다는 뜻 의 충청남도의 향토어) 직장, 직업을 열다섯 번이나 바꾸었고, 그러 다보니 얼마나 힘이 들었을까? 맨 마지막 직장이 매제가 하는 카센 터, 거기에서 그 때 한참 잘 나가는 가수의 막 새로 나온 그랜저 승용 차에 광택을 입혀준다고 나섰다가 기즈를 내고 한 달 동안이나 봐달 라고 무릎을 꿇고 빌었다고 한다.

"노래는 인생과 자연의 기록입니다."

10년 동안 애청하던 장사익을 가까이서 보고 그의 말을 직접 듣는 순간 그는 이 말을 가장 처음으로 던졌다. 그래. 그만큼 인생이 힘들 었다는 뜻이고 그만큼 힘들었던 그의 인생과 그런 가운데 보고 느낀

자연을 그의 노래 속에 담았다는 뜻이었다. 그의 노래를 보고 그의
삶을 알 수 있는 것이 바로 이 때문이다.

　♪ 기진한 몸
　텅 빈 가슴으로
　돌아와 문을 열면
　부스스 잠깨어
　강아지들처럼
　기어나오는 아이들을 보고야
　텅 빈 가슴이
　출렁 채워집니다.

그 자신의 노랫말은 아니더라도 바로 젊은 시절, 돈 벌기가 힘들
어 지친 몸으로 집에 돌아오는 장사익, 아니 우리들의 삶이 이 노래
에 담겨있다. 그러니 서민들이 이 노래를 듣고 어찌 좋아하지 않을
수 있겠는가? 그가 노래를 시작한 지 불과 1~2년 만에 그는 막 IMF
위기에 휩쓸려 들어가는 어려운 상황에서 지친 우리 아버지들의 불
같은 호응을 받았다. 그 뒤의 노래인생은 이미 익히 우리가 아는 그
대로이다.

"자네는 왜 노래를 그런 식으로 부르나? 박자도 자기 마음대로이
고. 도대체 장르가 뭐요?"

라고 선배가수인 조영남이 머리를 갸우뚱할 정도로 장사익의 노래는 얼척없다. 박자도 안맞고 가락도 늘어지기 일쑤고 반주가 힘들다. 교향곡을 들을 때 마지막으로 "꽝 꽝 광 과아아앙……"하며 장렬하게 끝나지도 않는다. 손으로 박자를 따라서 쳐볼 량이면 영낙 없이 어긋나서 손바닥이 무안해진다. 그런데 장르를 굳이 말하자면 국악, 가요, 재즈…. 뭐 이런 것 중의 하나일 수도 있고 둘일 수도 있고 다 아닐 수도 있단다. 또는 다 합친 것일 수도 있단다. 결국은 어느 형식으로 굳이 이름 가르기가 어렵다는 얘기이다. 그럼 그것은 무엇인가?

한국 사람이 부르는 한국의 노래일 뿐이다.

2004년 일흔 한 살로 타계한 김대환이란 분을 기억하는 분들이 많을 것이다. 전 세계에서 유일하게 6개의 스틱을 쥐고 연주하는 드러머로 세계에 유명한 타악기 연주자이며, 쌀 한 톨에 반야심경 283자를 새겨 넣어 세계 기네스북에 오른 세서(細書)의 달인이고, 오로지 음악으로만 이야기하고 더 이상 말을 하지 않겠다고 두 번이나 혀끝을 잘랐던 고집불통의 이 아저씨가 생전에 연습실에서 장사익을 보고는 "산토끼 노래 알지? 그 노래를 박자 없이 불러봐!"라고 했단다. 가사를 따라서 노래를 부르니 몇 번이고 노래를 세우고는 "너 속으로 박자를 세고 있잖아?"라고 호통을 치더란다. 그 뒤

로부터 장사익은 박자를 잃어버렸다고 한다. 호흡이 되는 대로 기분이 내키는 대로 부르는 것이다.

결국 노래도 호흡인 것이다. 일년 사계절이 24절기로 엄격히 구분되는 것이 아니라 시간과 시간의 끊임없는 흐름이듯 우리의 노래도 굳이 박자로 나눠질 이유가 없는 우리 삶의 연장이고 삶의 호흡이고 기쁨과 슬픔의 자연스런 발로이기에 기쁠 때에는 소리를 지르고 슬플 때에는 느리게 부르면 되는 것이다. 외국의, 특히 서양의 음악에서의 비트처럼 반드시 박자를 일정 시간에 맞추는 것은 노래라고 할 수가 없다.

그러기에 장사익은 지나간 옛날 가요도 곧잘 자기 식으로 부른다. 그는 오랜 유랑생활동안 늘 노래를 불렀다고 한다. 남보다 유난히 (목)청이 좋아서 구성진 가락을 뽑으면 중도에 멈출 수가 없는데, 이미자의 동백아가씨를 아마도 이미자씨보다도 더 많이 더 열심히 불렀을 것이라고 한다. 그 동백아가씨를 장사익의 노래로 들으면 원곡보다도 두 배쯤 더 시간이 걸린다. "헤일 수 없이~"라고 하는 첫 시작에서부터 뭔가를 세고 있는 듯 도무지 앞으로 나갈 기색이 없는 듯하기 때문이다. "헤 자(字) 하나에도 봄 여름 가을 겨울이 다 들어 있습니다. 사시장철 불렀으니까 그럴 수밖에요. 그러니 요즈음 계속 중얼거리는 랩과는 다르지요. 우리 잘 아는 세한도(歲寒圖)를 보면 바짝 마른 나무 두 그루하고 판자집 하나인데, 그 속은 엄청 꼭 차 있잖아요? 우리 말도, 우리 노래도 그런 것 같아요. 빨리 부르면 뭔가 속이 비는 것이고 느리게 부르는 가운데 그 속이 채워지는 것 말이죠" 이 대목에서 그는 음악과 미술과 철학을 몸으로 깨우친 철학자 같았다.

그러니 그가 부르는 유행가는 원곡과는 다른 장사익의 노래이어서 또 재미있다. 최희준 선생과 패티 킴이 즐겨 부르던 '빛과 그림자'라는 노래의 중간에서는 "사랑은 나의__ 천국/ 사랑은 나의 지옥" 이렇게 부르고는 원작에 없는 "으흐~"라는 신음소리를 넣는다. "비 내리는 고모령"은 정말 비 맞으며 고모령을 넘는 듯 느릿느릿 슬프다. 김추자의 '봄비'가 사이다 마시고 맞는 비이고 박인수의 '봄비'가 맥주 마시고 맞는 비라면 장사익의 '봄비'는 막걸리 마시고 맞는 비이다. 그런데 원래 한국 사람들은 사이다나 맥주를 마시고는 비를 맞으려 하지 않는다. 막걸리를 마시면 즐겨 비를 맞는다. 베적삼이 다 젖어도 좋다. 그러기에 베적삼과 같은 장사익의 '봄비'가 좋은 것이다.

노래를 시작하고 노래하는 행복에 겨워 세월이 지나가는 지도 모르던 2004년 초, 장사익은 미국 순회공연에 참가한다. 서울팝스오케스트라 창설 30주년을 기념한 순회공연으로 전자바이올린 연주자 유진 박, 소프라노 김희정과 테너 김철호가 동행하는, 클래식과 팝을 아우르는 무대였다. 첫 연주회에서 지휘자의 한국 비하발언으로 국내에서 물의를 빚기도 했지만 장사익의 음악은 처음으로 세계 무대로 나아간다. 그 때에 물론 한국 청중이 많았지만 미국 청중들

의 반응에서도 가능성을 확인했었다.

그것이 이번 올 6월 미국 4개 도시 순회 단독 콘서트의 밑걸음이 되었다. 뉴욕과 워싱턴, 시카고, LA 등 4개 도시에서는 다른 스폰서 없이 맨손으로 기획과 홍보를 했는데 자리의 90% 이상이 유료청중으로 메워졌다. 우리 동포들의 반응은 굳이 더 말할 필요가 있을까? 더 의미가 있는 것은 미국 음악계의 반응이었다.

각 도시의 연주홀의 음악관계자들은 처음 한국에서 온 대중음악가에 대해 흔히 그렇듯이 탐탁해 하지 않았다고 한다. 그래서 공연 연습시간도 재대로 내주지 않아서 무척 어렵게 연습했다는 것이다. 그러나 공연이 끝나자 그 관계자들은 태도를 바꾸어 악수를 청하며 장사익의 공연포스터를 자기네 홀에 영구히 게시하겠다며 포스터를 달라고 했다. 그들은 이렇게 말했다고 한다;

"당신 노래의 뜻은 모르겠지만 당신 노래를 들으니 바로 한국의 노래임을 알겠습니다."

미국의 음악 관계자들은 음악만으로 먹고 사는 전문가들이다. 그들이 장사익의 노래를 인정하고 그것이 한국의 노래임을 알아준 것이다. 징과 꽹과리, 북 등 한국의 타악기가 이끌어내는 분위기도 한 몫을 했으리라. 또 다른 공연장에서는 장사익의 노래에서 블루스와 같은 인상을 받았다는 평을 미국인들로부터 들었단다. 그것은 장사익의 노래야말로 한국인들의 심성이 담긴, 한국인만의 음악이라는 말이 된다. 그 음악을 미국인들이 평가함으로서 앞으로 세계무대에 나갈 관문을 통과한 것이다.

오늘날 음악이 국경을 넘어선지는 오래이다. 대중음악도 미국발의 수많은 형식과 리듬과 창법이 세계를 풍미하고 있으며 그 가운데에도 지역적으로 일본은 일본, 중국은 중국, 필리핀은 필리핀대로 나름대로의 음악을 만들어가고 있다. 한국도 그렇지 않은 것 같지만 한국만의 음악을 만들어가고 있다.

그러면 한국의 대중음악, 한국의 노래는 무엇이 중국이나 일본과 다른가? 그것은 바로 된장이 아니겠는가? 된장과 마늘과 고추를 즐겨먹는 한국 사람들, 그들이 이 땅에서 나고 자라고 죽으며 보고 듣고 느끼고 함께 사는 이 땅, 그것이 바로 한국의 노래인 것이리라. 그러기에 우리 국악에는 징이 있고 북이 있고 꽹과리가 있고 꺾음과 풀림과 추임새가 있다. 그것들이 바로 한국의 음악이자 한국의 노래이다. 장사익의 노래에 이런 것들이 많은 이유도 바로 그 때문이다.

장사익의 노래를 즐겨 반주해주는 피아니스트 임동창도 걸물중

의 걸물이다. 달포 전 EBS의 다큐멘터리가 임동창을 다루었는데 거기서 그는 이런 말을 했다;

"왜 20세기, 21세기를 사는 한국인들이 18세기, 19세기 모차르트와 베토벤이 만든 음악을 콩나물 하나 안 틀리고 그대로 연주하려고 하나? 왜 그래야만 하나? 왜 우리는 서양악기라고 해도 우리 식으로 우리가 하고 싶은 대로 연주하면 안되는가?"

그러기에 임동창은 피아노로 우리 가락을 연주하고 임동창의 마음에 일어나는 곡조를 형식에 구애 없이 연주한다. 마찬가지로 장사익도 당신의 마음에서 일어나는대로 스스럼없이 불러낸다. 그것은 미국의 흑인들이 그들의 역사 속에서 생겨난 아픔과 고통을 아무런 형식의 구애 없이 음악으로 만들어 오늘날 흑인영가나 블루스나 재즈라는 위대한 음악이 탄생한 것과 같은 원리이다. 우리는 된장 냄새가 나는 블루스,재즈를 만들 수 있다. 우리의 마음속에 태어난 감정과 희로애락을 우리 식으로 편하게 표현해내면 그것이 곧 한국의 블루스가 되는 것이다. 가수 비가 세계무대에 노크하고 있지만 그의 음악은 우리의 마음과 혼보다는 미국식의 음악, 미국식의 무대를 추구한다는 데서 장사익과는 전혀 다른 길이다.

"한국의 예술은 동아시아에서, 아니 세계에서도 특별한 점이 있지만, 가장 두드러진 것은 아마도 음악이라고 생각합니다. 도대체 목소리 하나로 너 댓 시간을 끄는 그런 예술이 어디에 있단 말입니까? 밀고 당기는 박자만으로도 세계를 감동시키는 사물놀이를 보세요! 우리의 노래소리처럼 아주 길게도, 아주 높게도, 아주 느리게도 빼는 그런 음악이 세계에 어디 있습니까?"

강연이 끝나고 뒤풀이를 위해 나란히 앉은 장사익 선생에게 나는 이런 격려성 멘트를 날렸다. 당신의 목소리가 세계를 울려야 한다는 뜻을 담고 있었다. 미국 공연에서 돌아온 지 얼마 되지 않아 피로가 가시지 않은 장선생은 이런 말로 대답을 대신했다.

"마음이 세상에 나오면 꽃이 되는 것 같습니다. 저는 뒤늦게 찾은 이 길이 제가 좋아하는 노래를 마음껏 부를 수 있는 길이어서 너무 행복합니다. 저는 제가 보는 하늘의 색깔을 노래로 그릴 것입니다. 찬송가도 독경도 진도씻김굿도 다시래기도 다 슬픔을 이기고 즐거움을 찾는 방법입니다. 우리의 희로애락을 가슴 속에 쌓아놓고 살 수는 없습니다. 그것을 풀어드리기 위해 저는 힘이 다하는 날까지 노래를 할 것입니다. 그곳이 한국이든 미국이든 가리지 않고요"

LA공연을 보고 나온 한 동포가 인터넷에 소감을 올렸다

“활명수를 사발로 마시는 듯한 공연이었습니다.”

장사익 선생님!

당신은 정말(남이 보지 않는 구석에서 피어나도 누구보다도 강렬한 향기를 품어내는, 그래서 세계인들까지도 그 향기를 맡게 할 수 있는) 찔레꽃입니다!

제 3 부

한국을 밟고 가라

한국인들은 자신들이 얼마나 정과 사랑이 많고 아름다운 민족인
지 스스로 되새길 필요가 있다. 그것은 헛된 자부심이나 교만이
아니다. 민족의 역량을 제대로 평가하는 '당연한 권리' 이다.

한국의 '반지의 제왕'

한국판 반지의 제왕 『삼한습유』

2000년 8월 영국 런던의 특파원으로 부임해서 워터스톤이란 큰 서점체인에 들렀을 때의 일이다. 이상하게도 진열창마다 똑같은 책을 진열해놓았는데, 그 책의 제목은 "the Lord of the Rings", 곧 반지의 제왕이다. 표지에는 칼을 든 중세 전사들의 그림이 그려져 있었다. 도대체 무슨 책이기에 서점마다 진열대에 모셔놓고 있나 하는 생각에 열어보니 이상한 이름들의 주인공이 좌충우돌하는 소설 같았다. 원, 영국인들은 이런 소설이나 좋아하나 하고 지나치다 대학에 다니던 큰아들에게 얘기했더니, "유명한 반지의 제왕이란 판타지 소설인데 아빠는 그것도 모르냐"는 것이다. 너는 어떻게 아느냐고 물으니 판타지 소설계에서는 가장 대표적인 작품이란다. 학교에서 영문학사를 배울 때도 정통적인 작품만 배우지, 판타지 소설은 전혀 접해 보지 못한 터라 알 수가 없었지만 자존심에 흠집이 가서 기분은 좋지 않았다.

그런 핀잔을 듣고 몇 달이 지나니 이 소설을 영화화한다고 신문마다 기사가 크게 났다. 그리고는 멀리 뉴질랜드에서 영화를 촬영한다는 소식이 이따금 실리더니 영화가 완성되고 전 세계적으로 상영이 시작되면서 난리가 났다. 톨킨이라는 영국의 작가가 쓴 이 소설은 이미 1954년과 1955년에 각각 발표된 것으로, 영국인 등 영어권 독자들뿐 아니라 전 세계인들의 엄청난 사랑을 아직까지 받고 있는데, 민간에 전승되는 유럽의 옛 설화를 바탕으로 중간계(The Middle Earth)를 설정하고, 그 속에서 벌어지는 신화적인 전쟁과 이 전쟁을 이끌어가는 호빗족의 영웅 프로도 배긴스의 영웅담을 장대한 규모로 그려 20세기 판타지 소설이라는 새로운 장르를 크게 발전시켰을 뿐 아니라, 치밀한 소설적 상상력과 섬세하고 탁월한 언어적 감수성을 통해 현대 영문학사에 큰 족적을 남겼다는 평가를 받고 있었다.

그 일이 있은 뒤로 영국인은 이런 장대한 판타지 소설을 쓸 수 있었는데 왜 우리는 그런 소설을 쓰지 못했을까 하는 안타까운 마음이 있었다. 그런데 우연히 회사 출판담당 기자의 옆자리를 지나가다 책을 하나 발견했다. 제목은 『삼한습유(三韓拾遺)』, 2003년 6월에 나온 책이다.

제목으로 보아 옛날 마한, 진한, 변한 등 삼한 시대의 이야기들을 모아 놓은 것이겠거니 하고 책을 펴보니 '의열녀 향랑 본전'이라는 이야기로부터 시작한다. 별 생각 없이 읽어 내려가다가 9시 뉴스 모니터하는 것도 잊어버리고 계속 읽었다. 그러고는 마지막 페이지를 볼 때까지 책에서 손을 놓을 수가 없었다. 한마디로 깜짝 놀랄 만한 걸작이었던 것이다.

간단하게 말하면 이 『삼한습유』라는 책은 '향랑'이란 한 아가씨의 슬픈 사연을 소재로 한 소설이다. 향랑은 300여 년 전인 1700년대 초 경북 선산에 살던 아가씨로, 17살 때 같은 마을의 14살 소년 임칠봉에게 시집을 갔으나 금슬이 좋지 않았다. 칠봉의 구타가 갈수록 심했으나 시부모가 말리지도 않아 향랑은 친정으로 돌아갔다. 그러나 계모가 들어와 있어 있을 수가 없어 외삼촌한테 가서 몸을 의탁했으나, 외삼촌은 무작정 데리고 있을 수 없다며 개가를 강요했다. 향랑은 할 수 없이 다시 시집으로 돌아갔지만 남편의 구타는 더 심해졌고, 결국 더 이상 기댈 곳이 없어진 향랑은 자살을 하게 된다. 그런데 이러한 사연을 접한 김소행이란 사람이 향랑의 자살을 안타깝게 생각한 나머지 향랑이 죽은 후 다시 부활하여 다른 사람과 결혼해 잘 산다는 식으로 소설화한 것이 이 『삼한습유』이다. 줄거리로만 보면 그냥 그렇고 그런 소설이다. 그런데 왜 이 소설을 손에서 놓지 못했는가? 그것은 이 소설이 한국판 반지의 제왕인 까닭이었다.

공전절후의 대규모 소설

이 소설이 향랑이라는 한 여인의 자살 사건에 얽힌 이야기를 소재로 했다는 점은 앞에서 밝힌 바 있다. 그런데 작가는 시대 배경을 조선조에서 신라 시대로 끌고 올라간다. 그리고 향랑이라는 여인을 매우 아름답고 정절이 바른 처녀인데 부모의 고집으로 시집을 잘못 가 결국 자살까지 하게 되는 것으로 그려 독자들에게서 한없는 연민과 동정심을 유발시킨다. 그런 다음 죽은 향랑이 옥황상제의 도움으로 영계에서 인간계로 나와 생전에 마음을 두었던 효렴이라는 청년에게 가서 자신이 다시 살아나 당신과 결혼하려 한다는 사실을 알리고 승낙을 받는다. 그런데 죽은 향랑을 다시 살려 인간계로 내려보내는 문제를 놓고 옥황상제뿐만 아니라 하늘나라에 올라가 있던 뭇 사람들의 대토론이 벌어진다. 결국 부활시켜야 한다는 것으로 결론이 나고, 하늘의 사자가 신라의 김유신 장군에게 가서 향랑과 효렴이라는 청년이 결혼할 것임을 알리고 준비를 당부한다. 이윽고 향랑의 혼사 일이 되어 하늘에 올라가 있던 모든 이름 있는 여성들이 혼사를 돕는데, 이 여성들의 자리 배치가 문제가 된다. 그래서 역사에 나타난 모든 유명한 황후와 비빈, 재녀, 정절녀 등 여성들과 각종 천신, 신녀 등이 각기 자리를 다투게 되고, 이것이 정리되자 드디어 혼삿길에 나서는데, 이번에는 마왕이 이를 시샘해서 군대를 동원하고 나서고, 이에 천상에 있던 모든 신과 영웅호걸, 위인들이 마음을 합해 마왕과 싸운다. 싸움은 무수한 고비를 넘은 뒤 드디어 마왕이 져서 물러가고, 결혼식이 성대하게 거행되고, 신랑 효렴은 어여쁜 향랑을 부인으로 맞이한다. 효렴은 후에 벼슬이 계속 올라가고, 이윽고 나이 들어 벼슬을 사직하고 은퇴해서 둘이 달콤한 생활을 영위하다 81살이 되어 함께 하늘로 올라간다. 그리고 그 사이에 김유신은 삼국통일이라는 위업을 달성한다.

내가 우선 놀란 것은, 스토리가 아니라 그 방대한 규모였다. 원래 우리 고전소설에 지상과 천상, 지옥과 영계를 오가는 것이 많지만,

이처럼 방대한 규모로 진행되는 것은 본 적이 없었다. 향랑이 물에
빠져 죽은 뒤 그녀를 되살리는 과정과 결혼식에 이르는 과정에서 지
금까지 역사에 나왔던 중요인물이 등장하지 않는 이가 없다. 모두
천상계에 올라가 있다가 시시때때로 등장하는 것이다. 천군과 마군
의 싸움에서는 가장 싸움을 잘했다는 항우와 제갈공명을 비롯한 숱
한 영웅들, 도교의 신들, 공자 등 유교의 위인들, 불교의 보살과 부처
도 등장한다. 한마디로 동양의 위인들이 모조리 등장해 향랑을 위해
온갖 수고를 아끼지 않는 것이다. 그래서 이 소설은 아주 간단한 스
토리임에도 동양의 모든 역사적 인물이 동원되는 공전절후의 대규
모 소설이 된 것이다.

다음으로 놀란 것은 동양의 모든 역사적 사건과 주요 위인들의 말,
역사적 사례와 경전의 기록, 어록 등이 처음부터 끝까지 쉴 사이 없
이 인용돼 감탄을 금할 수 없게 한다는 점이다. 이 한 편의 소설을 정
독하면 동양의 역사와 문학과 종교, 사상을 모두 공부할 수 있을 정
도이다. 또한 당시까지 전해져 온 온갖 과학기술과 우주의 원리, 세
상의 이치가 다 녹아 있어 그야말로 동양의 모든 정신세계가 이 한
권에 압축돼 있다고 해도 과언이 아니다.

예를 들어 향랑을 시집보내기 위해 돈 없고 행실 좋은 청년을 고
를 것인가, 돈은 많지만 소문이 좋지 않은 집을 고를 것인가를 놓고
향랑의 부모가 의논을 한다.

아비 아무개가 부인과 이 문제에 대해 의논하였다.

"내가 이 딸을 사랑한 지가 오래인지라 딸이 벌써 컸으니 마땅히 사위를 가려 배필을 삼아주어야 할 터이오. 지금 구혼자는 거리도 가깝고 문벌도 잘 맞는데, 하나는 가난하고 하나는 부유하구려. 사람만 보면 가난한 이가 부자보다 낫소. 혼인에서 재물을 논하는 것은 오랑캐들이나 하는 짓이오. 그러나 평생 동안 가난하게 산다면 이 또한 사람으로서 감당하기 어려운 일이오. 나는 여공(呂公)이 부인과 상의하지 않고 딸을 유방에게 가볍게 허락한 것처럼은 하지 않겠소. 깊이 생각하여 좋은 의견을 말해 보시오."

그의 아내가 말하였다.

"가정의 일이야 가장이 맡는 것. 지아비가 계신데 아녀자가 무슨 말을 하겠습니까만, 천하의 악 가운데 가난보다 심한 것은 없습니다. 이런 까닭에 소진(蘇秦)은 그 아내에게서 예로 대우받지 못했고 주매신(朱買臣)은 그의 아내에게서 버림받았습니다. 태공(太公) 같은 성인도 가난을 참지 못하고 떠나는 아내에게 부끄러웠고, 열자(列子) 같은 성인도 아내의 기대를 저버리고 말았습니다. 노래자(老萊子)의 처는 땔감을 해서 겨우 입에 풀칠을 했고 한유(韓愈)의 처는 배고프다고 울었습니다. 가장 나쁜 것이 여섯 가지인데 가난이 그 중 한 자리를 차지합니다. 이런 까닭에 자로(子路)가 슬프다고 탄식하였고, 태사공(太史公)은 오랫동안 가난한데도 인의를 말하기를 좋아하는 것은 부끄럽게 여길 만하다고 했습니다."

사위를 고르기 위해 고민하는 순간에도 고금의 가난에 대한 일화가 줄줄이 나열된다. 진나라 말기 유방이 아직 세력을 잡지 못했을 때 여공이 그의 비범함을 알아채고는 집안사람들과 상의도 하지 않고 딸을 주어 혼인케 한 것에 대해 향랑의 아버지가 언급하니, 그 어머니는 가난하면 안 된다는 이유를 들이대는데, 6국의 합종책을 펴서 대재상이 된 소진이 젊을 때 돈을 벌지 못해 집안의 웃음거리가 된 것이라든가 남편이 가난한 것을 부끄럽게 여기고 집을 나갔다가 나중에 높은 벼슬에 오르자 스스로 목을 매어 자살한 주매신의 아내, 80세에 무왕을 만나기 전까지 너무 가난해서 부인이 집을 나간 태공망, 너무나 배가 고파 남이 보내준 음식을 먹으려고 목을 빼고 기다리던 열자의 부인이, 열자가 그 음식을 돌려보내는 바람에 남편을 원망하던 이야기 하며, 풍년이 들어서도 배가 고파 운 한유의 처이야기, 공자의 제자들이 배가 고파 자로가 이를 공자에게 항의성으로 질문한 사례 등등 가난해서 예를 잃어버리는 사례가 한 문장 안에 다 함축되고 있다.

톨킨이 없음이 부럽지 않다

이 소설은 1814년에 발표되었으며, 지은이는 호를 죽계(竹溪)라고 하는 김소행(金紹行 1765~1859)이란 사람이다. 병자호란 때 화친을 반대했던 김상헌의 현손(5대손, 손자의 손자)이며, 아버지는 식겸(軾謙)으로 문장이 뛰어났다고 한다. 집안은 안동 김씨로 당시 떵떵 울리는 집안이었지만 증조부가 서출이었던 까닭에 한 평생 출세를 못하고 첨지중추부사라는 낮은 관직에 오른 것이 전부이지만 95살까지 살았다. 신분은 비록 미천했지만 당대 내로라하던 홍석주(1774~1842), 김매순(1776~1849), 홍길주(1786~1841) 등의 문인과 폭넓게 교유를 해서 상당한 인정을 받았다고 한다.

이 소설은 발간 당시부터 절찬을 받았다고 한다. 친구인 홍길주는 다음과 같이 칭찬을 아끼지 않고 있다.

"그 학문은 천지, 일월, 성신의 도수(度數), 성명(性命), 이기(理氣)의 깊은 이치, 예악, 병융(兵戎), 충의, 효열(孝烈)의 성대함과 인물, 귀신, 선석(禪釋), 요마(妖魔)의 정에서 따오지 않은 것이 없다. 그 사건은 요순 삼대 이래로 제왕, 후비, 성철, 현능, 충신, 정녀, 지사, 맹장 등의 사적에서 엮어오지 않은 것이 없다. 그 글은 육경, 삼사(三史:사기, 한서, 후한서), 백가의 말과 시소(詩騷)와 가곡, 거리의 속된 상말과 배우의 우스개 소리를 포함하지 않음이 없었다. 대저 몇 권의 책으로 한 여자의 일을 서술하면서도 그 망라한 바가 이와 같으니 진실로 천하의 기이한 재주라고 하겠다."

이 말을 보면 얼마나 방대한 내용인지를 짐작할 수 있을 것이다. 속설에 의하면 죽계 김소행은 단 일주일 밤낮으로 이 소설을 구술해서 옆에서 받아 적은 것이라고 하니, 과연 영감이 한 곳에 모여 한국 소설사에, 아니, 한국 정신사에 없는 큰 일을 해낸 것이라고 하겠다.

나는 이 소설을 읽고서 한국에 톨킨이 없음을 한탄하지 않게 되었다. 톨킨이 없었던 것이 아니라 이를 알리는 노력이 부족했던 것이다. 이 소설이 한문이라는 우리 안에 갇혀 있었던 탓에 많은 사람들이 그 존재조차 알지 못하고 있었던 것이다. 이러한 장르를 신마소설(神魔小說)이라고 한다는데, 영어 용어인 판타지 문학보다도 더 구체적이지 않은가? 일단 이 소설을 읽고 나면 전 동양의 역사가 일목요연해진다. 거대한 역사를 통시적으로 바라보게 되고, 동양인(중국

과 한국인)들의 정신세계가 어떤 것인지를 새롭게 알게 된다. 『반지의
제왕』이 유럽의 설화를 바탕으로 한 서양인들의 신마소설이라면
『삼한습유』는 전 동양의 역사와 이념과 가치체계를 포괄하는 기념
비적인 작품으로, 어디에 내놓아도 손색이 없다. 오히려 이런 소설
을 알기는커녕 배우지도 못하고 지내온 것이 부끄럽고 분노가 앞선
다.

우리는 그동안 왜곡된 교육을 받아 잘못된 생각을 해왔다. 한자는
중국 글자이며 한문으로 쓰여진 글은 우리 문학이 아니라는 생각을
해왔던 것이다. 이제 일반인들이 한문을 읽을 줄은 모르게 되어버렸
으니 일제 시대 이전에 쓰인 글들은 읽고 이해할 수가 없다. 그런데
이번에 『삼한습유』라는 소설을 번역본으로나마 읽고 나니, 우리는
이러한 소설도 모르면서 우리나라에 문학이 없다고 한탄을 해온 것
이 아닌가, 한글로 된 작품만을 우리 소설로 인정하다 보니 우리 문
학사는 이광수와 최남선으로부터 시작하는 것이 되어 겨우 70~80년
으로 왜소해진 것이 아닌가, 우리 역사와 지성의 르네상스였던
18~19세기에 쓰여진 그 많은 문학작품들이 모두 다 사장되고 있는
것이 아닌가 하는 반성이 강하게 일어나는 것이다.
  감히 책 선전을 하건대 『삼한습유』를 읽어보기 바란다. 그리고 부
끄러워하고 놀라고 기뻐하기 바란다. 그리고 서점에서도 이 책을 선
전하고 진열장에 꼭 진열해주길 바란다. 이 책이야말로 우리 한국인
들이 자랑할 만한 동양 문학의 금자탑이기 때문이다.

백운거사 이규보와 사륜정

움직이는 정자 사륜정

고려 시대의 대시인 이규보, 사람들은 그를 두고 '동방 문학의 관(冠)' 이라고 했다. 2천 수에 이르는 방대한 한시는 편마다 주옥이요, 줄마다 기발과 절묘 아닌 것이 없어 호탕 활달한 시풍(詩風)은 당대를 풍미했으며, 과연 우리 동방에서 가장 뛰어난 문인으로 숭앙받을 만하였다. 지금까지 사랑을 받고 있는 시만 해도 그 얼마인가?

山僧貪月色 산에 사는 스님이 달빛을 탐내어
并汲一瓶中 병 속에 물과 달을 함께 길었네.
到寺方應覺 절 모퉁이 돌아와 마땅히 깨달았으리.
瓶傾月亦空 병을 기울이니 달도 따라 비게 되는 것을.

– 우물 속의 달을 노래함(詠井中月)

牡丹含露眞珠顆　모란꽃 이슬 머금어 진주 같은데

美人折得窓前過　신부가 모란을 꺾어 창가를 지나다

含笑問檀郎　　　빙긋이 웃으면서 신랑에게 묻기를

花强妾貌强　　　"꽃이 예쁜가요, 제가 예쁜가요?"

檀郎故相戱　　　신랑이 일부러 장난치느라

强道花枝好　　　"꽃이 당신보다 더 예쁘구려."

美人妬花勝　　　신부는 꽃이 예쁘다는 데 뾰로통해서

踏破花枝道　　　꽃가지를 밟아 짓뭉개고 말하기를

花若勝於妾　　　"꽃이 저보다 예쁘시거든

今宵花同宿　　　오늘밤은 꽃하고 주무시구려."

– 절화행(折花行)

　　세상의 부귀영화를 뜬구름으로 본다는 뜻에서 백운거사(白雲居士)라는 호를 좋아했으며 시·술·거문고를 지나칠 정도로 즐겨 스스로 '삼혹호(三酷好)선생' 이라 칭할 정도로 그는 풍류객이었다.

　　"거문고는 악기의 으뜸이다. 때문에 군자들은 항상 몸에서 떼지 않고 사용한다. 나는 참다운 군자는 아니지만 줄 없는 거문고 하나를 가지고 즐겨왔다. 어떤 손님이 이것을 보고 웃고는 줄을 제대로 갖추어서 주므로 나는 사양하지 않고 기꺼이 받았다. 그리고는 모여 놀 적마다 마음대로 타며 놀았다.

　　옛날 중국의 도연명에게 줄 없는 거문고가 있었다. 타는 것이 아니라 간직하기만 하면서 그의 높은 뜻만 밝힐 뿐이었다. 나는 이와 달리 그 소리를 들고자 하니 도잠의 고상한 뜻과는 너무 거리가 멀다. 그러나 내 스스로 즐기는 것인데 꼭 옛사람을 본받아야 할 까닭이 있겠는가? 나는 한 잔 마시고 한 곡조 타는 것으로 즐거움을 삼는다. 이 역시 세월을 보내는 한 가지 즐거움이 될 수 있다."

– 소금(素琴)의 등에 새기는 데 대한 지(志)

이처럼 술과 거문고와 시 없이는 한 시도 못 사는 지경에 이르자 백운거사 또는 농서자(隴西子) 이규보는 마침내 아주 깜찍한 꾀를 내었다. 한여름 시원한 솔나무 그늘에 술을 펴놓고 거문고 곡조를 들으며 시상을 가다듬는 것을 낙으로 하던 이 양반은, 해가 중천을 돌아 서천으로 갈 때마다 자리를 옮기는 것이 여간 번거롭고 또 주흥과 시상을 가로막는 것이 아니었다. 그래서 아예 움직이는 정자를 생각한 것이다.

"여름에 손님과 함께 동산에 자리를 깔고 누워서 자기도 하고, 앉아서 술잔을 들기도 하고, 바둑도 두고, 거문고도 타며 뜻에 맞는 대로 하다가 날이 저물면 파한다. 이것이 한가한 자의 즐거움이다. 그러나 햇볕을 피하여 그늘로 옮기면서 여러 번 그 자리를 바꾸는 까닭에 거문고·책·베개·대자리·술병·바둑판이 사람을 따라 이리저리 옮겨지므로 자칫 잘못하면 떨어뜨리는 수가 있다. 그래서 비로소 설계하여 사륜정을 세우려고 하는데, 아이 종으로 하여금 이것을 밀어 그늘진 곳으로 옮기게 하면, 사람과 바둑판·술병·베개·대자리가 모두 한 정자를 따라서 동서로 이동하게 되리니, 어찌 이리저리 옮기는 것을 꺼려하랴?”

그것이 사륜정, 곧 네 바퀴가 있는 정자다. 움직이는 정자, 요즈음으로 얘기하면 이동식 정자다. 평생 술과 시, 거문고만을 좋아했던 이규보만한 풍류객이 아니고서는 상상도 못 할 기상천외의 착상이다. 바퀴를 네 개 단 정자를 짓는 것이다.

정자는 사방이 6척이고 들보가 둘, 기둥이 넷이며, 대나무로 서까래를 하고 대자리를 그 위에 덮는다. 이것은 되도록 정자의 무게를 줄여서, 이동할 때 보다 쉽게 하기 위함이다. 동서가 각각 난간 하나씩이요, 남북이 또한 같다.

“정자는 사방이 6척이니 그 칸수를 총계하면 모두가 36척이다. 세로 가로를 계산하면 모두가 6척인데, 그 평방이 바둑판 같은 것이 정자이다. 판국 안에 또 둘레로 돌아가며 자로 헤아려 보면 한 자의 평방이 바둑판의 정간과 같다. 정간[罫]이란 선(線) 사이의 정(井) 자처럼 네모 반듯한 것이다. 정간이 각각 1평방척이니, 36정간은 곧 36평방척이다.”

왜 이런 정도의 크기가 필요했는가? 백운거사 이규보는 이 정자 안에 적어도 여섯 명이 앉을 수 있어야 한다고 생각했다.

“두 사람이 동쪽에 앉되 4평방 정간을 차지하고 앉는다. 세로 가로가 모두 2척인데 두 사람의 분을 총계하면 모두가 8평방척이다.

나머지 4평방 정간을 쪼개어 둘로 만들면 각각 세로가 2평방척이다. 2평방척에다가는 거문고 하나를 놓는다. 짧은 것이 흠이라면 남쪽 난간에 걸쳐서 반쯤 세워 둔다. 거문고를 탈 적에는 무릎에 놓는 것이 반은 된다. 2평방척에다가는 술동이 · 술병 · 소반그릇 등을 놓아 두는데, 동쪽이 모두 12평방척이다. 두 사람이 서쪽에 앉는 데도 또한 이와 같이 하고, 나머지 4평방 정간은 비워 두어서 잠깐씩 왕래하는 자는 반드시 이 길로 다니게 한다. 서쪽도 모두 12평방척이다. 한 사람은 북쪽 4평방 정간에 앉고 주인은 남쪽에 앉는데 또한 이와 같다. 중간 4평방 정간에는 바둑판 하나를 놓으니, 남쪽과 북쪽 중간이 모두 12평방척이다."

백운거사 자신도 거문고를 잘 탔지만 이런 때는 더 잘 하는 전문가를 초빙한다. 거문고 주자에다 목청이 좋은 가인(歌人) 곧 가객과 시를 잘 짓는 스님 곧 시승(詩僧) 각 한 사람이 흥을 돋운다. 거기다 친구가 되든 누가 되든 바둑 두는 사람 두 사람이 앉을 수 있어야 하고, 또한 주인이 앉아야 하니 6명이 앉을 수 있는 정자가 되는 것이다. 거기서는 누구나 자연 속에 몰입해 신선이 된다. 바둑을 두다 보면 시간이 가는 것을 잊어버린다. 자연이 주는 멋과 흥을 즐기면서 술잔이 적당히 돌아간다. 물론 거기에 모인 사람들은 서로 마음이 맞아야 한다. 적어도 문학과 음악과 철학이 서로 통해야 한다. 이규보 자신은 고려 때의 귀족이지만 그 자리는 아래 위가 없다. 서로 한 마음이 되어 자연 속에서 즐기는 것이다.

"사람을 한정시켜 앉게 한 것은 동지(同志)임을 보인 것이다. 이 사륜정을 끌 때 아이 종이 힘든 기색이 있으면 주인이 스스로 내려가서 어깨를 걷어붙이고 끈다. 주인이 지치면 손님이 교대하여 내려가 조력한다. 술에 취한 뒤에는 가고 싶은 대로 끌고 가지, 꼭 그늘로만 갈 필요가 없다. 이와 같이 하여 저물 때까지 놀다가 저물면 파한다."

농경을 주로 했던 우리나라는 자연을 사랑함에 상류층과 서민층에 차이가 없었다. 이는 우리나라의 서민 문화와 상류 문화가 모두 그 바탕을 자연에 두고 있음을 보아도 알 수 있다. 맑고 깨끗하여 부정(不淨)이 없는 자연을 닮으려는 심성이야말로 한국인들의 순수한 기질이라 하겠다. 그래서 정자는 당연히 산 좋고 물 좋은 경관을 배경으로 한다. 그러한 곳에서 움직일 수 있는 정자는 시간이나 방법에 구애받음이 없다. 굴러가다가도 멈추면 정자가 된다고 해서 "행할 때가 되면 행하고 그칠 때가 되면 그쳐라"는 뜻 그대로 내키는 대로 가다가 멈추면 되는 것이다. 고금에도 동서 어디에도 없었던 기발한 정자, 그러나 그것은 단순한 놀이시설만은 아니었다. 그 속에 바로 우리의 철학이 있었다. 자연에 나와 놀더라도 지나치지 않고 풍류는 격이 있어야 하며, 그러면서도 나라를 생각한다.

"밑은 바퀴로 하고 위는 정자로 한 것은 바퀴로 굴러가게 하고 정자로 멈추게 한 것이니, 행할 때가 되면 행하고 그칠 때가 되면 그친다는 뜻이다. 바퀴를 넷으로 한 것은 사시를 상징한 것이고, 정자를

 찔레꽃과 된장

6척으로 한 것은 육기(六氣: 陰·陽·風·雨·晦·明)를 상징한 것이며, 두 들보와 네 기둥을 한 것은 임금을 보좌하여 정사를 도와 사방에 기둥이 된다는 뜻이다.”

자연과 환경의 조화를 꿈꾼 환경주의자

그러나 이 기발한 사륜정은 설계는 다 했지만 실행에 옮겨지지는 못했다. 고려 신종 2년인 1199년에 이미 설계를 다 했지만 마침 전주(全州)로 부임하라는 명이 있어서 이룩하지 못하고, 그 2년 뒤인 신유년, 1201년 4월에 전주로부터 서울로 와서 한가하게 지내던 중 바야흐로 지으려고 하였으나 또 어머니의 병환으로 성취하지 못하였다. 결국은 어머니가 돌아가신 뒤인 다음해 5월에야 다시 이 정자에 생각이 미쳐, 그냥 두다가는 자신의 설계마저도 잊혀질까 우려해 이를 「사륜정기」라는 글로 자세히 남긴 것이다.

이규보의 도도한 문장에 비하면 「사륜정기」라는 이 글은 그리 길지는 않지만 고려 시대 문인들의 멋의 세계를 우리에게 그대로 전해 준다. 당시는 무인 집권기라서 문인들이 무인의 그늘에서 세를 펴지 못하던 때였다. 그러나 자연의 무더위를 피해 가며 음악과 술과 시를 즐겼으며, 느긋하게 자연에 순응하면서도 군자로서의 자세를 흐트러뜨리지 않았다. 아쉽게도 설계에 그치긴 했지만 삼복더위가 오면 한적한 자연을 찾아다니며 그 속에 숨어들어 여유를 즐기며 보냈을 이규보의 모습이 그려진다.

그가 지은 『백운소설』에서 이규보는 "당나라 백낙천과는 음주와 광음영병(狂吟詠病)이 천생 같아 낙천을 스승으로 삼는다"라고 말했다. 고려의 문인들에게는 자연과 사시사철이 다 함께 하는 벗이었던 것이다. 그 속에서 즐긴 풍류는 메마른 현대인과 달리 마치 버드나무의 늘어진 가지 수만큼이나 천 가지 만 가지이다.

"여름을 바라보자면 더위에 짜증이 나고, 가을은 너무나도 쓸쓸하며, 겨울은 착착 막히어 봄에 비하면 지나치게 일방적이지만, 오직 봄만은 때에 따라 곳에 따라 화창해지기도 하고 슬퍼지기도 하며, 저절로 노래가 나오기도 하고 눈물이 나기도 하여, 사람마다 그 감정이 흐르니 감정이 천 가지 만 가지로 변한다. 취했을 때 바라보면 즐겁고, 깬 뒤에 바라보면 슬퍼지고, 궁했을 때 바라보면 왜 그리 구름과 안개가 많으며, 호화스러움에 바라보면 하늘도 맑아라."

–춘망부(春望賦)

그러나 자신들의 호의호식만을 생각한 것은 아니었다. 사륜정에 두 들보와 네 기둥을 세운 것이 임금을 보좌하여 정사를 도와 사방에 기둥이 된다는 뜻이라고 한 설명에서 보듯 그 속에는 무인들의 정권 싸움에 피폐해진 민중들의 삶에 대한 연민과 이를 해결해야 한다는 강한 의지도 담겨 있다.

歲儉民幾事　흉년 들어 거의 죽게 된 백성들은
唯殘骨與皮　앙상하게 뼈와 가죽만 남았네.

 찔레꽃과 된장

身中餘幾肉 몸 속에 남은 살이 얼마나 된다고

屠割欲無遺 남김없이 모조리 긁어내려 하는가.

君看飮河? 그대는 보는가 하수를 마시는 두더지도

不過借其腹 그 배를 채우는 데 지나지 않음을.

間汝將幾口 묻노니 너는 얼마나 입이 많아서

貪喫蒼生肉 백성들의 살을 겁탈해 먹는 것이냐.

— 개군수수인이장피죄이수(開郡守數人以臟被罪二首)

고려 때는 사대부 문화의 형성기라고 할 것이다. 최충 등 학자들을 통해 퍼져 나가는 유학이 사대부들의 문화로 정착되는 과정이라고 할 수 있다. 그들에게서 보는 것은 특히 한시에 대한 천착이다. 2천 수가 넘는 한시를 남긴 이규보는 익재 이제현과 함께 고려조 시문학의 쌍벽을 이루면서도 그의 호방한 시세계는, 앞에서도 지적했듯이, 동방에서 제일이라고 하지 않을 수 없다. 그는 말과 뜻이 서로 어우러져 씹을수록 맛이 나는 시를 추구했다.

作詩尤所難 시 지음에 특히 어려운 것은

語意得雙美 말과 뜻이 아울러 아름다움을 얻는 것.

含蓄意苟深 머금어 쌓인 뜻이 진실로 깊어야

咀嚼味愈粹 씹을수록 그 맛이 더욱 순수하나니.

— 시론(論詩) 중에서

시인 이규보는 자연에 관심이 많았고, 그의 자연은 세속과 대립되

어 있는 것이 아니라 세속과 조화할 수 있는 자연이었다. 특히 그의
시에는 물이 자주 등장한다.

每見東流疾 나는 물 흐르는 것을 볼 때마다
潛懷逝者悲 세월 빠른 것을 슬퍼했다네.
淸泉知我意 맑은 샘물도 나의 뜻을 알고서
礙石故逶遲 돌에 걸려 짐짓 더디더라오.

— 제석천(題石泉)

이규보는 자연에서 물의 역할을 알고 자연과 환경의 조화를 꿈꾼
환경주의자라고 할 수도 있을 것이다. 그가 정자를 좋아한 것도 바
로 그런 이유에서였다. 정자는, 신체의 휴식이나 잔치, 놀이를 위한
기능보다는 자연인으로서 자연과 삶을 같이 하려는 기능이 더 강조
된 구조물이라 할 수 있다. 깎아지른 듯한 절벽 위에, 맑은 물이 흐르
는 계곡 옆에, 마을 어귀 연못 옆에, 산천 경개나 들이 잘 보이는 곳
에 으레 정자가 있다. 그런 정자 안에 앉아 있으면, 비록 인공의 구조
물이긴 해도 이미 그 인공을 초월한 대자연 속에 동화되고 만다. 때
로는 물과 함께 억겁의 세월 속에서 함께 흐르기도 하고, 때로는 광
활한 허공에서 거침없이 시공을 초월하기도 한다. 정자의 조경은 숲
이나 주변 환경 요소인 냇물이나 강 등을 자연 상태 그대로 받아들
여 이용하는 경우가 많다. 서양의 조경이 인위적이고 기하학적인 것
과 달리, 한국의 조경은 본래의 자연 형태를 그대로 주변의 조경 요
소로 이용한다. 한국의 정자는 자연을 거스르지 않으며, 자연과 조

 찔레꽃과 된장

화를 이룬다. 정자는 우리 민족의 심성을 반영하는 휴식 공간이며, 문화 공간이라고 할 수 있다. 이규보는 이런 세계를 알고 '사륜정'이라는 창의적인 발명품을 통해 우리 곁으로 가까이 데려오려 한 것이다.

이규보는 그런 자연친화적인 정자 문화를 현대에 되살릴 수 있다는 점을 우리에게 가르쳐 주고 있다. 그야말로 "천지가 사귀어 만물이 통하고 상하가 사귀어 그 뜻이 동일한"(『주역』 泰卦) 자연과 환경, 사람과 사람의 합일된 경지, 그것이 우리가 갖고 있던 멋과 해학의 세계였다. 전통 문화 복원에 대한 목소리가 높은데, 그 비결은 이와 같은 옛 사람들의 멋과 해학을 이해하고 되살리는 길일 것이다.

진정한 선비를 찾습니다

　우리 말에 '선비' 라는 단어가 있다. 처음에는 학식은 있으나 벼슬하지 않던 사람을 이르던 말이었는데, 점차 '학식이 있고 행동과 예절이 바르며 의리와 원칙을 지키고 관직과 재물을 탐내지 않는 고결한 인품을 지닌 사람' 이라는 좋은 뜻으로 전화되어 쓰이고 있다. 그러나 이 말만큼 논란을 일으키는 말도 많지 않으리라. 학식이 있으면서 의리와 원칙을 지킨다는 말은 자기가 배운 만큼 잘못된 행동에 대해서는 단호하게 목숨을 걸고라도 밝혀야 한다는 것이고, 그러면서도 관직과 재물을 탐내지 말아야 한다는 것이다. 우리 역사상 그런 인물이 누가 있을까? 조선 시대에는 그런 인물들이 많았던 것으로 보이지만 현대로 오면서 점점 보기 드물어진 것은 아닐까?

　그런데 조선 시대에도 그런 참된 선비는 많지 않았던 모양이다. 조선 중기의 문신으로 선조의 신망을 받았던 신흠(申欽, 1566~1628)

같은 이도 선비를 정의하면서 "몸에 재능을 지니고 나라에서 쓰기를 기다리는 자는 선비이다. 선비란 뜻을 고상하게 가지며, 배움을 돈독하게 하며, 예절을 밝히며, 의리를 지니며, 청렴을 긍지하며, 부끄러워할 줄 알아야 한다. 그런데 또한 세상에 흔하지 않다"며 참선비가 드물다고 지적하고 있다. 나아가서는 '가짜 선비'가 판을 치고 있다고 한탄한다.

"세상에서 선비라고 불리는 자들을 보자. 과연 어떠한가? 그들이 받드는 것은 권세이고, 힘쓰는 것은 이익과 명예이고, 훤히 밝은 것은 당대의 유행이고, 굳게 지키는 바는 도덕이 어떠느니 본성이 어떠느니 하는 이야기뿐이고, 자랑스러워하는 것은 겉치레이고, 잘 하는 것은 경쟁하는 것이다.

선비란 자들은 이 여섯 가지를 가지고 날마다 권력 있는 사람의 집에 몰려가 집주인의 취향이 어떤지 엿보고 집주인의 뜻이 어떤지 알아내어, 권력 있는 사람이 한 번 눈여겨보아 주면 으쓱해져서 우쭐대고, 한 번 말이라도 붙여 주면 히히덕거리며 서로들 축하한다.

이런 작자를 선비라고 한다면 이 땅 위에 가로로 눈이 붙어 있고 세로로 귀가 달린 자들 모두가 선비일 것이고, 이런 사람들을 선비라고 하지 않는다면 나라 안에 선비는 한 사람도 없을 것이다."

—상촌선생집 제40권 내집 제2 잡저(雜著) 2 사습편(士習篇)

신흠은 태어나면서부터 모습이 남달랐는데, 이마가 넓고 귀가 컸으며 눈은 샛별 같았고 오른 뺨에는 탄환 모양의 사마귀가 있었다. 어린 시절에 노는 것도 범상치 않았으며 몸가짐이 단정하고 무게가

있었다고 한다. 나이 겨우 10여 세에 글 잘 한다는 소문이 사방에 퍼
졌다. 『죽창한화(竹窓閑話,이덕형이 쓴 수필집)』에 그에 관한 일화가
전해진다.

　"이때 송군 미로(宋君眉老)가 꽤 소동파의 시에 밝고 또 짓기도 능하여
세상에서 동파를 배우고 싶어하는 이는 모두 그에게로 갔다. 그는 항상 학
도들을 모아 놓고 시부(詩賦)를 시험하므로 나이 젊고 재주 있는 선비들은
앞다투어 그의 처소로 모여들었다. 그래서 마치 그 광경이 관학에서 재주
를 겨뤄 볼 때와 같았다.
　신흠도 역시 나이 14세에 그곳에 참여했는데, 용모가 옥과 같고 행동이
단아하니, 사람들이 모두 공경해서 나이 어린 총각으로 대접하지 않았다.
바야흐로 글을 짓게 되어 분명하게 글의 종류를 구별하여 시를 읊고 부(賦)
를 짓느라 자리가 벌집처럼 어수선했다. 그러나 신흠은 조용히 한 구석에
앉아 한 권 책도 갖지 않고 또 남이 짓는 것도 보지 않았다. 날이 이미 한낮
이 되자 혼자서 종이를 펴더니 부(賦)를 먼저 다 쓰고 나서 계속하여 시편
(詩篇)을 썼다. 도도(滔滔)한 걸작을 잠시도 붓을 멈추지 않고 두 편을 모두
완성했는데, 문장의 기운이 세련되고도 기운차서 만좌한 많은 선비들이 모
두 와 보고 혀를 차면서 칭찬하고 탄식하기를, '이는 반드시 참 신선이 세
상에 내려온 것이지, 어찌 인간에 이런 기이한 재주가 있겠느냐?' 하고, 모
두 붓을 던지고 손을 거두면서 맥이 없는 기색으로 아무도 감히 그와 겨뤄
보려고 하지 않았다. 송군(宋君)은 이 글을 읽어 내려가다가 자기도 모르게
무릎을 치면서, '문장의 수단이 이미 이루어졌으니, 내가 감히 손을 댈 수
가 없다. 이는 반드시 천재이다' 하고는, 마침내 그의 글을 장원으로 뽑았

 찔레꽃과 된장

다. 그리고 당사자를 불러 보려고 했으나 그는 이미 집으로 돌아가고 없으니, 대개 남의 칭찬 받기가 싫었던 것이다."

문장을 잘해서 명나라로 가는 외교문서를 도맡다시피 했던 신흠은 선조의 신임을 받았고 광해군을 지나 인조 때에 영의정까지 오른 인물이지만, 선조 때에 시작된 당쟁이 격화되면서 그 속에서 지조를 잃고 시속에 영합하는 무수한 인물들을 본 것이 그에게 이런 생각을 갖게 했는지도 모르겠다. 신흠은, 그 자신은 선비라고 생각하지만 다른 사람들은 선비같이 보지 않는 '가짜 선비'를 죽은 시체에서 쌀을 꺼내는 도둑과 비교하며 진실로 그 폐해가 엄중하다고 고발한다.

"망치로 시체의 턱뼈를 깨어서 입속에 든 구슬과 쌀을 훔쳐내는 도굴꾼은, 썩은 시신에 나쁜 짓을 한 것이지만, 죽은 자 한 사람에게만 피해를 끼친 데 불과하다. 그러나 갓끈을 드리우고 옷을 번지르르 차려 입고서 손뼉치며 세태를 좇아가는 자들은, 인륜에 해를 끼친 것이므로 온 세상에 피해를 남긴다. 따라서 권세를 좋아하는 추태는 도굴보다도 더 극악무도한 것이다.

그런데 이처럼 권세를 좇는 자를 등용해서 학사(學士)를 삼기도 하고 간관(諫官)을 삼기도 하며 공경(公卿)을 삼는다면, 이들은 현달할수록 욕심은 불어나고 벼슬이 높아질수록 기세가 등등해져 나라를 갈수록 위축시키고, 임금을 갈수록 고립되게 할 것이다."

어쨌든 신흠은 1581년 16세에 향시(鄕試)에 급제하고 20세에 생원

시와 진사시, 21세에 별시 문과에 장원으로 급제한다. 학문에 전념한 결과 일찍부터 문명(文名)을 떨쳤고 관직에 나가서는 준엄한 자세로 자기 시대의 수많은 과제를 잘 수행함으로써 관료로서 또는 정치가로서 최고의 자리에 오를 수 있었다고 전해진다.

그러나 신흠이 살았던 시대는 혼란과 격동의 시기였다. 임진왜란과 정묘호란이 일어났고 계축옥사와 인조반정, 정여립의 난과 이괄의 난 등 크고 작은 정치적 사건들이 줄을 이었다. 그 사건들의 고비마다 신흠은 정치권의 중심에 있었고 직접 또는 간접으로 그 사건들과 관련을 지니게도 되었다. 그 결과 그는 삭탈관직, 방축, 유배 등의 세월을 보내며 고통을 새겨야 했다. 그러나 그는 방축이나 유배의 생활에 동요되지 않고 풍요한 마음을 경영하며 수많은 글을 남겼는데, 한시 2천36수가 전하고 있고 시조도 30편이 전한다.

오늘날의 정치 상황도 신흠이 살았던 그 때와 비견될 수 있을까?

임진왜란 이후의 어수선한 상황, 광해군의 폭정과 인조반정이란 쿠데타, 그리고 다시 전란이 일어났던 그 시대는 일제의 지배와 해방, 다시 6.25와 그 뒤를 이은 정치적 격변기가 이어지고 있는 우리의 현대와 비교해 볼 때, 짧은 시대에 큰 일이 많았다는 점에서 비슷한 점이 많은 것 같다. 그런 혼란한 시대를 살아온 중심인물인 신흠으로서는 권력에 영합하며 자신의 영달만을 추구하는 수많은 '가짜 선비', 곧 벼슬아치들의 행태를 참고 보기가 쉽지 않았을 것이다.

그런 신흠이 다시 이 시대를 산다면 역시 '가짜 선비론' 을 펴며 이 시대의 수많은 사이비 선비들을 비판하지 않을 수 없었을 것이다.

해방 전과 그 이후의 지식인들의 수많은 변절과 변신, 명성을 얻기 위한 학자들의 잇따른 논문 표절 의혹, 정치가들의 그 많은 줄서기 와 줄바꾸기, 정치 상황에 따라 자신이 표방했던 이념과 정책을 하루아침에 바꾸는 행태, 그리고 자신이 속했던 집단에 갑자기 등을 돌리는 행동은, 과거 당파싸움에서 자신의 당파를 고수하려다 죽기 까지 한 조선 시대의 '가짜 선비' 들보다도 더 한심하다고 할 수 있 다.

"아는 것은 많아도 실천할 줄 모르는 지식, 권위는 없고 권위주의만 팽배 한 사회. 자기는 안 하면서 남만 부추기는 이기주의, 줏대 없이 풍문 따라 이리저리 몰려다니는 무정견(無定見)과 몰안목. 이 속에서 선비란 말이 숨쉴 곳은 없다"고 한양대 정민 교수는 한 글에서 지적한다. 해방 반 세기 를 넘었고, 민주화가 많이 진척된 현대 우리 사회에 진정한 선비는 없는가? 과연 현대는 선비가 불가능한 시대인가?

공부의 대가 이덕무

인기 작가인 장정일 씨가 『공부』라는 책을 펴냈다고 해서 화제인
모양이다. 김수영 문학상 최연소 수상자인 『천재 시인』을 비롯해서
『너희가 재즈를 믿느냐』, 『내게 거짓말을 해봐』 등의 소설로 문학
적ㆍ사회적인 관심을 불러일으킨 소설가인 그가 "문학 책만 읽었을
뿐 다른 것은 모르는 채로 청춘을 보냈다"고 털어놓으며, 2002년부
터 '문학 말고 다른 모든' 공부를 시작했다고 한다. 공부를 하면 할
수록 한국 사회에 대해 궁금한 게 많아져 관심 가는 문제를 놓고 수
십 권, 수백 권의 책을 찾아 읽었는데, 그 결과 나온 책이 『공부』라는
것이다.

장정일 씨는 평소에도 다독가로 소문났다는데, 다독가 말이 나오
면 조선 시대 최대의 다독가인 이덕무(李德懋:1741~1793) 이야기를 빼
놓을 수 없다.

"나는 뜻을 굳세게 먹고 고인의 글을 읽기로 결심하였으나 그대로 하지 못하고 무더운 여름, 낮고 비좁은 집에 앉아 과거 시험 보는 문장이나 공부하고 있으니 어찌 내 마음이 흡족하겠는가?"

우리 나이로 24살 때인 1764년 이덕무는 이런 한탄을 하다가 드디어 9월부터 제대로 책을 읽기로 작심한다. 이 때에 읽기 시작한 것이 사서삼경의 하나인 『중용(中庸)』이다.

"『중용』에 이르기를, '군자는 화(和)하여도 흐르지 아니하나니 굳세도다. 중립하고 편벽되지 아니하나니 굳세도다. 나라에 도가 있어 벼슬하게 되면 빈천할 때의 지조를 변하지 아니하나니 굳세도다. 나라에 도가 없으면 죽음에 이르더라도 뜻을 변하지 아니하니 굳세도다' 하였다."

이렇게 중용 한 구절의 뜻을 새기다가 광해군 때에 원로대신인 백사(白沙) 이항복(李恒福)이 광해군에 맞서 인목대비(仁穆大妃)를 폐할 수 없다고 주장하다가 북청(北靑)으로 귀양가서 죽은 사실을 상기하고는 '굳세도다' 라는 말을 외며 그의 높은 뜻을 기린다.

그러나 독서를 하기에는 그의 환경이 너무나 어려웠다. 그의 집은 '천장을 쳐다보면 밝은 별이 내려 비치고, 벽을 돌아보면 얼음이 빙 둘러 있으며 연기 그을음이 꽉 차서 갓이나 의복이 검어지는' 상황이었다. 가족 상황도 그리 유리한 것이 아니었다. 어머니가 폐기(肺氣)가 고르지 못하여 계속 객담을 쏟고 기침을 하는 바람에 애가 타서 차마 잠깐도 곁을 떠날 수 없고, 아버지가 남쪽 먼 바닷가로 나가 있으니 상사를 조문하고 혼례를 축하하며 왕복 문안의 서신을 쓰는 일 또한 이덕무가 혼자서 맡아야 했다. 이미 증조부·고조부 세대로부터 가세가 넉넉하지 못하여 마음 놓고 책을 살 수도 없는 형편이었다. 그렇지만 그의 독서열은 결코 식지 않는다. 그 해결책은 책을 사지는 못하지만 빌려서 베끼는 것이었다.

"나는 세상을 살아가는 일에 대해서는 대체로 어두워 아무것도 모르지만 오직 시서(詩書)를 모으는 것만은 마음을 두고 있으므로 남의 서책을 빌려 일찍이 좌우에 즐비하게 정돈하여 수백 권을 쌓아 놓았다. 그리고 혹시 서책을 빌리지 못하였을 때는 비록 장부(帳簿)나 일력(日曆) 따위라도 한결같이 열람하기를 마지않았다."

―「甲申除夕記」

그가 정신을 차려서 꼼꼼히 읽은 주요한 책은 다음과 같다. 주자의『성리대전(性理大全)』, 이율곡의『성학집요(聖學輯要)』,『맹자(孟子)』, 육유(陸游)의『남당서(南唐書)』·『입촉기(入蜀記)』, 백거이(白居易)의『장경집(長慶集)』,『노자익(老子翼)』,『장자익(莊子翼)』, 왕세정의『우린집(于鱗集)』, 이몽양(李夢陽)의『헌길집(獻吉集)』,『전국책(戰國策)』…

그는 이런 책을 읽으면서 시간이 나는 대로 베껴 적었다. 퇴계의『성학십도(聖學十圖)』, 남용익의『기아 시인명(箕雅詩人名)』, 노수신의『숙흥야매잠소(夙興夜寐箴疏)』, 허목의『미수경설(眉叟經說)』,『청사열전(清士列傳)』, 이반룡(李攀龍)의『잡체시(雜體詩)』 수백 편을 손수 베껴 적었다. 특히 중국의 글뿐만 아니라 우리나라의 글도 열심히 읽었는데, 조선 선조 때 허봉이 지은 『해동야언(海東野言)』, 허목의 『기언(記言)』, 월사 이정구의 『월사집(月沙集)』, 송상기의 『옥오재집(玉吾齋集)』 등 닥치는 대로 구해서 읽었다. 그렇게 많은 책을 구해 읽으면서 그의 지식과 안목은 점점 넓고 높아졌다.

 "『명사(明史)』를 읽고 인종 소황제(仁宗昭皇帝, 명나라 제4대 황제)의 재위기간이 길지 못하였음을 탄식하고, 인하여 환관의 극성과 당고(黨錮)의 참혹한 일이 쌓여 점차로 진전해서 갑신년(인종 22, 1644) 3월 수황정(壽皇亭)의 일을 일으킨 것을 슬퍼하였다. 초목(草木)·금충(禽蟲)·토석(土石) 등의 이름을 알아야 하므로 나는 『본초(本草)』를 보았다. 나는 지봉(芝峯, 이수광의 호)의 글에서 괴이한 일들을 알고서 천하의 사물은 없는 것이 없음을 탄식하였다. 옛 사람의 풍류(風流)가 찬란하게 빛나는 것을 나는 좋아하므로 구양 문충공(歐陽文忠公:구양수)·소장공(蘇長公: 소식)·왕개보(王介甫: 왕안석)의 척독(尺牘)을 읽었다.

 『쇄아』 1권을 초(草)하여 망령되이 약간 들은 것으로써 고금 문장의 득실을 논하였으며 각피편(殼皮篇) 조항을 약간 초고하여 풍속 민요에 관한 담론과 명물(名物) 전장(典章) 등 참고하여야 할 것들을 기록하였으며, 국조(國朝)의 훌륭한 일 36조를 초고하고 각체시(各體詩) 50여 편을 저작하였다. 나는 또 일찍이 『노릉지』(魯陵誌: 단종에 대한 기록)·『육신전(六臣傳)』을 읽고 크게 탄식하였다. 또 일찍이 정동명(鄭東溟 동명은 정두경(鄭斗卿)의 호)의 선가행장편(善歌行長篇)을 사랑하여 박자를 치면서 읊조렸다."

그러나 이 많은 책을 읽고 공부하는 데 몇 년이 걸린 것이 아니었다. 음력 9월 9일부터 설날까지 넉 달이 채 안 되는 기간 동안에 한 것이었다.

"이것은 모두 중양(重陽)인 9월 9일부터 제석(除夕)까지 모두 1백여 일 동안에 내가 실행한 일이다. 그러나 이 밖에 있었던 사우(士友)들과 담론한 것 및 이것저것 자질구레한 서적들을 관람한 것은 모두 여기에 넣지 않았다. 따라서 9월 9일 이전의 일은 번거롭고 겨를이 없으므로 말하지 않는다. 나는 매양 고금을 통하여 인가(人家)의 자제들이 밀 먹인 종이[蠟紙]로 바른 창문에 문채 있는 좋은 나무에 높직한 다리를 붙인 책상을 설치하고, 황색의 베로 장정(裝幀)한 질책(帙册)에 상아 표찰[牙籤]을 꽂아 많이 진열하여 놓고, 자신은 머리에 복건(幅巾)을 쓰고 흰 담요 위에 비스듬히 반쯤 누워 잔기침이나 하고 쓸데없는 말을 지껄일 뿐 해가 다하도록 책 한 자도 읽지 않는 것을 한스럽게 여긴다. 그러니 이것이 어찌 앞서 말한 바 그 기질이나 장소나 시간이나 자력이나 서적 등이 모두 없는 사람들이겠는가?"

―「甲申除夕記」

진실로 그에게는 "배불리 먹고 따뜻하게 입으며 편안히 있어 가르침이 없으면 바로 금수(禽獸)에 가까운 것"이고, "하루를 독서하지 아니하면 털구멍이 모두 막힌다". 그는 가난한 집안 형편을 이기기 위해 진실로 "흐르는 물은 썩지 아니하고, 문의 지도리는 좀먹지 않는다"는 말을 실천했다. 그로부터 15년 후인 39살 때 그는 주위 사람과 벗의 추천에 의해 규장각(奎章閣)의 초대 검서관(檢書官)으로 발탁

된다. 공부하는 국왕 정조의 눈에 든 것이었다. 검서관의 하는 일은 규장각의 문서 정리와 자료 조사, 그리고 책을 교정하는 작업이었다. 그런 공부를 통해 쌓은 학식과 식견으로 그는 정조 시대의 르네상스를 위한 밑거름이 되었다. 정조 시대의 대표적인 편찬 사업은 그의 머리와 붓끝에서 이루어졌다. 『국조보감(國朝寶鑑)』, 『갱장록(羹墻錄)』, 『문원보불』, 『대전통편(大典通編)』, 『송사전(宋史筌)』, 『규장전운(奎章全韻)』과 같은 책들은 정조와 그의 합작품이라 해도 과언이 아닐 정도이다.

이덕무는 호를 청장(靑莊)이라고 했다. 청장은 해오라기의 일종으로서 '자신의 앞에 닥치는 먹이만을 먹고 사는 청렴한 새'를 뜻한다. 그 당시 지식인들의 마음이었는지도 모른다. 이러한 이덕무의 학풍은 아들 광규를 거쳐, 손자인 이규경에게 이어졌다. 19세기 백과전서적인 학풍을 대표하는 이규경의 저술 『오주연문장전산고(五洲衍文長箋散稿)』는 할아버지로부터 이어지는 가학의 전통을 계승한 것이었다.

그는 자신의 독서록을 기록으로 남겨 놓았다. 이덕무의 문집인 『청장관전서(靑莊館全書)』에 남아 있는 『갑신제석기』가 그것이다. 그 기록은 이렇게 끝난다.

"대저 약간 시속의 문자를 해득하는 자는 스스로 한정선을 그어 더 넓히지 아니하며, 일자무식도 아무렇지 않은 듯 편안히 여기고 스스로 두려워하지 않으면서, 마음가짐이 모두 편협하고 천박하여, 근면 노고하여 자립하는 자를 까닭 없이 조소하고 꾸짖는 것은 똑같다. 이른바 근면 노고하여

자립하는 자도 이미 조소하여 꾸짖음을 당하면 반드시 그들과 비교하게 되고 혹자는 자랑하여 교만이 생기기도 한다. 교만한 마음이 비로소 생기면 재앙이 뒤따라 이른다. 그러므로 군자는 소경이나 귀머거리처럼 더욱 독서하고 더욱 겸손한다. 이에 반하여 혹시 이런 것을 두려워하여 중도에서 폐한다면 이는 약한 자이며 진정 수치스러운 일이다. 갑신년(영조 40, 1764) 제야(除夜)에 붓 가는 대로 기록한다.”

옛날 지식인은 ‘선비(儒)’라고 불리었다. 예전에는 “천(天) · 지(地) · 인(人)을 통달한 것을 유(儒)라 한다.” 하였으니, 한 물건이라도 알지 못하며, 한 일이라도 능하지 못하면 수치라고 생각했다. 그래서 그들은 보다 완벽한 지식을 위해 스스로와 피나는 싸움을 벌였다. 공부라는 것은 이처럼 끝이 없는 것이다. 그런데 예전 이덕무가 공부할 때의 그 어려운 환경을 생각하면 오늘날 21세기를 사는 대한민국 국민 누구라도 환경이 어려워 공부를 못하겠다는 말을 할 수 있는가? 그리고 그런 공부도 없이 고위관직에만 목을 매고 있지는 않는가?

흐르는 물처럼 우리도

　　요즈음 우리 관광객들이 즐겨 찾아가는 중국 관광지 중에 소흥(紹興:샤오싱)이란 곳이 있다. 오월동주(吳越同舟)라는 말로 유명한 그 옛날 춘추전국시대 월(越)나라의 수도이자, 도시 곳곳에 운하가 있어 '물의 도시'로도 유명한 곳이다. 이곳에서 서남쪽으로 12킬로 남짓을 가면 난정(蘭亭:란팅)이란 곳이 나온다. 우리에게도 잘 알려진 서예가 왕희지(王羲之 307~395)가 살던 곳이다.

　　중국 동진(東晉)의 영화(永和) 9년, 곧 서기 353년 음력 3월 3일 삼짇날 오전, 왕희지를 비롯해 손통(孫統), 사안(謝安), 지둔(支遁) 등 당대의 명사 41명이 이 난정에 모인다. 이들이 굽이쳐 흐르는 물가에 늘어앉자 상류에서부터 술을 가득 채운 잔이 떠내려온다. 그 술잔이 자기 앞으로 오면 그들은 냉큼 술잔을 받아들고 시를 지어 발표해야 했다. 시를 짓지 못하면 벌주로 세 잔을 마셔야 했다. 이렇게 해서 26명으로부터 37편의 시가 나왔다. 이 모임을 주관한 서예가 왕희지가 바로 이 시들을 적고 이런 상황을 묘사한 글을 지어 유려한 필체로 써 내려간 것이 유명한 「난정집서(蘭亭集序)」이다.

이처럼 굽이굽이 물이 흐르는 시설을 만들어 물에 술을 띄우고 시를 읊고 노래 부르며 풍류놀이를 즐기던 전통 정원 시설을 '유상곡수(流觴曲水)'라고 한다. 왕희지가 자신의 집에 유상곡수를 설치해 놀던 때가 4세기 중반인데, 실제로는 춘추전국 시대의 한 나라인 정(鄭)나라에도 이런 시설과 놀이가 있었다고 하니 그 연원은 훨씬 오래되었던 모양이다(지금 난정에 가면 곡수연을 하던 자리가 남아 있는데, 원래의 것이 아니고 1200년 뒤인 명나라 때 동북쪽에다 옮겨 설치한 것이다).

이런 유상곡수를 쉽게 이해하려면 경주의 포석정을 생각해보면 된다. 신라 시대 왕들의 놀이터로 알려져 있는 포석정이 바로 이렇게 굽이쳐 흐르는 물길을 돌로 만들고 그 물길에 잔을 띄워 주회를 했던 것으로 알려져 있기 때문이다. 그 물길 형상이 마치 전복 같다고 해서 전복 포(鮑)자를 써서 포석정이라고 하는데, 잘 알다시피 신라 멸망을 얼마 앞둔 서기 927년, 신라의 경애왕은 이곳에서 왕비, 신하들과 함께 흐르는 물에 술잔을 띄우고 시를 짓는 놀이를 즐기다 바로 그때 경주에 쳐들어온 후백제 견훤의 군대에게 죽임을 당했다는 것이 유명한 포석정의 전설이다.

신라 천년의 역사가 종말을 고한 비극의 현장, 포석정이 단순히 술을 마시며 시를 짓는 신라 왕들의 놀이터였을까 하는 점에 의문이 제기되자, 신라 헌강왕 때 왕이 포석정에 갔는데 남산신이 임금 앞에 나타나 춤을 춘 것을 옆에 있던 신하들은 보지 못하고 왕만이 보

 찔레꽃과 된장

았다는 기록을 근거로 포석정이 놀이터가 아니라 신이 나타나는 성스러운 장소였다는 주장이 제기돼 설득력을 얻고 있는 것을 보면, 유상곡수는 단순히 술 마시고 노는 장소가 아니라 일종의 종교적인 의식도 행한 공간이기도 했다고 봐야 할 것이다. 즉, 구곡으로 흐르는 물가에 술잔을 띄우고 술 한 잔 먹고 시 한 수 읊으면서 자연과 우주에 대한 인간의 유한함을 느끼고 살아 있음에 대한 감정을 표현하던 청류의 한 방법으로, 당시 문인이나 현사들이 즐긴 놀이 중 가장 깨끗한 것이었고, 왕들에게는 정치의 도를 수양하는 한 방편이었을 것으로 여겨진다.

그래서인지 우리나라에는 이 유상곡수에 관한 기록이 많다. 신라 말의 대학자 최치원은 당나라에 유학하고 돌아와 전라북도 정읍시 태인의 태수로 재직(886~893)하면서 칠보면 시산리 고운천변에 유상대를 조성하고 시를 지어 유유자적했다는 기록이 있다. 그래서 그 지명이 시를 짓는 산이라는 뜻의 시산리(詩山里)가 되었고, 최치원이 놀았다는 뜻에서 그의 호를 따 고운천(孤雲川)이 되었다. 고려 시대에는 문종이 궁궐인 만월대의 후원 상춘정에서 곡수연을 베풀었다는 기록이 있고, 그 뒤 15대 숙종과 16대 예종, 18대 의종 때 곡수연을 베풀었다는 기록이 이어지고 있다. 또 유명한 시인 이규보는 무관인 기홍수의 초대를 받아 그의 정원인 퇴식재(退食齋)에서 곡수연에 참석했던 일을 '기상서퇴식재팔영(奇尙書退食齋八詠)'이란 시에서 다음과 같이 묘사하기도 했다.

"날씨는 포근하고 햇볕은 따사로운데 산들바람 가볍게 불어와 푸른 소나무에 몸을 기대고 두건을 젖혀 쓰고 흐르는 물에 둘러앉아 술잔을 띄우면서 난정의 봄 수계를 그리워하고…"

조선 시대로 넘어오면 고려 때처럼 활발하지는 않지만 숙종 때 창경궁 양화당 동쪽에서 곡수거(曲水渠)를 만들고 곡수연을 베풀었으며, 정조 때는 비원의 옥류천에서 여러 신하들을 초청해 잔을 기울이고 시를 읊게 하였다는 기록이 있다. 민간으로는 충남 아산시에 있는 이도선 씨의 집에 곡수연을 할 수 있는 곡수거가 설치돼 있는데, 사랑채 동쪽의 돌담 밑으로 흘러든 물이 사랑채 앞을 지나 남쪽으로 흐르도록 해놓고 여기에 음양석과 경석을 심어 곡수거를 조성해놓았다.

그러나 그런 유상곡수의 전통은 최근 실종되었다. 경주 포석정의 유상곡수가 나라를 망하게 하였다는 삼국사기의 김부식의 기술이 영향을 준 때문인지, 물이 굽이쳐 흐르게 하고 술을 마시며 놀았다는 것이 너무 퇴폐한 귀족 문화로 느껴졌기 때문인지 '곡상유수'는 우리 문화에서 실종돼 있었다.

그런데 사단법인 '우리 문화 가꾸기회'라는 곳에서 경기도 양평 양수리 한강변 세미원(洗美苑)에 유상곡수를 재현해 놓아 화제가 되었다. 문화운동가인 이훈석 씨가 주도하는 '우리 문화 가꾸기회'는 가로 19미터, 세로 27미터의 야외를 잡아 창덕궁 비원의 옥류천과 흡사한 바위에서 물이 솟아오르게 하고 그 물이 S자 형으로 돌아 나가면서 태극을 이루도록 하고 그 흐르는 물을 따라 자리를 만들어 사람이 앉아 술잔을 받고 시를 짓도록 했다. 그런 연후에 2005년 11

월 22일 현사들을 모아 유상곡수연을 재현하는 행사를 가졌다.

이 유상곡수의 복원은 그 옛날 정조대왕이 이런 행사를 가진 뒤 200년 만에 다시 살아난 흐르는 물이 사람과 만나는 문화다. 물을 통해 자연의 이치를 배우고 그 물과 동화됨으로써 사람도 자연의 일부분이 되는 것, 우리 선조들이 물과 어떻게 친해질 수 있었는지를 보여주는 문화다.

술이 물이 되고, 물이 자연이 되고, 그 자연을 읊는 우리도 자연이 된다. 그것이 설령 중국에서 시작되었다고 해도 우리나라 역대 왕조를 면면히 이어온 것은, 물과 함께 한다는 그 본성이 우리에게 맞았기 때문일 것이다. 어떻게 보면 사소한 것 같은 작은 문화 복원 운동, 그것은 우리 선조들이 어떤 생각을 하며 어떤 삶을 영위해 왔는지, 그리고 그런 생활방식이 왜 소중한지를 다시금 생각하게 한다.

한지를 지켜야 하는 이유

삼국 중 가장 뛰어났던 우리 종이

25년 전인 1982년 12월 13일, 덕수궁 석조전 서관 건물이 시끌벅적했다. 당시는 국립현대미술관이 그 자리에 있어서 원래 소리도 없는 미술품들이 진열, 전시되던 공간이었다. 그런데 다소 웅성거리는 분위기 속에 부산하다.

당시 문화부 기자였던 필자는 종이 전시회가 열린다고 해서 미술관을 찾은 것인데, 가보니 나무로 된 통을 이곳저곳에 놓은 가운데 한쪽에는 김이 나고 있고 다른 쪽에는 멀건 풀 같은 것을 퍼서 발(簾) 같은 데다 받치고 있다. 이것이 수도 서울의 한복판에서 최초로 펼쳐진 한지 제조 시범이었다.

이 자리에서 김영연 사장님을 처음 뵈었다. 원주시 단구동 190번지에서 무영물산이란 종이공장을 하고 계신단다. 이 날부터 12월 27

일까지 보름 동안 열린 이 전시회는 '현대 종이의 조형, 한국과 일본 전' 이란 제하에 종이 생산국으로서 오랜 역사를 갖고 있는 한국과 일본 두 나라가 종이의 우수성에 대한 일반의 인식을 높이고 현대 미술에서 새롭게 대두되고 있는 본질적인 문제, 곧 종이는 예술을 표현하는 매체일 뿐 아니라 그 자체가 소재가 된다는 점을 부각시키기 위한 자리였다. 여기에는 종이를 소재로 작품 활동을 하는 60여 명의 한국과 일본 두 나라 작가들이 참여했는데, 전시회를 계기로 전통 한지 제조 기술을 처음으로 공개하는 것이었다. 김영연 사장이 이 시범회를 지휘했는데, 홍관하, 정영선, 김창선, 송우석 씨 등 평생 을 종이와 함께 살아온 제지장 9명이 자리를 같이해 전통 한지의 다 양한 종류와 만드는 법을 일일이 선보였다.

막 서른 살이 된 새파란 기자인 필자는 이날 처음으로 한지를 가 까이에서 보면서 한지에 대해 많은 것을 배웠다. 김영연 사장님은 우리가 만들어온 이 한지는 세계에 내놓을 만한 보배인데도 점차 시 들어가고 있다며, 이를 부활시키는 것이 당신의 꿈이라고 밝혔다.

이 일을 계기로 필자는 우리 전통 문화 에 대해 관심을 갖기 시작해 그 뒤로 전통 한지뿐 아니라 부채, 장승, 가구, 탈, 차, 민화 등 우리 문화 전반에 걸쳐 공부를 하기 시작했다.

그때, 그러니까 20여 년 전만 해도 원주는 전주와 함께 그런 대로 전통 한

전통한지 제조과정을 선보이는 시 범회의 한 장면

전통한지 제조과정중의 한 장면

지를 만드는 중요한 산지였고 종이를 만드는 공장도 수십 개가 있었다. 그러나 불행히도 김영연 사장은 우리 전통 한지 부활이라는 꿈을 미쳐 펴보지도 못한 채 몇 년 후인 1985년에 갑자기 타계하셨고, 그 일과 직접 연관은 없겠지만 전통 한지의 주요 생산지로서의 원주의 면모는 더욱 시들해졌다.

원래 원주의 종이는 유명했다고 한다. 해방 전까지는 원주의 종이가 전국에서 이름을 날린 것이다. 지금은 행정구역상 원주시가 된 옛 원성군 호저면, 이곳은 이름 그대로 호저(好楮), 곧 좋은 닥나무가 많다고 해서 호저라는 이름이 붙은 곳인데. 일제 시대에는 저전동면(楮田洞面)이라고 해서 닥나무 밭이 많이 있던 곳이었다고 한다. 원주 시내 옛 중심부에 해당하는 원주 감영 일대에는 '다박골' 이란 지명이 있었는데, 이곳도 닥밭골에서 유래했다고 한다. 그러던 원주가 이제는 손으로도 꼽기 힘든 지경이 됐다. 어디 원주뿐이랴? 전국의 유명한 한지 생산지가 대부분 그렇지 않겠는가?

"닥나무로 만든 한지는 같은 동양의 중국, 일본 세 나라 가운데 우리나라 것을 최고로 쳤습니다. 해방 전에 안변에 있는 석왕사에 간 일이 있는데, 그

 찔레꽃과 된장

절에 있던 목판 불경이 좀이 슬어 몹시 상해 있더군요. 그 목판이 오래됐다고는 해도 천 년밖엔 안 되는데 말입니다. 그러나 닥나무로 만든 우리 한지는 좀처럼 좀이 슬지 않고 오랫동안 견디기 때문에 사실상 반영구적인 보존이 가능하지요."

1982년 12월 덕수궁 국립현대미술관에서 한지 제조 시범을 보이던 홍관하 할아버지(당시 75살)의 말을 빌지 않더라도 한지는 우리나라 것이 최고였다.

중국 송나라 사람들은 고려지는 비단과 고치로 만든 것처럼 색이 하얀 것이 비단 같고 질겨서 글씨를 쓰거나 그릴 때 먹이 잘 퍼져, 중국에 없는 귀한 물품이라고 표현하며 아꼈다고 한다.

"高麗紙以錦繭造成, 色白如綾, 堅　(靭)如帛, 用以書寫, 發墨可愛. 此中國所無, 亦奇品也"

맨 처음 중국에서 발명된 종이는 불교 문화의 유입과 함께 3~4세기경 우리나라에 들어와 많이 만들어진 것으로 보인다. 백제에서는 4세기 말에 사서를 많이 편찬했는데, 이 때에도 종이가 있었을 것으로 추측된다. 610년에는 고구려 스님 담징이 일본에 건너가 종이 만드는 기술을 전해 주었다는 사실이 『일본 서기』라는 역사책에 나타난다. 신라 진덕여왕 1년인 서기 648년에는 종이로 만든 연을 띄웠다는 기록도 있어 600년을 전후해 고구려와 백제, 신라 3국 모두에 종이가 들어와 제조되고 있었음을 알게 해준다. 현재까지 남아 있는 최고의 종이는 불국사 석가탑에서 발견된 '무구정광대다라니경(無垢淨光大陀羅尼經)'. 서기 706년이나 751년에 만들어진, 지구상에서 가장 오래된 목판 인쇄물, 곧 종이 인쇄물이다. 또 국보 196호로 지정돼 있는 '금은니자금지 불보살도(金銀泥紫金紙 佛菩薩圖)'도 신라 경덕왕 13년, 서기 754년에 만든 것으로 돼 있다. 당나라 때에는 이미 종이가 중요한 공물, 즉 무역품이 된 것으로 보아 종이 제조 기술은 중국에서부터 전해졌지만 우리나라에서 더욱 개량돼 우수한 기술을 보유하고 있었던 것으로 믿어진다.

우리 종이가 우수한 것은 우리 닥나무 때문

"우리나라 종이가 우수한 것은 우리나라에서 나는 닥나무 때문입니다. 닥나무 껍질이 질긴데다 껍질 자체를 방망이로 때려주기 때문에 종이가 되는 섬유질이 길쭉길쭉해집니다. 이 때문에 우리 종이가 중국이나 일본 종이보다 질기고 오래 갑니다."

김영연 사장님은 이렇게 자랑을 했다. 김 사장님은 우리 한지의 우수성을 널리 자랑하기 위해 문헌도 많이 찾아보며 학구적인 연구도 게을리 하지 않았다. 우리나라에서 한지 기술자 가운데 유일하게 외국에도 알려져 있어서 전시회가 열린 다음해인 1983년 3월 일본 교토에서 열리는 국제종이회의(Inter-national Paper Conference)에도 참가해 우리 한지를 자랑하고 오기도 했다.

종이의 원료로 닥나무가 확고하게 자리잡은 것은 고려 시대부터로 본다. 닥나무 말고도 삼베나 대나무 껍질 등이 원료로 쓰이기는 했지만, 닥나무가 재배하기도 비교적 쉽고 번식도 잘 되며 가공하기도 손쉽기 때문에 점차 닥나무만이 쓰이게 된 것으로 보인다. 고려 중엽인 12세기에 들어서면서 불경과 사서를 비롯한 각종 서적의 인쇄가 활발해지면서 종이의 수요도 격증하게 되었다. 그래서 이 같은 수요를 충당하기 위해 인종 23년인 1145년부터 명종 18년인 1188년까지 전국적으로 닥나무 재배를 권장하면서 민간 제지업을 적극 육성했다고 한다. 또 제지업을 관장하고 직접 종이도 만드는 관청으로 지소(紙所)를 설치해 제지업의 적극적인 발전을 꾀한 결과 난지(蘭紙) 또는 아청지(鴉靑紙) 같은 우수한 종이를 생산하게 되엇다.

고려 시대가 제지술의 발전 단계였다면 조선 시대는 대량생산체제로의 발전 단계라고 말할 수 있겠다. 조선 초 금속활자의 개량과 함께 대량의 서적 간행이 이어지면서 종이의 수요가 크게 늘어났다. 이런 수요에 맞춰 태종 15년인 1415년 제지장들을 관장하고 직접 종이도 만드는 조지소(造紙所)가 설치돼 제지 기술의 보급과 개량, 합리적인 생산 관리, 지질의 개량 등이 본격화됐다. 이 당시 기록을 보면 서울에 있는 공장에는 최고 기술자인 지장(紙匠)이 85명, 지방에 있는 공장에는 지장이 698명이나 있어 많은 잡역부들을 데리고 종이를 만들었으며(『경국대전』), 이들은 법으로 생활을 보장받았다고 한다. 일찍부터 교육과 문화를 일으키는 가장 중요한 기술자들을 우대한 셈이다.

세종 10년 1428년에는 일본에 갔던 사신의 보고에 따라 일본 종이의 제조기술을 지장에게 습득하도록 했고, 성종 6년 1475년에는 지장을 직접 중국에 파견해 삼(麻)을 이용해 종이를 만드는 법을 배워오기도 했다. 이것은 당시 수요가 크게 늘어난 종이를 보다 쉽고 싸게 만드는 법이 없을까 고심한 결과였다. 닥나무 섬유질을 표백하는 데 쓰는 나무재(木炭)를 줄이고 값싸게 얻을 수 있는 여회(蠣灰: 굴껍질)로 대체하기도 했다. 이 같은 시도로 갈수록 늘어나는 종이의 용도에 따른 다양한 품목의 개발이 진전을 가져왔다. 서울의 종이공장은 현재의 세검정 일대에 있었으며, 이를 중심으로 민간 공장들도 많아져 조선조 중기 이후의 서민들에게까지 종이를 공급했다고 한다.

중국인들은 아득한 신라 시대부터 우리 종이를 좋아해서, '계림지(鷄林紙)', '고려지(高麗紙)'라고 예찬하다가 다시 '조선지(朝鮮紙)'로 부르며 우리 종이를 아꼈다고 한다. 그래서 송나라부터 원나라, 명나라, 청나라에 이르기까지 고려나 조선 사신들이 들고 가는 선물이 '종이'와 '청심환'이었다는 데서 우리 종이의 명성을 확인할 수 있다. 더군다나 이 시기의 중국인들은 우리 종이의 질이 명주(明紬)와 같이 정밀해서 비단 섬유로 만든 것으로 착각할 정도였으며, 명나라 『일통지(一統志)』에서야 비로소 닥나무로 만든 것이라고 확인한 기록이 보인다고 한다. 이런 까닭에 서명응(徐命膺 ; 1716~1787)은 그의 저서 『보만재총서(保晚齋叢書)』에서 "송나라 사람들이 여러 나라 종이의 품질을 논하면 반드시 고려지를 최고로 쳤다. … 고려의 종이가 가장 질겨서, 방망이로 두드리는 작업을 거치면 더욱 고르고 매끄러웠던 것인데 다른 나라 종이는 그렇지 못하다"고 적어, 우리 종이의 우수성을 예찬하였다고 한다.

그러나 우리나라에서 종이의 황금 시대는 갔다.

"일제 시대까지만 해도 상당수의 한지 제조공장이 있었던 것으로 짐작되고, 6.25동란 이후까지도 대부분의 서양식 제지공장이 파괴됐기 때문에 한지 제조도 그런 대로 활발했다고 볼 수 있습니다. 그러나 지난 1969년에 896호로 집계된 한지제조업소는 1982년 말 현재 150호로 줄어들었습니다. 이대로 가다가는 앞으로 몇 년 안에 하나라도 살아남을까 걱정됩니다. 겨우 창호지나 화선지를 사는 게 고작이지 않습니까? 아무도 한지를 쓰지 않으려 하니 어떻게 합니까?"

끊어지고 있는 한지제조업소의 실태를 직접 조사해보았다는 김영연 사장의 말이다. 그것이 20년 전의 일이니 오늘날이야 더 말해서 무엇 하겠는가.

중국과 일본에서 명맥을 잇고 있는 우리 한지

중국 북경의 유리창이라는 데를 가면 각양각색의 종이들을 만나볼 수 있다. 청나라 전성기인 건륭 황제 치세(1736~1795) 때부터 서적과 서화류의 집산지로 자리를 잡아온 유리창에는 동과 서로 이어지는 두 개의 큰 골목에 영보재(榮寶齋)를 비롯한 수많은 유명 서화상들이 즐비하고, 그 속에 들어가면 중국 전국의 이름 있는 종이들은 말만 하면 턱 대령한다. 그러기에 우리나라의 예술가들도 즐겨 찾고 있다. 그런데 중국 서화가들 사이에는 ‘고려지(高麗紙)’라는 종이가 사랑을 받고 있다. 서화 재료를 파는 데 가서 ‘고려지’를 보자고 하면 화선지보다는 덜 하얗지만 약간 까칠까칠한 느낌의 종이를 내놓는다.

중국의 ‘고려지’는 하북성 천안현(遷安縣)에서 만들어지고 있다. 천안현의 현성(縣城) 북문 밖에 3개의 마을이 있는데, 모두 종이마을(紙庄)로 불린다고 한다. 가장 먼저 만들어진 종이공장은 현기지창(顯記紙廠)으로 청나라 말기에 이현정(李顯庭)이란 사람이 만든 것이라고 한다. 1861년생인 이현정은 천안의 집안에 지물포를 열어 운영하면서 전후 3차례 조선에 가서 종이 만드는 기술을 배워 왔다. 그리고 1909년 천진에서 기사를 초빙해와 ‘홍신지(紅辛紙)’와 ‘유삼지(油衫紙)’라는 두 종류의 고려지를 만들었다. 기본적으로는 당시 조선의 종이와 비슷하지만, 흰색으로 두껍고 견고하고 질기고 직선의 무늬가 들어 있는 종이를 만들어 냄으로써 이 공장의 명성이 전국을 흔들었다고 한다.

심지어는 일본에도 아직까지 ‘고려지’라는 종이가 있다. 일본의 유명한 정치가로 총리까지 지낸 이누카이 쓰요시(犬養毅)는 유명한 서도가이기도 한데, 1920년대 말에 ‘고려지’에 시험적으로 써본 글씨가 지금도 남아 있다. 일본에서는 요즈음에도 중국 돈황의 벽화를 모사해서 파는데, 그 모사하는 종이가 고려지이다.

한지는 세계의 많은 종이 가운데서도 섬유질이 길기 때문에 거의 영구적이라고 할 정도로 장기간 보존이 가능한 것은 물론, 방한과

보온을 해주면서도 통풍이 잘 된다. 또한 반투광성이 있어 직사광선으로부터 우리 눈을 보호해주면서 은은한 느낌을 갖게 해주는 등 장점이 많다. 우리 조상들이 창호지를 바른 창문에 적응하면서 천여 년을 살아온 것도 한지의 이 같은 장점 때문이리라. 그러나 서양 종이에 눈이 먼 이제는 우리 주위에 한지를 애용하는 가정이 그리 많지 않다. 건축을 하는 회사들도 아파트를 열심히 지으면서 유리창만 사용해 한지는 설 땅이 없다. 그러다 보니 한지를 쓰지 않아서 한지를 만들어낼 필요가 없어졌고, 그러다 보니 공장도 줄어든 것이리라.

이에 비해 이웃나라 일본은 전통적인 서화용뿐 아니라 산업용으로 일본 종이의 용도를 개발해 자동차 배터리 절연지와 같은 고기능 종이들로 전세계 산업용 종이의 70%를 공급하고 있다. 그러니 지금도 일본 곳곳에는 일본 종이를 만드는 공장이 번창하고 있는 것이다.

우리나라의 현실과는 대조적으로 요즘은 외국에서 한지의 우수성에 눈을 떠 한지를 수입해 가는 나라들이 있다고 한다. 일본에서는 옛날 서적을 한지로 영인함으로써 영구보존판으로 판매하고 있으며, 영국이나 미국에서는 책의 안쪽이나 겉을 한지로 배접함으로써 책의 수명을 장기화한다고 한다. 우리만이 우리 것에 무심했기에 정작 우리 것을 외국에서 다시 배워 와야 하는 현상, 어디 그것이 한지에만 국한된 이야기일까?

김영연 사장님은 생전에 남모르게 우리 한지와 관련된 문헌자료

들을 방대하게 수집하고 있었다. 종이의 역사에서부터 우리나라에 한지가 들어와 번창하기 시작한 신라와 고려, 그리고 조선 시대로 이어지는 자랑스런 한지의 역사, 그리고 당신이 직접 한지를 만들어 본 경험에 비춰 한지의 원료에서부터 제지법에 이르기까지 한지의 전 분야를 철저히 파고들어 이를 수천 매의 원고로 남겨놓았고, 우리 한지를 외국에 소개하기 위해 직접 영문 원고까지 써놓았다. 이런 배경에는 일찍이 동경대학 중국어과를 나오고 1963년부터 조선대학교 교수 겸 도서관장을 역임하신 경력이 크게 작용했으리라. 김 사장님의 원고가 최근 원주시에 의해 『한지의 발자취』라는 이름으로 발간됐다. 사단법인 '한지산업기술발전 진흥위원회'의 차우수 이사의 노력이 큰 작용을 했다.

책 속에 들어 있는 내용이 너무 깊고 방대해서 이제 한지에 관해서는 이 이상의 책이 없으리라는 생각이 든다. 책을 펼쳐보니 김영연 사장의 한지에 대한 사랑과 정열이 새삼 파도처럼 다가온다(비매품이므로 원주시에 연락하면 책을 구할 수 있을지도).

김영연 사장님이 다시 살아서 돌아올 수는 없을까? 어떻게 하면 우리의 한지를 다시 살릴 수 있을까? 가을, 독서의 계절이 돌아왔다. 지구상에서 가장 글과 책을 좋아했던 나라, 그 전통을 어떻게 하면 다시 살릴 수 있을까? 김영연 사장님과 같은 열정을 가지신 분들이 그리워진다.

우리에겐 없는 것

일본의 전통 문화를 세계에 전한 한 권의 책

도고 헤이하찌로(東鄉平八郎) 제독이 지휘하는 일본연합함대가 러시아 본국에서 파견한 발틱 함대를 대한해협에서 격파하고 러일전쟁을 승리로 이끈 후 한국을 보호국으로 흡수한 다음해인 1906년, 미국 뉴욕에서 영어로 된 책이 한 일본인 학자에 의해 발간됐다. 저자는 당시 보스턴 박물관의 동양학부장을 지낸 오카쿠라 텐신(岡倉天心, 오카쿠라 카쿠조로도 부른다), 책의 제목은 'The Book of Tea', 곧 '다도서(茶の本)'였다. 이 책은 이렇게 시작한다.

"차는 처음에는 약으로 시작됐다가 음료수가 되었다. 중국에서는 8세기에 와서 점잖은 오락의 하나로 시(詩)의 영역에 들어왔다. 그런데 일본은 15세기에 이 차를 미학의 종교라고 할 다도(茶道)로 격상시켰다. 다도는

매일매일의 존재라는 엄격한 현실 속에서 아름
다움에 대한 찬미를 바탕에 둔 종교적 의식이다.
다도는 순결과 조화, 상호박애, 사회적 질서 등을
심어준다. 다도는 인생이라고 하는 불가능의 세
계에서 뭔가 가능한 것을 성취하도록 하는 부드
러운 시도이기에 본질적으로는 불완전에의 숭배
라고 할 것이다."

The Book of Tea

　　이렇게 시작되는 이 책은 그 뒤부터 오늘
날까지 100년 동안 일본의 다도를 서양인들,
아니, 전 세계인들에게 알리는 가장 훌륭한 책으로 인기를 누리고
있다. 최근에도 "아마도 다도를 통해 일본의 전통 문화를 가장 재미
있고 매력 있게 설명하고 해설한 책"이라는 한 서평처럼 미국이나
유럽의 대형 서점이나 인터넷 서점에서 일본의 다도, 아니, 일본의
문화와 일본인의 본질을 널리 알리는 선전도구로서의 역할을 잘 해
내고 있다. 계속해서 조금 더 읽어보자.

　　"…다인(茶人)들은, 예술이란 그 예술을 실생활에 반영할 수 있는 사람
만이 이해할 수 있는 것이라며 수련을 거듭했습니다. 다실에서 도달할 수
있었던 고도의 세련된 정신으로 일상생활까지 규제하는 노력을 하였습니
다. 어떠한 경우라도 마음의 평정을 유지하도록 인내(忍耐)를 익혔고, 대
화는 주위와의 조화(調和)를 손상하지 않도록 훈련하였으며, 옷의 모양이
나 색은 물론 자세, 걸음걸이까지도 가볍게 여기지 않는 것을 생활화하도

 찔레꽃과 된장

록 하였습니다. 스스로를 먼저 아름답게 가꾸어야 아름다움에 진실로 접근할 수 있었기 때문입니다. 이러한 과정을 통하여 결국 다인들은 순수한 예술 이상의 것, 나아가 '예술' 그 자체가 되려고 하였습니다. 그것이 곧 다도(茶道)에서 말하는 심미주의(審美主義)의 선(禪)입니다. …"

이 책이 서양인들을 매혹시킬 수 있었던 것은, 그 때까지 계속 확대 팽창하기만 하던 서양의 힘에 맞춰 자신들의 문화나 사상이 모두 동양에 우월하다고 생각하던, 그래서 동양을 전혀 알지 못하던 서양인들에게 당신들의 것만이 전부가 아니라고 일갈하며 동양, 특히 일본의 정신세계를 들여다보게 한 때문이었으리라. 그것도 '다도' 라고 하는 지극히 간결하고 단조로운 음차법을 마치 위대한 종교나 되는 것처럼 분석하고 설명하고 평가한 것이다.

"… 다실에는 중복이 있어서는 안 된다. 장식을 위한 대상물은 빛깔이나 의장에서 비교되지 않도록 선택되어야 한다. 살아 있는 꽃이 있다면 그림의 꽃은 허용되지 않는다. 탕관이 둥글다면 물주전자는 모난 것이어야 한다. 향로나 꽃병을 도꼬노마(床の間)에 놓는 데 있어서도 그 공간을 2등분하면 안 되니 한복판에 놓지 말아야 한다. 실내가 단조롭다는 느낌을 주지 않게 하기 위해 도꼬노마의 기둥은 다른 종류의 나무를 써야 한다. 서양의 응접실에는 우리가 생각하기에 소용없는 중복이 많다. 옆에서 혹은 맞은편에서 낯선 전신상이 뚫어지게 보고 있는 가운데 누군가와 이야기를 나눈다는 것은 참 견디기 어려운 일이다. 조각이나 그림의 인물과 살아 있는 인물 중 어느 쪽이 진짜인지, 때론 말없는 쪽이 진짜로 보이기도 한다. 나는

성찬의 식탁에 앉았음에도 벽에 걸린 물고기나 과일의 정교한 그림 때문에 남몰래 소화장애를 일으킨 적이 여러 번 있었다. 이런 마음의 교란이 무엇 때문에 필요한 것일까. 다실은 이런 비속적인 중복의 두려움에서 벗어나 모든 것을 포용할 수 있는 빈(虛) 자리이어야 한다. …”

일본 문화가 세계에서 대접받는 이유

1862년생이니까 성장기에 메이지 유신을 몸으로 겪은 오카쿠라 텐신은 불과 27세에 도쿄미술학교(東京美術學校) 교장에 취임할 정도로 머리가 뛰어나고 뜻도 높은 청년이었다. 당시 일본은 조선의 침략과 러일전쟁의 승리 등으로 국민들의 사기가 하늘을 찌를 듯 높아지고 있었고 이런 추세에 따라 일본의 문화계도 일본과 일본인의 실상, 그리고 일본 문화의 정체성에 대해 새롭게 의식하고 이의 본질을 규명하는 작업들이 활발하게 펼쳐졌다.

이미 1891년에 미야케 유키네(三宅雪嶺)의 『진선미 일본인(眞善美日本人)』과 『위악추 일본인(僞惡醜日本人)』이 그 시작을 알린 뒤 1894년에 우치무라 간조(內村鑑三)의 『일본과 일본인(日本及び日本人)』, 1899년 니토베 이나조(新渡戶稻造)의 『무사도(武士道)』 등 이른바 근대 일본의 대표적인 ‘일본인론’ 서적들이 대거 등장한다. 그 가운데 가장 뛰어난 것이 바로 이 오카무라 텐신의 『The Book of Tea』로서, 특히 영어로 쓰여지고 미국에서 발간되어 그러지 않아도 점점 부강해지는 위세에 맞춰 일본을 세계에 알리고 싶어하던 일본인들에게 더 없이 구미에 맞는 재료로 각광을 받게 된 것이다.

오카쿠라 텐신은 27살인 1878년 도쿄미술학교 교장이 된 이래 학

교에 일본화과를 설치하고 나서 일본 미술의 근대화와 국제화를 도모하였다. 당시까지 유행하던 귀족 취향의 장벽화(障壁畵)를 바탕으로 새로 들어온 서구 미술과 그 이론을 자신의 것으로 받아들여 새로이 일본화라는 전통을 확립했다. 일본 미술원도 창립했다. 그렇게 해서 일본화풍이라는 새로운 미술이 탄생하자 오카쿠라는 이를 세계에 알리는 작업을 주도했다. 앞에서 설명한 다도에 관한 책을 발표하기 3년 전인 1903년, 『동양의 이상(東洋の理想)』이라는 책을 미국 뉴욕에서 영어로 먼저 출간해 동양, 특히 일본 미술의 우수성을 부르짖었다. 그는 미술사적 관점에 입각해 아시아의 하나됨을 확인한 뒤, 그에 근거해 동양의 미술이 서양보다 더 우위에 있다는 주장을 내놓았다.

일본의 경제가 세계에 침투해 들어가던 때 일본이 '경제적인 동물'이라는 그리 좋지 않은 별명을 달고 다닌 적이 있지만 기실 유럽이나 미국에서 일본과 일본인, 그들의 문화가 상당히 대접을 받는 것은 바로 오카쿠라 텐신이 쓴 이 『The Book of Tea』 덕택이라고 해도 지나치지 않을 것이다. 이 보다 백년쯤 앞선 일본의 대중화인 우키요에(浮世繪)는 유럽에 건너가 유럽 인상주의 화단에 영향을 주었고, 일본의 문화는 유럽에서 이국적이면서도 고상한 문화로 인정을 받았다. 오페라 '나비 부인'도 우연히 나온 것이 아니라 바로 이런 문화적인 배경이 있었던 것이다.

우리 문화를 세계에 알릴 책 한 권

우리에게는 오카쿠라 텐신이 왜 없을까? 이미 미국과 교류한 지도

한 세기가 더 지났고 미국에 유학하는 학생들이 초등학생부터 대학
원생에 이르기까지 한 해에 몇만 명을 헤아리고 그들의 학비로 몇조
원의 돈이 들어가는데, 왜 오카쿠라 텐신처럼 우리 한국인과 한국
문화를 영어로 그들에게 알려주는 사람이 없는가? 우리 한국 문화가
일본이나 중국과 달리 순박한 마음을 바탕으로 동양의 그 어느 형식
적인 예술도 따라오지 못할 높은 경지를 이루었음을 설명하는, 그것
을 영어로 전 세계인들에게 전해줄 책이 왜 없는 것일까? 왜 『The
Book of Tea』 같은 책이 아직까지 한국에서는 나오지 않는가?

요즈음 한류 붐을 타고 저마다 한국과 한국 문화를 팔아먹기에 바
쁘지만, 정작 우리 한국인과 한국 문화를 누구나 알 수 있고 재미있
게 쓴 책은 한 권이라도 나온 것이 있는가? 그저 돈 벌어먹기에 바쁘
지, 그 이전에 우리에 대한 인식을 부정적인 것에서 긍정적인 것으
로 돌려놓을 그런 책 하나를 아직도 못 만들고 있다는 게 말이 되는
가?

그것은 꼭 정부가 나서야만 하는 일은 아닐 것이다. 누구든 웬만
큼 배우면 영어를 잘 할 수 있다. 못 하더라도 유능한 사람이 번역을
하면 된다. 한국과 한국인을 이해하고 한국 문화를 사랑하되 서양의
문화와 비교해서 그 장점을 재미있게 설명해 주는 책, 그런 책이 필
요하다.

광복 60주년을 맞아 많은 행사들이 펼쳐졌다. 남과 북이 만난다는
기쁨에 정부나 사회나 정신이 없는 것 같다. 나라를 찾은 지 60주년
이 되었으되 아직 통일을 이루지 못하였으니 당연한 통일에의 몸부
림일 것이다. 그런 와중에도 곰곰이 생각해 보자. 우리는 과연 문화

적으로 독립돼 있는가? 우리는 우리 문화에 대해 자부심을 느끼고 있는가? 우리는 한국인임을 세계에 자랑할 수 있는 미학적·예술적인 자랑을 갖고 있는가? 그것을 세계에 알릴 수단은 갖고 있는가? 도대체 문화의 광복절은 언제 오는 것인가?

이제 『The Book of Tea』이 세상에 나온 지 근 100년이 되었다. 너무 늦었지만, 우리도 한국의 『The Book of Tea』를 만들어야 한다. 한국인들이 가꿔 온 우주관, 자연관, 세상을 바라보는 눈, 인간을 사랑하는 법, 자연과 인간이 조화를 이루며 사는 방법, 나 하나만이 아니라 우리 이웃을 생각하며 살아온 우리의 전통, 이런 것들이 사르르 녹아 있는 아주 향기로운 한국인의 차를 세계인들에게 권할 수 있어야 한다. 그렇게 많은 천재, 수재들이 미국과 영국에서 공부를 하고 돌아왔고 지금도 일 년에 몇 조 원을 유학 경비로 쓰고 있는 이 나라에서 그런 책 하나가 아직도 없다는 것이 말이 되는가?

망국의 음악

그 옛날 망국의 음악

중국의 춘추 시대에 있었던 이야기이다.

어느 날 위(衛)나라 영공(靈公)이 진(晉)나라로 가던 도중 복수(濮水: 산동성에 있는 강) 강변에 이르자 이제까지 들어본 적이 없는 멋진 음악 소리가 들려왔다. 영공은 자기도 모르게 멈춰 서서 잠시 넋을 잃고 듣다가 수행중인 사연(師涓)이란 악사에게 그 음악을 잘 기억해 두라고 했다. 곧이어 진나라에 도착한 영공은 진나라 평공(平公) 앞에서 이 음악을 연주하도록 하고는 '이곳으로 오는 도중에 들은 새로운 음악'이라고 자랑했다. 당시 진나라에는 사광(師曠)이라는 유명한 악사가 있었는데, 그가 위나라 영공이 새로운 음악을 들려준다는 연락을 받고 급히 입궐해 그 음악을 듣고는 깜짝 놀랐다. 그리고는 황급히 사연의 손을 잡고 연주를 중지시키며 이렇게 말했다.

"이것은 새로운 음악이 아니라 '망국의 음악(亡國之音)' 이오."

이 말에 깜짝 놀란 영공과 평공에게 사광은 그 내력을 이렇게 말했다.

"그 옛날 은(殷)나라 주왕(紂王)에게는 사연(師延)이란 악사가 있었사옵니다. 당시 폭군 주왕은 사연이 만든 '신성백리' 라는 음미(淫靡:음란하고 사치함)한 음악에 도취되어 주지육림(酒池肉林) 속에서 음일(淫佚)에 빠졌다가 결국 주(周)나라 무왕(武王)에게 주벌(誅伐)당하고 말았나이다. 그러자 사연은 악기를 안고 복수에 투신자살했는데, 그 후 복수에서는 누구나 이 음악을 들을 수 있사옵니다. 그래서 사람들은 '망국의 음악' 이라고 무서워하며 그곳을 지날 땐 귀를 막는 것을 철칙으로 삼고 있사옵니다."

이렇게 해서 '망국지음(亡國之音)' 이란 고사성어가 생겨났다는 것인데, 이 나라를 망치는 음악 외에도 '망국조(亡國調)' 라는 것이 있다. 수나라 2대 황제인 양제가 아직 황제에 오르기 전 진(陳)나라와 싸워 이를 멸망시킬 때의 일이다.

진나라의 마지막 황제는 이름이 진숙보였다. 역사상 황제의 호칭을 받지 못해 후주(後主)라고 부르는데, 지금의 남경인 건강(建江)에 도읍을 정하고는 강남의 풍부한 경제력을 바탕으로 일생을 향락에 바쳤다. 그는 검은 머리 길이가 7자나 되는 장여화라는 소녀를 총애해서 귀비로 승격시킨 뒤 정사를 볼 때도 무릎에 앉힌 채 대신들을 맞을 정도였다고 한다. 그는 궁중에 임춘(臨春) · 결기(結綺) · 망선

(望仙) 등 세 전각을 짓고 그 안에 장귀비 외에도 많은 후궁을 살도록 한 뒤 마음 내키는 대로 다니면서 쾌락에 몸을 맡겼다고 한다. 특히 천 명이나 되는 소녀들을 뽑아 노래 경연을 시키면서 자신이 직접 지은 노래를 부르도록 했는데, 그 노래가 질펀한 남녀상열지사를 묘사한 것으로 유명한 '옥수후정화(玉樹後庭花)'란 곡이다.

麗宇芳林對高閣　높은 누각과 마주한 화려한 집 꽃 숲에서
新粧艶質本傾城　새로 단장한 아름다움에 성도 기울겠구나.
映戶凝嬌乍不進　엉긴 교태 문에 비치어 짐짓 움직이지 않는 듯
出帷含態迗相迎　휘장을 나온 교태는 보내며 서로 맞이하네.
妖姬?似花含露　요염한 궁녀의 뺨은 이슬 머금은 꽃,
玉樹流光照後庭　옥 등잔의 흐르는 빛이 뒤뜰을 비추는구나.

수나라 군대를 이끌고 총공격에 나선 양광(楊廣 : 煬帝의 이름)은 마침내 수도를 함락시키고 황제인 진숙보를 찾도록 했는데, 병사들이 궁중의 우물을 뒤지다가 우물 속에서 무슨 소리가 나서 보니 진숙보가 거기 숨어 있었다. 그래서 밧줄을 당기니 뜻밖에도 너무나 무겁더라는 것이다. 자세히 보니 진숙보는 그 와중에도 후궁인 장귀비와 또 다른 후궁인 공숙빈을 끼고 우물 속에 피신해 있었다는 것이다.

아직 황제가 되기 전인 총사령관 양광은 일찍부터 장귀비의 미모에 대해 들은 바 있어 그녀를 잡아오기만을 기다렸으나, 수나라의 장수는 이 여자가 나중에 나라를 망칠 수 있겠다고 생각하여 장귀비를 곧바로 처형해버렸다. 붙잡힌 진숙보는 처형되지 않고 몇십 년을

더 살았지만 향락을 좋아하다 나라를 망친 군주로 후세의 조롱을 받았다.

후대인 당나라 때의 시인 두목(803-853)은 남경에서 밤을 지내다 기생들이 여전히 그 노래를 부르는 것을 듣고 감회에 젖어 유명한 시 한 수를 남겼다.

烟籠寒水月籠沙 안개 찬 물에 드리우고, 달빛 하얗게 모래를 비추는 밤
夜泊秦淮近酒家 이 밤 진회강에서 자는데, 강 건너는 온통 주막이구나.
商女不知亡國恨 기녀들은 망국의 한이 담긴 줄도 모르고
隔江猶唱後庭花 강 건너에서 '옥수후정화' 노래를 부르고 있네.

이 노래가 우리나라에도 들어와 고려 충혜왕이 뒤뜰에서 여자들과 어울리며 불렀다는데, 조선조 세종대왕이 이 노래를 없애도록 했다고 한다.

망국의 습속을 바로잡아야 한다

최근 배우자나 애인의 누드 사진 등을 인터넷에 올려 수억 원의 부당이득을 챙긴 음란 사이트 운영자와 회원들이 국내에서 처음으로 적발됐다고 한다. 회원 중에는 대학 겸임교수와 현직 군수의 아들이 있는가 하면, 사진에 등장하는 여성이 실제 아내임을 증명하려고 자녀와 함께 찍은 가족사진까지 올린 경우도 있어 충격을 주었다.

이렇게 가족의 사진까지도 내놓고 파는 행위는 예전의 기준으로

보면 가히 '망국지속(亡國之俗)', 곧 나라를 망하게 하는 습속이라고 할 수 있을 것이다. 먹고 살기가 어려워 가족을 팔아먹었던 일이 아득한 옛날에는 있었다고 들었지만, 현대에 대한민국에서 이런 일이 있을 줄이야! 그런 것을 파는 사람이나, 돈 주고 보는 사람이나 공히 윤리와 도덕이 마비된, 그런 시대를 우리가 살고 있는 것이다. 이런 음란함의 문제는 이제 우리 사회를 좀먹는 해충이 되고 있다.

그 문제의 근저에는 여러 가지 원인이 있겠지만 최근 인터넷이나 휴대전화에 음란 사진을 올려 돈 받는 행위를 묵과한 것이 문제를 키운 것이 아닌가 싶다. 세계 어느 나라를 보아도 대 통신회사에게 노골적으로 음란 화면 장사를 하도록 한 나라가 우리나라 말고 또 있을까? 그러다 보니 처음에는 일부 배우들만이 옷을 벗다가 이제는 여염의 젊은 여성들도 돈을 벌기 위해 옷을 벗는 것을 당연하게 생각하고 있다. 주위에 그런 사진들이 넘쳐나고 있고, 인터넷은 연일 그런 사진과 동영상 판매에 열을 올리고 있다.

IT 강국이라는 미명 아래 오로지 기술적인 진보에만 관심을 두었지, 기술의 목적을 바로잡거나 기술의 파장을 생각하지 않은 탓에 인터넷과 모바일 전파를 타고 온갖 음란물이 우리 사회에 넘치게 됨으로써 우리의 도덕의식이 이같이 급속도로 한꺼번에 무너진 것이다.

이러한 망국의 습속을 대체 어찌 할 것인가? 우리 사회가 건전한 사회로 계속 발전하기 위해서는 이러한 현대의 '옥수후정화'가 세상을 흔드는 일이 계속되어서는 안될 것이다. 그런 면에서 우리의 각성이 필요하지만 동시에 지도자들의 인식 전환 또한 촉구된다.

중국에 가서 뭘 보고 오는가?

중국 강남 지방에 관광을 가면 그 지방 사람들이 늘 외우고 다니는 귀절이 있다 "上有天堂 下有蘇杭". 하늘에 천당이 있다면 땅에는 소주(蘇州)와 항주(杭州)가 있다는 뜻이다. 그만큼 소주와 항주가 아름답다는 것이다. 이 말에 홀려서 소주와 항주를 찾는 우리나라의 관광객이 일 년에 30만 명이 넘는다. 그 소주 관광에 꼭 약방의 감초로 끼는 것이 한산사(寒山寺)이다.

한산사는 소주시 성서(城西) 풍교진이라는 데에 있다. 남조 양(梁) 천감(天監) 연간(서기 508~ 519)에 지어진 사원이니까 원래대로라면 약 1500년 전에 지어진 고찰이다. 원래 절의 이름은 묘보명탑원(妙普明塔院)이었는데, 당나라 때 고승인 한산자(寒山子)가 이곳에서 머문 후 그의 이름을 따 한산사로 명칭이 바뀌었다. 혹 가보신 분들이 있으면 아시겠지만 중국의 다른 절에 비하면 아무 것도 아닌, 평범한 절이다. 대웅전의 높이도 12.5m로 그저 그렇고, 원래의 건물도 대부분 파괴되었다가 신해혁명 이후인 1911년에 다시 지었다. 유일하게 유명한 건물은 종각인데, 그 안에 당나라 때의 청동 유두종을 모방하여 만든 종이 하나 있다.

그런데 이 절이 왜 유명한가? 바로 당나라 때 장계(張繼)라는 시인이 쓴 시 한 편 덕택이다. '풍교야박(楓橋夜泊)'이란 제목으로 유명한 이 시는, 과거 시험을 보고 낙방해서 집으로 돌아가던 장계라는 사람이 풍교라는 데서 일박을 하다가, 그 때 마침 한산사에서 저녁 종소리가 들리자, 이를 듣고 그 쓸쓸한 심사를 얹어 시로 쓴 것이다.

月落烏啼霜滿天 달이 지자 까마귀 울고 하늘엔 서리 가득
江楓漁火對愁眠 풍교의 어선 등불은 나그네 시름 돋우네.
姑蘇城外寒山寺 고소성 밖 한산사에서는
夜半鐘聲到客船 한밤중 종소리가 객선에 이르네.

뭐 이런 뜻인데, 내용을 보면 그냥 평범해서 특별히 잘 되었다는 생각은 들지 않는다. 그런데 중국인들은 이 시를 천하의 명시라고 선전을 한다. 이유인즉슨 이 시에는 계절, 저녁, 장소가 짧은 시 속에 잘 압축되어 있고, 당시 자신의 심사뿐 아니라 어려운 서민들의 생활까지도 녹아 있다는 것이다.

어쨌든 좋고 나쁘고를 판단하는 것은 각자의 취향이므로 강요할 일은 없지만, 굳이 이 시를 들춰 보는 데는 다른 이유가 있다.

우선 이 한산사에 있던 원래의 종은 명나라 말기에 일본이 가져갔다고 한다. 그러다 보니 이 종에 관련된 시를 일본인들이 즐겨 애송하게 되었고, 그것이 일본의 고등학교 교과서에도 실리게 되어, 일본인들 가운데 공부 좀 하신 분들은 이 시를 줄줄 외우고 다닌다고 한다. 청나라 말기에 아마도 한산(寒山) 스님을 흠모해서 그런 이름을 지었을 山田寒山라는 일본인이 이 종을 되찾아 중국에 돌려주려고 일본에서 백방으로 찾았으나 찾지 못하자, 돈을 모아 청동으로 당나라 시대의 종을 만들어 하나는 한산사에 보내고 다른 하나는 일본의 관산사(館山寺)라는 곳에 보존시켜 놓고 있다고 한다. 그래서 일본인들도, 중국인들도 이 한산사 종에 대한 생각이 각별하다. 그런 까닭에 일본인들은 이곳 관광을 의미 있게 생각하는지도 모른다.

다른 하나는 이 시에 나오는 고소성(姑蘇城)에 대한 이야기와 관련된다. 이 시에서 보면 한산사는 고소성 밖에 있다. 말하자면 한산사에서 멀지 않다. 고소성은 고소산에 쌓은 성으로, 태호(太湖)가 내려다보이는 위치에 있다. 그런데 고려 말(1319년) 이곳을 방문한 익재 이제현이 이 성을 방문해서 '고소대(姑蘇台)'라는 제목으로 다음과 같은 시를 남겼다.

苧羅佳人二八時 저라산 나무꾼 예쁜 딸은 이팔청춘

玉質不勞朱粉施 옥 같은 살결은 분도 연지도 일없네.

吳宮歌樂幾時畢 오나라 궁정의 환락은 언제 끝나나?

正是越王嘗膽日 월나라 임금은 와신상담하고 있는데.

姑蘇城外秋草多 고소성 꼭대기는 가을 풀이 가득하고

姑蘇城下江自波 성 아래에는 강물이 철썩이는데

鴟夷一舸今在何 '치이' 조각배는 지금 어디에 있는고?

고소성 안에 있는 고소대는 오왕 부차가 월왕 구천(勾踐)을 쳐서 이겼을 때 월왕 구천이 천하절색의 미녀 서시를 바치자. 그녀를 위해 지은 누대로서, 여기서 서시와 즐기다가 국정을 돌보지 않아 결국 나라를 망하게 했다는 고사가 있다. 시에서 저라산 나무꾼 예쁜 딸은 서시를 말하는 것이고, 치이 조각배는 이런 월왕의 복수를 가능케 한 월나라의 재상 범려를 뜻한다. 시를 이해하려면 고사에 대한 지식이 좀 필요하지만, 장계가 지은 '풍교야박'과 비교해도 꽤 괜찮은 작품이다.

익재 선생은 고소대 외에도 소주의 유명한 관광지인 호구(虎丘)에도 들러 시를 한 편 남겼다. 호구는 소주에서 서북으로 5킬로미터 지점에 있는 나지막한 야산인데, 월나라 구천과 싸우다 숨진 오왕 합려(闔閭; 부차의 아버지)의 무덤이 있는 곳이다. 합려가 죽어 이곳에 무덤을 만들자 사흘째 되던 날 백호(白虎) 한 마리가 그 위에 올라가 있는 것이 발견돼 그런 이름을 얻었다고 한다. 익재는 여기에서 나그네의 쓸쓸한 마음을 읊었다.

闔閭城外古禪林 합려성 밖에는 역사 오랜 가람이 있는데

生公堂前樹陰陰 생공의 강당 앞은 나무 그늘이 침침하다.

重遊彷彿三生夢 두 번 찾아오니 또렷이 삼생을 잇는 꿈

 찔레꽃과 된장

四顧微茫萬里心 네 곳 둘러봐도 아득히 만리 닿는 마음

樓閣影重山月上 누각 그늘 겹치니 산에 달이 오른 것을

珠珢聲遠石泉深 고패소리 머니 바위 샘이 깊은 탓이라,

藍輿歸去江村路 남여를 타고 강촌 길 돌아가노라면

雲際猶聞鐘磬音 구름 끝에서 종소리가 들려오는 듯하다.

- 호구사(虎丘寺)

소주에 가면 졸정원(拙政園) 등 멋있는 정원과 운하가 볼 만하지만 그것만 보고 오면 재미가 덜하다. 우리는 최근 한해에 수십만 명이 해외에 나가 관광을 하지만, 우리와 관련된 것은 아무 것도 모르고 그냥 중국 얘기만 듣고 돌아보다가 발마사지 하는 것을 중국 여행이라고 생각하는 것은 아닌지. 여행사에서도 대충 구경시키고 관광객들을 면세점에 들여보내서 오랜 시간을 보내어 본전을 뽑으려 하는 것은 아닌지. 하나하나 뜯어보면 우리 선조들과 관련된 역사적 사실이 많이 숨어 있는데도 우리는 선조의 역사를 모르고 그의 시작품도 모르다 보니 여행을 해도 별 재미가 없다.

관광지나 사적지와 관련된 역사를 학자들의 책 속에 가둬놓지 말고 끄집어내어 한국인들에게 알려주는 역할이 필요하다. 그것은 여행사가 해야 할까, 아니면 학자들이 해야 할까?

140억 원짜리 예술 작품,
죽은 상어를 생각하며

140억 원에 팔린 예술 작품

네모난 수족관 같은 속에 방부액(포름알데히드)이 들어 있고 박제된 상어 한 마리가 떠 있다. 이 상어는 모터 동력으로 서서히 떠다니고 있다. 이 작품이 세상을 놀라게 한 '예술 작품' '상어' 이고, 이 작품은 만든 사람은 데미언 허스트라는 영국인이다.

이 작품이 미국 컬렉터에게 무려 700만 파운드(약 140억 원)에 팔렸다. 영국 선데이타임스가 전하는 바에 따르면 이 작품의 소장인이자 주인인 유명 미술품 수집가 찰스 사치의 대변인은 미국에 사는 한 수집가가 작품 가격으로 125억 원을 제시했다면서 거래는 수 주 안에 성사될 것이라고 공식 발표했다. 부가세를 포함하니까 140억 원이 되는 것이다.

데미언 허스트의 작품 '상어'

　작품가격 125억 원만 해도 뒤로 나자빠질 금액이다. 생존 작가 중에서 그림값 비싸기로 유명한 재스퍼 존스(미국), 게하르트 리히터(독일)의 작품도 몇십억 원 수준인 것과 비교하면 얼마나 높은 가격인지 알 만하다.

　이 작품의 주인은 14년 전인 1991년에 5만 파운드(약 1억 원)에 이 작품을 사들였다. 작가의 악명과 인기가 치솟고 작품값이 뛰는 바람에 불과 14년 새 무려 140배의 수익을 올린 셈이다. 그런데 원래 허스트가 이 '작품'을 만드는 데, 즉 상어를 구입해 박제를 만들고 포름알데히드를 채우는 데 든 재료비는 1천2백만 원이라고 한다. 재료비와 예술로서의 작품값의 비례가 1대8에서 다시 1대140으로 뛰어

세계 미술계에 센세이션을 일으
킨 데미언 허스트

올랐다. 세계 예술품 판매사상 가장 값
이 뛴 경우다.

표면적으로만 보면 이것은 미친 짓이
다. 그런데 왜, 어떻게 이런 일이 가능했
을까?

그 비밀을 알려면 우선 데미언 허스
트라는 이 젊은 작가를 알아야 하고 그
다음에는 런던이 세계 미술의 중심이
된 사건을 알아야 한다.

1965년생인 이 미술가는 'yBa', 곧 젊은 영국 예술인들(young
British artists)의 기수였다. 그는 미술계뿐 아니라 대중매체의 스타로
도 알려져 그에게는 '미스터 데스(Mr. Death)', '악마의 자식(devil
child)', '무서운 아이(enfant terrible)', '컬트 조각가', '잔혹한 현대 작
가' 등등의 수많은 수식어가 뒤따라다녔다. 1980년대 말부터 엽기
와 충격을 앞세워 돌풍을 일으킨 때문이다.

1988년 여름, 학생이었던 허스트는 런던 남동쪽의 버려진 창고에
서 친구들과 그룹전을 열었다. 이 전시는 '프리즈(Freeze)'라 명명되
었는데, 이 전시가 영국과 미국의 유수 딜러들의 눈길을 끌었다. 이
그룹을 지원한 사람이 바로 유명한 컬렉터 찰스 사치, 그는 당시로
서는 전혀 세계에 알려지지 않은 이 젊은이들의 작품을 사 모으면서
이들의 활동을 지원했다.

 찔레꽃과 된장

이들은 1997년 '센세이션(sensation)전'을 통해 더 깊게 자신들을 세계 미술계에 각인시켰다. 통째로 또는 절단된 동물들이 포름알데히드 용액 속에 매달린 유리 케이스, 수술 도구나 약 또는 해부 모형이 진열된 의료 캐비닛, 시체나 해골의 모형, 에어펌프 위에서 가까스로 균형을 유지하고 있는 탁구공과 비닐 풍선, 현란한 색채의 스폿 페인팅과 스핀 페인팅, 그리고 고급 문화의 냄새를 풍기는 현학적인 긴 제목이 쓰인 레이블 등이 눈을 끌었다. 그 모든 작품의 주제는 결국 '죽음'이었다.

최근에 팔린 '상어'도 '살아 있는 사람의 마음속에 있는 육체적 죽음의 불가능성'이라는 부제를 갖고 있다. 사치로부터 작품을 의뢰받자 자기도 모르는 오스트레일리아의 상어잡이에게 전화를 걸어 죽은 상어를 주문했다. 그는 그것을 포름알데히드가 가득 찬 유리 케이스 속에 매달고 모터를 연결하여 움직이게 하여 전시했다. 영원한 삶을 말하는 낭만적인 제목과는 달리 작품에는 매우 차갑고 먼, 심지어 미묘한 웃음까지 머금은 허스트의 시선이 서려 있다. 그러기에 그에게는 '미스터 데스(Mr. Death)', '악마의 자식(devil child)' 같은 섬뜩한 별명이 뒤따라다니는 것이다. 그렇지만 그런 작업은 하면 할수록 더욱 그를 유명하게 만들어, 영국의 젊은 '예술가'들을 가격상 세계 최고의 수준으로 끌어올린 것이다.

2000년 말에 열린 '가고시안전'에서 허스트의 작품은 오프닝 후 몇 시간 안에 거의 모두가 팔렸다. 그것도 몇십만 달러를 호가하는 가격에 팔렸는데, 이는 10년 만에 300배 이상이 오른 액수다. 게다가 경매나 개인 간의 거래에서는 판매가가 이보다 훨씬 많은 100만 달러대로 진입하고 있다고 한다. 요즘 미술 시장에서 그의 작품만큼 확실한 투자 대상은 없는 것이다.

그 뒤엔 테이트 모던의 역할이

이처럼 영국의 젊은이들이 사치라는 한 수집가를 통해 극렬한 표현방식으로 세계 미술계의 주목을 받게 됐지만, 그 배경에는 테이트 모던이라고 하는 새 미술관의 역할도 빼놓을 수 없다.

런던은 세계에서 미술에 관한 한 가장 영향력 있는 도시 중의 하나지만 프랑스 파리에는 뒤져 있었다. 모던 아트나 현대 미술을 감상할 수 있는 장소는 턱없이 부족했다. 이런 상황을 인식한 영국 예술인들과 정부는 현대미술관 건립에 박차를 가하게 되었고, 이러한 노력으로 2000년 5월 12일 단일 갤러리로는 세계 최대를 자랑하는 건축물인 테이트 모던 갤러리가 템즈 강변에 자리잡게 된 것이다.

8개 층의 전시 및 휴식 공간을 갖추고 있는 테이트 모던 갤러리는 약 7년 가량의 공사 기간과 1억 3천4백만 파운드, 우리 돈으로 2천6백억 원이라는 어마어마한 공사비를 들여, 옛 발전소를 세계적인 전시장으로 개조하고 프란시스 베이컨(Francis Bacon), 앙리 마티스(Henri Matisse), 앤디 워홀(Andy Warhol) 등 세계적인 거장들의 작품뿐만 아니라 영국 내의 젊고 새로운 작가들의 실험적이고 시대를 앞서가는 작품들도 대거 전시할 수 있게 했다. 이렇게 되자 지난 10년간 활발해진 영국의 현대 미술과 젊은 작가들의 실험성 왕성한 작품들

세계의 현대 미술을 영국으로 끌어모은 공로자
테이트 모던

이 전시돼 일반에 가까이 갈 공간을 얻었다. 이 미술관은 템즈 강 남쪽 시민들과 가장 가까운 장소에 세워져 입장료도 받지 않고 (운영 경비는 복권을 판 기금에서 지원한다) 무료로 운영됨으로써 시민들뿐 아니라 런던을 찾는 수많은 외국 관광객들을 영국 현대 미술로 끌어들였다. 결국 불과 5년도 안 돼 이 테이트 모던 갤러리는 세계의 현대 미술을 영국으로 끌어 모았고, 그것은 이번에 140억 원에 팔려 나간 데미언 허스트의 '상어' 처럼 수백 배가 남는 예술 장사로 귀결된 것이다.

테이트 모던은 번창하는 영국 미술계의 새로운 상징이다. 이 미술관이 들어서면서 런던은 세계 미술계 정상의 자리를 놓고 뉴욕과 어깨를 겨루게 됐다. 런던은 이제 현대 미술계에서 '세계의 중심' 에 들어선 것이다. 메이페어 지구의 코크 거리 주변에는 고급 현대 미술을 취급하는 우아하면서도 소박한 화랑들이 즐비하다. 또 혹스턴 광장에는 유명한 화상(畵商) 제이 조플링(젊은 영국 미술가들을 세계 시장에 진출시킨 장본인)이 제2의 화이트 큐브 화랑을 열고 듀오 미술가 길버트와 조지를 영입했다. 영향력 있는 수집가로 널리 알려진 광고 재벌 찰스 사치 외에도 모험적이고 작품 욕심이 많은 부유층 인사들이 수집에 열을 올리게 됐다. 크리스 오필리의 작품을 사들인 스타

우츠커 부부, 리트블라트 브리티시 랜드 회장 부부, 테이트 국제위
원회 멤버이자 마권업자인 도넬리 부부 등이 그들이다. 뉴욕과 로스
앤젤리스의 화랑에서 바로 이런 수집가들에게 작품을 팔고 있는 래
리 가고시안도 런던에 분점을 열었다. 런던에 돈이 몰리고 그 돈으
로 영국은, 유럽과 달리, 꾸준한 성장을 하고 있다. 금융 등 전통적인
강세 업종도 물론 있지만, 요즈음에는 이런 새로운 예술 장사로 한
몫을 챙기고 있는 것이다.

장사는 이렇게 하는 것이다. 이제 우리가 할 장사도 이런 것이 돼
야 하지 않겠는가? 우리가 만들어 팔 물건도 많지 않은데, 굴뚝 산업
도 시들어 가는데, 우리는 앞으로 무슨 장사를 할 것인가? 늘 외치는
문화 장사, 이것이 바로 문화 장사다.

 찔레꽃과 된장

노벨 문학상을 기대하려면

우리 문학을 제대로 알리지 못하고 있다

최근 몇 년간 예년에 비해 한국이 노벨 문학상은 받을 가능성이 높다고 하여 수상 후보로 거론된 고은 씨나 황석영 씨 집에 언론사 기자들이 죽치며 발표를 기다렸다. 그러나 수상자는 영국의 극작가에게 돌아갔고, 고은 씨가 오히려 기자들에게 미안하다며 사과하는 진풍경이 반복해서 벌어지고 있다.

노벨 문학상, 이것이 무엇이기에 이토록 목을 매고 있으며, 일본은 두 차례나 받았는데 우리는 아직 받지 못하고 있는가? 과연 받을 만한 작가들이 받았는가? 하고 물어본다면 그렇지 않다고 말할 수도 있겠지만, 노벨 문학상은 전 세계가 알아주는 유일한 국제 문학상으로서 누구든 침을 흘리게 되어 있다. 최근에 우리나라도 김대중 대통령의 노벨 평화상 수상 이후 노벨 문학상도 받을 수 있다는 자신감이 생겼고, 그런 면에서 기대를 많이 하지만 실상을 알고 보면 그리 희망적인 것이 아니다.

　　우리 문학을 영어로 번역해 오고 있는 제니퍼 리(UCLA 동양언어와 문화학과 박사 과정)는 외국, 특히 미국인들에게 한국 문학은 여전히 낯설고 어려운 대상이라고 지적한다. 일본과 중국이 상당히 많은 독자층을 확보하며 다가간 데 비해 한국 문학은 어디서고 접하기가 쉽지 않은 게 미국의 현실이라는 것이다.

　　그 이유는 무엇일까?

　　제니퍼 리는 한국 문학이 세계성이나 보편성보다는 개별성, 특정성이 두르러지고 있어 한국이란 영역을 벗어나서 느낄 수 있는 문학사적 가치가 아직 제대로 드러나지 못하고 있다고 진단한다. 즉, 해방과 6.25, 4.19, 5.16, 그리고 IMF 이후 현재에 이르기까지 한국의 경험은 그 갈등의 폭과 상처의 깊이가 너무 깊고 거대해서 그 거대함 자체가 오히려 주제의 다양한 파생과 변환을 막아 왔다는 것이다. 6.25로부터 파생된 이데올로기의 대립은 담론의 양극화를 가져왔으며, 대다수 주류 작가들의 에너지는 이 양극화의 칼날 아래 산업화와 민주화, 군사체제의 복합체에 저항하거나, 아니면 그것을 벗어나 한국적인 미학 자체만을 추구함으로써 너무 '한국적'이 되고 말았다는 지적이다.

　　또한 대다수의 작품들이 역사적 · 정치적 배경과 너무 밀착돼 있어서 이 배경을 충분히 알고 있지 못한 외국인들에게는 쉽게 이해되지 못하는 부분이 많고, 그것이 작품에 대한 흥미를 떨어뜨리는 결

과를 초래한다는 것이다. 그래서 문학작품의 번역은, 그 작품 번역
에만 머물러서는 안 되고, 한국 문학을 이해하는 데 필수적인 한국
사회와 역사, 정치지식을 소개할 수 있는 서적들이 함께 많이 번역
되어야 한다는 것이다.

제대로 된 번역 작업이 필요하다

문학작품은 한글로 아무리 좋은 작품을 써도 외국인들이 한국어
로 읽을 수 있는 것이 아니기에 무엇보다도 잘 번역해서 출판해야
한다는 점이 기본이다. 그렇지만 번역 작업도 알고 보면 문제점투성
이다.

번역은 누가 하는가? 외국어를 배운 한국인이 하는 경우도 있고,
한국어를 배운 외국인이 하는 경우도 있으며, 같이 하는 경우도 있
을 것이다. 번역된 작품은 기본적으로는 외국인들이 읽고 보는 것이
므로 외국인의 시각에서 번역이 이뤄지지 않으면 안 된다. 그런 의
미에서 유능한 외국인 번역가를 확보하는 일이 무엇보다 시급하다.
번역은 단순히 한국어를 잘한다고 되는 것이 아니다. 한국의 역사에
서부터 철학, 사상, 종교 등 문화 전반에 대해 어느 정도 기본 소양을
갖추지 않고서는 제대로 번역이 될 리가 없다. 그렇지만 이런 번역
가는 당연히 드물 수밖에 없다. 주요 언어라고 하는 영어, 불어, 일
어, 중국어, 러시아어, 독일어 권에서 이런 번역가는 다섯 손가락을
넘지 못하는 실정이다.

번역자를 구할 수 없는 데는 여러 가지 요인이 있지만 역시 대우
문제가 한몫을 한다. 이런 번역 작업을 개인이 하기는 무척 어렵기

에 정부에서 나설 수밖에 없고, 현재 우리나라에서 이 같은 번역을 담당하는 정부기관은 문화관광부 산하기관인 한국문학번역원이다. 한국문학번역원에서 이들 번역가에게 주는 돈은 얼마나 될까? 한 달에 백만 원 남짓이란다. 이래 가지고는 제대로 번역을 할 수 없는 것이 당연하다.

번역작업은 장기간에 걸쳐 꾸준히 시행되어야 한다. 이웃 일본은 지난 45년부터 국가가 번역 사업을 지원해 90년까지 다른 나라에 2만여 종의 문학 작품을 소개했다고 한다. 우리나라는 79년에 들어서야 한국문학번역원을 통해 번역 사업을 시작해서 현재까지 8백여 작품을 외국어로 번역해 왔다. 너무 차이가 난다. 그러니까 일본의 작품들은 미국이나 유럽에 널리 알려지게 되고 그것이 노벨 문학상으로 이어지는 것이다. 1968년 가와바타 야스나리(川端康成)가 노벨 문학상을 받은 후 30년이 안 된 1994년에 오오에 켄사부로(大江健三郎)가 다시 상을 받음으로써 일본의 문학은 아시아를 넘어서 세계의 반열로 올라섰다. 중국도 비록 프랑스에서 활동하는 중국인이지만 가오싱젠(高行健)이 중국의 전통 사상을 현대인의 실존과 접목시킴으로써 상을 받았다.

번역작업에 대한 지원이 더 강화되어야 한다. 한국문학번역원이 한 해 동안 번역하는 우리나라 문학 작품의 수는 50종 정도에 머무르고 있다. 하루에 수십 권의 책이 쏟아지는데 이 정도로는 너무 초라하다. 번역을 늘이는 한편 번역 작품의 선정에도 개선이 필요하다. 우리가 한국적인 것을 세계에 소개해야 한다는 사명감이 앞서다 보니 한국 문학의 대표로 꼽는 작품들 중에서 고르게 되고, 그것이 외국인들의 관심을 끌지 못하는 경우가 많은 것 같다. 어떤 작품들이 외국인들에게 어필할 수 있는지, 꼭 우리의 시각과 입맛만이 아니라 외국인의 그것도 고려되어야 한다.

그런 다음에라야 노벨 문학상을 마음 놓고 기다릴 수 있을 것이다. 프랑크푸르트 도서전에 40여 명에 이르는 대표작가들이 찾아가서 자신들의 문학세계를 알리는 일에 나서고 있지만 더 중요한 것은 제대로 된 번역을 세계에 내놓는 일이다. 문화계와 정부가 어떻게 하면 더 좋은 번역을 더 많이 세계에 내놓을 수 있는가 고민하는 것, 그것이 노벨 문학상 수상을 기대하기 전에 먼저 해야 할 일이다.

나의 것, 남의 것

세종 때 벼슬에 나가 세조 때까지 산 문신이자 서화가인 강희안은 꽃과 나무를 좋아해 『양화소록(養花小錄)』이란 조그만 책을 남겼다. 이 책 안에 보면 우리가 요즈음 '영산홍'으로 부르는 '일본철쭉' 항목이 나온다.

"세종대왕 재위 23년(1441) 봄에 일본에서 철쭉 화분 몇 개를 바쳤다. 임금께서 뜰에서 기르도록 명하셨다. 꽃이 피었을 때 꽃잎은 홑잎으로 매우 컸다. 색깔은 석류와 비슷하고…(중략)…우리나라의 품종과 아름답고 추함을 비교하면 모모(姆母:삼황오제 시대 황제의 네 번째 비로 못생겼다고 함)와 서시(西施:오의 왕 부차의 애첩으로 미인의 대명사)의 차이보다 심했다. 임금께서 즐겁게 감상하시고 상림원에 하사하시어 나누어 심도록 명하셨다."

이를 통해 볼 때 영산홍이란 꽃나무가 우리나라에 온 것이 이미 500년이 넘었음을 알 수 있다. 강희안은 이 때 받은 영산홍의 뿌리를 나누어 받아 집에서 키우면서 친척들에게 나누어주기도 했다. 그것이 우리나라 전역으로 조금씩 퍼져 나갔을 것으로 보인다. 최근 국립공원 내인 무주 양수 발전소 주변 지역에 한국전력이 국내 자생종을 심지 않고 외래 수종을 심은 것이 말썽이 되고 있다고 한다. 언론 보도에 따르면 한국전력공사와 한국남동발전은 보기 좋다는 이유만으로 1990년부터 지난해까지 무주 양수 발전소 건립으로 인한 삼림 훼손 지역에 일본에서 들여온 자산홍(7384그루)과 영산홍(6332그루), 겹철쭉(3404그루), 백철쭉(3450그루), 그리고 북미가 원산지인 쪽제비싸리(4만 그루), 중국 원산의 중국단풍(356그루), 일본 원산의 홍단풍(노무라단풍; 385그루) 등 26종의 외래종 총 12만 3,084그루를 심었다는 것이다. 눈에 띄는 것이 영산홍 6천여 그루와 자산홍 7천여 그루, 이름에서 보듯 관상용 수목임을 알 수 있다.

환경단체들은 현행 자연공원법 상 국립공원 내에는 외래 수종 도입이 금지돼 있는데도 덕유산 국립공원관리소는 이를 제지하기는커녕 인식조차 못하고 있어 국립공원 관리에 문제점을 드러냈다고 말한다. '국립공원을 지키는 시민의 모임'은 "무주 양수발전소는 자연보존지구이자 사적 146호 적상산성 주위의 문화재보호지역에 위치해 건설 당시부터 많은 환경단체와 전문가들의 반대가 있었다" 면서 "댐 건설로 인해 18만 평의 삼림이 벌채되고 독특한 고산 분지와 습지 생태계가 파괴된 데다 외래 식물을 심는 불법 행위까지 자행돼 자연생태계가 다시 한번 훼손됐다"고 지적했다.

이에 대해 발전소 측은 "관광객들이 많이 찾아오는 곳이므로 보기 좋은 조경수를 심어 꾸민 것"이라며 "자연공원법 내용은 잘 모르고 있었다"고 해명했다. 환경단체들은 "외래종을 제거하고 무주 양수 발전소 건설 이전에 서식하고 있던 자생종을 심어 복원해야 한다"고 말한다.

원칙대로라면 외래종을 모두 뽑아버리고 그 전에 살던 자생종을 심어야 할 것이다. 그런데 조금 냉정하게 생각해보면 영산홍이나 자산홍이 일본산이어서 문제라고 하지만, 이미 500여 년 전에 우리나라에 들어온 것이다. 원산지가 일본일 뿐 우리나라에 들어와 번식이 되고 있는데 굳이 일본산이라느니 외래종이라느니 분류를 해야 하는가 하는 생각이 든다. 필자가 자주 가는 여의도 공원에도 소나무와 느티나무, 개쉬땅나무나 마가목 등 여러 수종이 식재돼 있는 가운데 자산홍과 영산홍도 심어져 있다. 환경인들이 말하는 원칙대로라면 이런 나무들도 외래 수종이면 뽑아버리고 순수한 재래 수종으로 교체해야 할 것이다.

여기서 한번 생각해보자.

우리가 외래 수종이 좋지 않다고 생각하는 근저에는 그것이 우리 고유의 생태계를 교란시킬 수 있다는 우려가 있기 때문이 아닌가? 말하자면 요즈음 호수나 하천에서 문제가 되고 있는 블루길이나 배스, 붉은 거북처럼 우리의 재래 물고기를 다 잡아 먹어버리는 것은 명백히 문제가 되는 것이다. 그러나 영산홍이나 자산홍 혹은 다른 관상용 수종들이 그렇게 생태계를 교란시킬 위험이 있는가? 아닌 것 같다. 그렇다면 이때의 기준은, 발전소 주변이라는 특별한 환경을 감안할 때 관상용, 곧 등산객이나 손님들이 보기에 좋고 즐거우면 된다는 기준이 적용되면 되는 것 아닐까? 이런 기준이라면 일찍이 세종대왕이 말씀하셨듯이 재래종과 영산홍의 차이는 모모와 서시의 차이만큼이나 크다고 해야 할 것이다. 물론 국립공원이기에 생태계를 복원하는 것이 옳은 일이겠지만, 발전소 부근이라면 재래종을 고집하기보다는 관상용으로 인기 있는 수종들이 식재되는 것이 굳이 흠이 되지는 않을 것이다.

이런 생각을 하는 것은 근래 들어 전통을 찾는 움직임이 여러 방면에서 활발해지면서 우리의 생각이 약간은 편협해지고 있지 않나 하는 우려 때문이다. 우리 것을 지키고 되살리는 것은 좋은 일이지만, 그렇다고 밖에서 온 것이 좋은 것임에도 외래종이라는 이유만으로 배척하는 것은 오히려 우리의 생각이나 문화의 폭을 좁고 왜소하게 만드는 일이 될 수도 있다.

외래와 순수 토종을 구분한다고 하지만 그 기준은 무엇이며, 어디까지를 토종으로 구분할 것인가? 우리 민족의 주체가 누구이며 어디까지가 우리 민족인가 하는 문제조차도 논란이 많지 않은가? 역사 이래 우리의 삶 속에 들어온 외래라는 요소가 얼마나 많은가? 우리가 쓰는 이름에서부터 우리의 생각이나 사고방식, 생활용품, 과학기술, 사상과 종교 등등 그 모두가 외래 아닌 것이 있는가?

외래의 것을 받아들이고 우리 것으로 소화하기 위해서는 외래의 것을 너무 비판적으로 보지 말고 좋은 것은 좋은 것으로 인정할 줄 알아야 한다. 그 바탕 위에서 외래의 요소를 우리 것으로 소화해내는 일이 중요하다.

그렇다고 영산홍은 좋은 것이니 무조건 살리자는 것은 아니다. 영산홍이나 자산홍이라도 문제가 있으면 백 번 갈아치우고 뽑아버려야 한다. 다만, 그것이 외래종이라는 이유로 배척되는 것은 바람직하지 않다는 것이다. 국립공원 안이기 때문에 원래의 생태계를 무조건 복원해야 한다는 강제규정이 있으니 당연히 문제가 되기는 하지만. 어차피 발전소를 지으면 그 주위는 조경을 할 수밖에 없고, 조경을 하자면 전통적인 수목이 많지 않으니 일반 사람들이 선호하는 영산홍이나 자산홍 등 일본 원산의 관상목이 식재되는 것도 이해할 수 있는 일이다.

결론적으로 말하자면 외래와 전통, 우리 것과 남의 것에 대한 무조건적인 이분법적 구분은 우리 자신을 위해서 결코 바람직하지 않다. 내 것, 남의 것의 문제가 아니라 나에게 유리한 것, 불리한 것, 나에게 좋은 것, 나쁜 것이 가치 판단의 기준이 되어야 할 것이다. 더 나아가서는 나, 우리만이 아니라 우리 모두, 즉 인류에게 유익하고 보탬이 되느냐가 기준이 되어야 할 것이다.

백남준, 윤이상, 이우환, 정경화, 정명훈, 조용필, 김수철, 배용준, 비, 그리고 이승엽, 박찬호 등등 세계로 나가 활약하고 있는 모든 한국인들을 보는 눈도 그렇게 되어야 한다. 또한 한국에 온 모든 외국인들에게도 그것은 똑같이 적용되어야 한다. 앞으로의 세상은 한국인이 한국에서만 사는 세상이 아니기 때문이다. 앞으로의 세상은 모두가 같이 더불어 잘 사는 세상이 되어야 하기 때문이다.

이젠 우리 얼굴을 보자

'서구인 모델을 쓰면 광고할 수 없다.'

말레이시아 정부는 몇 년 전 광고업체들에게 아시아인 광고 모델만 쓸 것을 지시하고, 해외 유명 연예인을 쓴 기존 TV 광고에 중단 조치를 내렸다고 한다.

말레이시아 정부가 광고 중단 조치를 내린 것은 일본 도요타 자동차의 TV 광고. 이 광고는 최신형 도요타 자동차 모델 옆에 헝클어진 머리의 영화배우 브래드 피트가 함께 있는 장면을 담고 있는데, 정부가 "왜 아시아인을 놔두고 서구인을 모델로 쓰느냐"고 제동, 방송이 중단됐다고 한다.

말레이시아의 정부 대변인인 공보처 장관은 "왜 우리 말레이시아인들이 서구인을 광고 모델로 쓰는가? 우리가 그들보다 못생겼는가?"라고 따지면서, "서구인을 광고 모델로 쓰는 것은 아시아인들

사이에 열등감을 조장할 우려가 있다"고 말했다고 한다. 그는 또 "아시아인을 모델로 사용하는 것은 광고 회사의 중요한 의무"라고 지적했다고 한다.

사실 정부가 광고 모델을 누구를 쓰는가까지 간섭하는 것은 단연코 옳지 않다. 그런 식으로 간섭을 하기 시작하면 사람들에게서 창의적인 생각이 나오기 어렵기 때문이다. 그런데 그렇더라도 말레이시아의 조치는 우리를 되돌아보게 한다.

우리나라의 백화점 광고를 한 번 보라. 요즈음은 신문의 한 면 또는 두 면을 통째로 터서 백화점 광고가 나오는데, 특히 의류에 관한 한 광고 모델은 모두 서양인이다. 주로 금발의 서양 여자가 많지만 남자도 종종 있다.

옷을 사 입을 사람은 우리나라 사람일 텐데 왜 모델은 서양인인가? 다리가 길고 머리카락이 가늘어 바람에 잘 날리고 얼굴도 갸름해서 더 멋있다고 생각해서인가? '이런 멋있는 사람들이 입는 옷을 너희들도 사 입어라.' 하고 말하는 것인가? 이런 통단 광고를 하려면 광고비가 엄청날 텐데 그 서양인의 이미지에 혹해서 옷을 사게 되면 꽤나 값이 비쌀 것은 당연한 일이다. 어쨌든 한국인들이 입는 옷을 선전하는 데 외국인 모델만 등장하는 것은 별로 기분 좋은 일이 아니다. 지난 가을 휩쓸고 간 프랑스의 싸구려 포도주 사건같이 기분이 언짢다.

파리 특파원들이 가을이 되면 리포트할 것이 마땅치 않아 찾아가서 보도하는 것이 이른바 보졸레 누보. 이 포도주는 깊은 맛도 없을 뿐더러 김치로 치면 겉절이 같은 것인데, 특파원들이 몇 번 보도하

 찔레꽃과 된장

다 보니 한국 사람들은 대단히 좋은 것인 줄 알고 가을에 이것을 마시지 않으면 안 되는 것처럼 돼 버렸다. 수퍼마켓이나 구멍가게까지도 보졸레 누보를 늘어놓고 팔고 있고, 그러다 보니 프랑스 보졸레 마을 사람들은 이게 웬 떡이냐 하면서 벌린 입을 다물지 못하고 있다고 하지 않는가?

우리가 아무렇지도 않게 생각하는 외제 병, 그 병을 이용해 외국인 모델이나 외국의 술이 우리들의 정신을 마비시키고 있다. 그런 것을 생각하면 말레이시아의 서구인 모델 추방 조처는 비록 방법상으로는 옳지 않지만 취지만은 높이 사주고 싶다.

우리가 정신을 차리기 위해서 말이다.

또 다른 '잃어버린 세월'

미국에 체류하고 있던 이문열 씨가 해가 바뀐 후 한 신문에 기고문을 보내왔다. 최근 우리 사회에 몰아친 이념의 광풍을 피하기 위해서만은 아니겠지만 이런저런 이유로 몇 년간 미국에 머물던 이문열 씨가 2006년 말 장편소설 『호모 엑세쿠탄스』를 발표한 이후 다시 목소리를 내기 시작했다. 소설 『호모 엑세쿠탄스』의 서문에서 소설가는 어떤 특정한 정치적 입장에 서는 것에 대해 자기들과 같은 입장이면 잘 하는 것이고, 다르면 역사의 죄인이라는 둥 매도하는 풍조를 정면으로 언급하고 있는데, 신문에 보내온 칼럼은 그런 것은 아니고 뿌리 없이 밀려온 우리의 문화 정책으로 인해 좌초하고 있는 우리 문화계의 현실을 부드럽게 고발하고 있다.

"연전 국산 영화의 스크린 쿼터가 축소될 때 영화인들이 거리에 나와 격렬하게 항의한 적이 있다. 그때 우리 영화산업 보호를 위한 그들의 진정을 이해하지 못한 것은 아니었으나, 한편으로는 은근히 염려스럽기도 했다. 시장 원리에 맡겨야 할 문화의 구매를 지나치게 제도적으로 보장받으려 드는 게 아닌가 싶어서였다.

그런데 요즘 베스트셀러 목록을 보니 새삼 그때의 몰이해 또는 오만이 부끄러워진다. 십 년 전만 하더라도 문학작품 베스트셀러 상위 목록은 대개가 우리 창작품으로 채워져 있었고, 외국 번역물은 두셋을 넘지 못했다. 그런데 근래 발표되고 있는 것을 보면 정반대의 역전(逆轉)을 확인할 수 있다. 우리 창작문학은 베스트셀러 목록에 그야말로 가물에 콩 나듯 끼어 있는 것이 요즘 한국 문학시장의 현실이다. 우리 작가 보호를 위해 출판 쿼터 같은 것이라도 제안하고 싶을 정도이다."

그렇다. 문학만이 아니라 우리나라의 각 예술 분야에서 이처럼 주종이 뒤바뀌는 사례가 다시 보편화되고 있다. 뮤지컬을 보면 해외의 것을 거액을 들여 유치하거나 그것을 우리 식으로 번안하는 것일 뿐, 애초 우리의 뮤지컬은 구경하기도 어렵다. 연극계도 한때는 우리의 희곡들이 많았던 것 같은데, 새 무대에 올려지는 것을 보면 어느새 외국 것으로 도배를 하고 있다. 결국은 여기서도 해외의 명품 브랜드를 들여다 판매하는 것 밖에 길이 없다고 보는 것인가. 이문열 씨는 잘 나간다는 국산 영화에까지도 비판의 시선을 보낸다. 한국 영화끼리는 극소수 대박에 대다수 쪽박이라는 자조가 흘러나오고 있다.

그 다음부터가 중요하다. 이문열 씨의 말을 들어보는 것으로 사태의 심각성을 다시 한번 생각해보자.

"원칙으로 말하자면 국내 독자 혹은 관객을 번역물이나 외국 작품에 뺏긴 책임은 신통찮은 콘텐츠를 제공한 작가나 재주 없는 연출가가 져야 할 것이다. 거기다가 이제는 문화상품도 시장원리에 내맡겨졌고, 악화(惡貨)가 양화(良貨)를 구축하는 것이 시장 원리라며 억지로 자위할 수도 없게 되었다. 세계화한 문화상품의 수입 기준에는 질적인 담보도 포함되어 있기 때문이다.

하지만 달리 생각하면, 요즘 같은 문화예술의 수입 초과 책임을 반드시 상품의 내용물 빈약이나 질적 저하로만 돌리고, 작가나 연출가만 나무랄 수 없는 데가 있다. 그 책임을 나누어야 할 곳으로 가장 먼저 혐의가 가는 것은 이른바 문화정책의 편중이나 사회적 지원의 중복이다. 지난 십 년 우리 사회는 지식산업이니 문화적 상품이니 하며 엄청난 재원을 쏟아 부었으나, 그 방향은 다분히 한쪽으로 치우친 감이 있는데, 그곳이 바로 이른바 한류(韓流)란 현상과 관계된 분야다. …(중략)… 그 한류와 연관된 분야에 대한 우리 사회의 관심과 정책적 지원이 지나친 편중이나 중복이었느냐는 함부로 단언할 수 없는 일인지 모른다. 그러나 지난 10년 우리 문화의 중점이 그 방향으로 옮겨졌으며, 다른 분야, 특히 깊이 있고 세련된 콘텐츠 생산을 담당하는 기초적인 문화예술 분야는 상대적으로 소외를 느껴야 했던 점은 부인하기 어려울 것이다. 무엇이든 정치로부터 연역해 해석하기를 좋아하는 이들에게는 그 또한 '잃어버린 세월'일 수도 있다.

그렇다. 우리는 겉으로는 최근의 한류 붐에 마취가 되어 정신을 차리지 못했지만, 그 마취약이 깨고 나서 보니까, 우리의 문화기반은 아직도 그대로인 것이다. 오히려 문제가 더 심화되고 있었던 것이다. 그러기에 우리는 여기서 멈춰 서서, 다시 생각해보아야 한다."

이제 어떻게 할까?

이제 어떻게 할 것인가? 우리는 우리의 문화를 올바로 키우기 위해서 무엇을 해야 할까? 어떻게 하면 우리의 문화가 외래의 문화의 분류(奔流) 속에서도 휩쓸려가지 않고 제대로 커나갈 수 있을까? 외부의 물이 들어오는데 맑은 물은 빼놓고 흙탕물만 들어온다고 문을 닫아 버려야 할 것인가?

이제 그럴 수는 없다. 문을 다시 닫으면 우리의 문화는 자체적으로 질식해버리고 만다. 외래문화의 학습을 반대하는 사람들은 실제로는 자기의 민족문화에 대한 신뢰감이 없는 사람들이다. 자기 민족문화에 신뢰가 있다면 외래문화와의 접촉을 겁낼 이유가 없다. 우리는 그러한 상황이 아니다.

나는 그 첫걸음을 텔레비전 드라마에서 서툰 외국 음악을 그냥 틀어 주지 말고 가급적이면 우리 음악을 만들어 우리의 소리, 우리의 마음을 틀어주는 데서 시작할 수 있다고 본다. 낙동강이나 한강이라는 큰 물줄기가 사실은 태백산의 동쪽과 서쪽의 조그만 계곡 아주 작은 시냇물에서부터 시작하듯 텔레비전 드라마 하나, 라디오 드라마 하나, 연극 하나, 무용 하나에서 우리의 음악을 만들어 연주하고 들려주는 데서부터 우리 문화의 큰 강이 형성될 수 있다고 믿는다. 우리의 마음, 우리의 감정, 우리의 느낌, 우리의 사상이 들어간 음악을 만들어야 한다는 작은 인식으로부터 우리 문화는 커갈 수 있다는 것이다.

모든 것을 새로 시작해야 한다

어설픈 외국 노래를 그냥 들려주거나 듣거나 부르는 것은 용납할 수 없다는 인식부터 시작하자. 가족의 생일을 축하하려면 외국 노래가 아니라 우리 노래로 축하해야 한다는 인식을 갖자. 우리의 음악이 서양 음악보다 열등한 것이 아니라 서로 종류와 표현방식이 다른 데 지나지 않는다는 인식부터 해보자. 라디오에서 음악을 편성할 때 클래식과 우리 음악을 함께 방송하는 '열린 음악회'를 만들어주어, 국민들이 자연스럽게 우리 음악도 배울 수 있도록 하자. 현재 일어나고 있는 신세대들의 신국악, 신창악 작품을 자주 연주해주고 들려주는 시간을 확대해 나가자. 우리의 음악회에서도 베토벤이나 브람스만이 아니라 우리 작곡가들의 작품을 적어도 한 곡씩은 꼭 끼워 넣어서(끼워 넣는다는 표현은 틀린 것이다. 우리 음악가들이 작곡한 곡은 당연히 먼저 들어가고 그 다음 서양 음악을 끼워 넣는 것이라는 인식이 선행되어야 한다) 창작을 육성해주자. 드라마의 배경음악도 막연히 분위기만

잡는 외국음악을 들려줄 것이 아니라 우리의 음악을 만들어 삽입하는 운동을 시작하자. 외국의 음악을 들려주더라도 껍데기가 아니라 그 속에 있는 핵심을 들려주겠다는 태도로 노랫말이 어떤 의미를 지니고 있는지를 먼저 잘 알아보고 나서, 그 곡을 들려줄 것인가 말 것인가를 취사선택하자. 청소년들이 그 노래를 듣고서 어떤 노래인지를 알 수 있도록 보다 충실하게 설명을 해주자.

그렇게 해 나가면 슈베르트의 연가곡집도 우리의 아름다운 말로 재창조돼 나올 것이다. 생일축하 노래도 우리 국민들이 보다 쉽고 간편하게 함께 부를 수 있는 것이 나올 것이다. 청소년들도 죽어라 외국의 팝송만을 들으려고 하지 않을 것이며, 악마의 노래를 들으려고 기를 쓰지도 않을 것이다. 드라마 배경음악의 표절 현상도 사라질 것이다. 우리의 정서와 마음, 사상이 담긴 우리의 노래, 우리의 음악이 되살아날 것이다. 고상한 체하고 대충 분위기만을 팔아먹는 약장사들이 들어가게 될 것이다. 국내의 문화운동이 더 활발해지고 창작물이 쏟아져 나올 것이다. 우리가 한 해에 몇억 달러씩 비싼 로열티를 내고 외국의 음반이나 비디오를 수입하는 현상도 줄어들 것이다. 무엇보다도 우리들의 문화가 제자리로 돌아올 것이다.

또한 '우리 음악'을 굳이 구분하고 구별하고 구석에 몰아넣어 천시하지 말고 '우리 음악'과 '서양의 정통 음악'을 한 울타리 안에서 같이 즐기도록 해주어야 한다. 우리 악기로 서양 음악을 연주할 수도 있고, 서양 악기로 우리 음악을 연주할 수도 있으며, 혹은 그 악기들이 서로 섞일 수도 있고 또 분리되어도 좋다. 우리가 갖고 있는 우리의 정서, 우리의 박자, 우리의 사상, 우리의 가락, 우리의 장단이 서로 작품 속에서 용해되어야 한다. 그러기 위해서는 구별하지 말고 한데서 놀게 해주어야 한다.

우리의 음악을 '국악'이란 이름으로 가둬놓아서는 안 된다. 마치 서양 음악이 주류 음악이고 우리 음악은 변두리 음악인 양 인식해서는 안 된다. 세계화, 보편화라는 말 속에 우리의 전통음악이 실종되어서는 안 된다. 지금 우리가 훌륭한 음악으로 숭상하고 있는 음악은 실은 서양 음악일 뿐이다. 서양 음악이 우리의 음악과 한 마당에서 용해될 때 비로소 우리의 음악도 제대로 살고 서양의 음악도 보편적인 개념에서의 음악이 될 수 있다. 음악에는 국경이 없다는 말이 있지만, 그동안 혹시 우리가 음악에 국경을 만들고 있지 않았는가 반성해보아야 할 일이다. 그것이 우리 사회에 서양에 대한 맹목적인 추종과 그로 인한 사회적인 가치 혼란, 나아가 우리 문화의 정상적인 발전을 저해하지는 않았는가 생각해 볼 일이다.

가요와 클래식, 고전과 현대, 국악과 양악이 국경을 허물고 한자리에서 만나는 그 날, 우리의 문화는 한류라는 민족적인 차원을 넘어서 코리아류라는 세계 속의 새 문화로 크게 떠오를 수 있을 것이다.

"다시 태어나도 한국인으로 살고 싶습니까?"

"다시 태어나도 한국인으로 살고 싶습니까?"

이런 고약한 질문을 한 인터넷 사이트가 던지자 8천여 명의 응답자 가운데 70%가 "싫다. 다른 선진국에서 태어나고 싶다"고 응답했다고 한다. "당연히 한국인으로 살고 싶다"는 응답은 24.2%에 불과했고 "잘 모르겠다''도 7.9%였다고 해서 우리에게 적지 않은 충격을 주고 있다.

이런 조사 결과는 지난해 미국의 한 대학 교수팀이 실시한 국제비교조사와 맥을 같이 한다. 미국 일리노이 주 브래들리 대학의 데이비드 슈미트(Schmitt) 교수는 53개국 1만 7,000여 명을 대상으로 개인이 갖는 자부심을 조사한 결과, 자부심이 가장 강한 국민들은 세르비아인들이고, 가장 약한 나라는 일본인으로 집계됐으며, 한국도 매우 낮아 에티오피아에 이어 44위로 집계됐다고 전한다. 자부심이 강한 국민들은 1위부터 차례로 칠레, 이스라엘, 페루, 에스토니아인들의 순서로, 미국은 6위였으며, 반대로 자부심이 가장 낮은 국민들은 일본, 홍콩, 방글라데시, 체코공화국, 대만인의 순으로 나타났다.

결국 한국인들이 자기 나라에 대해 느끼는 감정은 한마디로 '싫다' 는 것임이 확인된 것이다.

이번 조사에서 한국인으로 다시 태어나고 싶지 않은 이유로는 가장 많은 네티즌이 '교육 문제' 를 꼽았다고 한다. 다시 태어나 한국의 지옥 같은 입시 전쟁에 시달리고 싶지 않다는 것이다. "공부 열심히 해봤자 사회에 나오면 써먹을 수 있는 것이 하나도 없는 것이 우리나라 교육 현실"이라는 것이다. 심각한 빈부 격차를 한국인으로 다시 태어나기 싫은 이유로 꼽은 이들도 있었다. 부패한 정치와 군대, 취업난 등도 한국에서 다시 태어나고 싶지 않는 이유에 들었다. 요약하면 입시 지옥, 빈부 격차, 부패 정치, 군대 문제, 취업난 등이라고 말할 수 있겠다.

과연 한국은 다시 태어나 살고 싶지 않은 나라인가?

네티즌들의 반응을 이해 못하는 것은 아니며, 그 반응은 당연하다 하겠다. 그러나 우리가 태어나서 사는 나라를 마음대로 선택할 수 없는 당연한 현실에서, 더구나 숱하게 들어온 대로 '국토는 좁고 자원은 없고 인구는 많은' 작은 나라에서, 전 국민이 이민을 갈 수 없는 상황에서 다시 들여다본다면, 과연 한국이란 나라가 그처럼 '싫은' 나라일까?

우리는 다음과 같은 몇 개의 글과 사례를 눈여겨보아야 한다.

"교수님, 현실 세계에서 가장 바람직한 발전 모델이라고 생각하는 나라는 어디입니까?"

"한국(South Korea)입니다. 한국인은 제국주의 식민 지배를 딛고 일어나, 다른 나라에 종속되지 않고 독자적으로 경제 발전을 이룬 동시에 독재정권에 항거해 평화적인 방법으로 민주주의를 이룩했습니다. 세계 최고의 휴대전화와 인터넷 보급률을 자랑할 정도로 첨단기술이 온 국민에게 골고루 퍼져 있고, 2002년에는 네티즌의 힘으로 개혁적 정치인을 대통령으로 선출할 만큼 풀뿌리 민주주의가 발전했습니다."

    - 2003년 MIT대학에서 촘스키 교수가 MBA 과정 학생들과 나누었던 대화

"한국인이 옳았다. 농민 시위는 한국의 탁월한 조직력과 응집력으로 이뤄진 문화를 잘 설명해준다. 이같이 훌륭한 조직화라는 강점으로 한국 기업들은 중국 시장을 공략했다. 그들은 디자인과 브랜드화로 중국 시장을 폭풍처럼 휩쓸었고, 그들의 성공은 최상의 낙관적인 시나리오도 뛰어넘는 쾌거였다."

    -앤디 시에(모건 스탠리 홍콩 지점장)

"한국 바둑의 원동력은 특유의 생명력이다. 일본 미학이 순풍에서는 강하지만 위기에 허약한 반면 야생의 한국류는 위기에 봉착할수록 강인한 생명력을 토해 내었고, 그것이 기적의 승리로 이어졌던 것이다. 잘 짜인 틀은 아름답다. 그러나 틀에 얽매이지 않으면 강하다. 한국류가 세계 바둑을 지배하게 된 사연이다."

    - 중앙일보 2005. 3.24

"한국 교육은 세계 최고 수준이다. 1945년 광복 이후 60년간 한국 교육
이 이룬 성과는 세계적으로 자랑할 만하다. 질과 양 모든 면에서 주목할 만
한 성과를 거두었다."

–배리 맥고(OECD 교육국장)

"한국은 세계 어느 나라보다도 교육 평등을 이룩하고 있다.… 학생 성적
과 부모의 사회·경제·문화적 지위를 분석한 결과 한국의 경우 학생의 성
적이 부모에 따라 결정되는 비율은 14.2%이다. OECD 국가들의 평균인
20.3%보다 훨씬 낮은 수치다. 이는 한국이 학생 개인의 노력과 학교 교육
에 따라 85.8% 정도의 학업성취가 가능하다는 것을 의미한다."

– 마이클 세스(미 제임스 메디슨 대학 교수)

우리는 왜 한국을 부정적으로만 보고 있을까? 밖에서 보는 한국은
그렇지 않은 것 같은데 말이다. 한국은 중국 옆에서 살아남은 유일
한 나라이며, 일본을 우습게 아는 지구상 유일한 나라다. 우리는 세
계 10대 경제 강국이며(최근에는 순위가 하락해 12위가 되었지만), 산업
화와 민주화를 동시에 이루었다. 또 세계를 리드하는 IT 강국이며,
교육열이 세계 최고이고, 세계 제일의 우수한 두뇌를 가지고 있다.
한국인은 정이 넘친다. 할리우드 영화가 지배하지 못하는 유일한 나
라이며, 축구와 야구에서 세계 4강을 성취한 유일한 나라다. … 이
밖에도 한국인은 당당히 자부심을 가질 필요가 있으며 그럴 만한 이
유가 충분하다.

우리가 한국을 부정적으로만 보는 이유는 너무나 힘든 근현대사를 살아왔기 때문일 것이다. 요즘의 젊은 세대를 제외하고는 한국인들은 굴곡지고 억압받고 부조리한 삶에서 자유로울 수 없었다. 특히 우리 사회의 감시병이라고 할 언론도, 저항과 고발이 최고의 미덕이어서, 긍정적인 면보다는 부정적인 면을 보도하는 데 더 익숙하고, 그러다 보니 우리 사회의 구석구석 좋지 않은 점만 많이 다룬 것이 그만큼 우리 사회, 우리나라를 좋지 않게 보게 만들고, 그것이 우리나라에 대한 자부심을 낮춘 것 같다. 그 결과 사람들은 다시 이 땅에 태어나기보다는 다른 나라, 다른 땅에 태어나기를 바라고, 차라리 이민을 갔으면 하고 생각한다.

그런 한국인들, 조국에 대한 자부심을 잃고 외국으로 나갔으면 하는 사람들에게 한 권의 책을 권하고 싶다. 제목은 『나의 심장은 코리아로 벅차 오른다』(함형준 지음). 이 책은 신문사 기자를 거친 한 전직 언론인이 '한국인이 한국에 대해 자부심을 느낄 수 있도록' 한국과 한국인의 위대함에 대해서 쓴 글이다.

"한국인은 누구보다 경쟁심이 강하고 성취욕이 높되 시기심이 많다. 때문에 한국인이야말로 가장 자본주의자들이다."

"한국인에게는 두 가지 피가 흐른다. 하나는 만주 땅을 호령하던 북방 몽골계 적손으로서 선취적으로 유전화한 '전사fighter 기질'이요, 다른 하나는 한반도 농경 사회에서 중국과의 교류를 통해 후천적으로 체득화한 '선비scholar 기질'이다. 이 두 가지 피가 어떻게 결합되느냐에 따라 한국인의 삶과 역사가 결정됐다.

"한국인의 머리는 세계 최고 수준이다. 지능지수 테스트를 하면 한국은 항상 전 세계에서 1,2위를 다툰다."

이 책에서는 과거 한국병으로 불렸던 한국인의 단점들이 실은 근거 없는 오해였거나, 아니면 어엿한 장점으로 바뀌어 긍정적 역할을 하고 있다고 역설한다. 부정적으로만 비춰졌던 냄비 근성은 사실 한국인에게 잠재된 폭발적 에너지이며, 손가락질 받던 빨리빨리 정신은 21세기 발전의 점화선이라고 말한다. 망국병이라고 비판받던 한국인의 교육열이 실은 성취의 원동력이요, 빈약함과 초라함으로 해석되던 한국 문화 및 문화재는 서툰 기교 속에 감춰진 아름다움(大巧若拙)이라고 말한다. 따라서 이런 장점을 바탕으로 21세기는 한국이 리드하는 만큼 더 이상 소모적인 이념 대립이나 계층간 불화를 지양하고 서로 열린 마음과 통합의 정신으로 한국의 미래를 위해 매진해 나가자고 호소한다. 결국 저자는 과거보다 미래를 지향하고, 비판보다 격려와 칭찬을, 분열보다 통합을, '우리끼리' 보다 세계로 뻗어나가 다 함께 잘 사는 21세기 선진 한국을 만들자고 주장한다.

이 책을 읽어보면 우리의 낮은 자부심이 근거가 약하다는 사실을 알게 될 것이다. 잘못된 인식 때문에 갖고 있던 낮은 자부심은 그동안 우리 사회에 해악을 끼쳐왔다. 자부심이 부족한 사회는 외부의 비판으로부터 자유롭지 못하다. 구성원 상호간에도 너그럽게 이해하려는 관용이나 타협은 물론 남을 감싸안는 포용이나 배려는 더욱 부족하다. 우리가 자부심을 되찾게 되면 진정한 관용과 개방, 호혜, 자율의 정신으로 움직이며 발전하는 선순환을 이룩하는 그런 사회로 들어서게 된다.

이 책을 읽으면서 전에 만났던 한 프랑스인이 생각났다. 한국말을 잘 하지는 못하지만 한국과 한국 문화를 좋아했던 그 분은 임기가 끝나고 돌아가기 전에 신문 연재 등을 통해 우리 문화에 대한 칭찬을 아끼지 않았으며, 그 가운데서도 다음과 같은 말을 들려주었다.

"내가 만난 한국인 중에는 자신이나 한국인 전체, 혹은 대한민국에 대해 의외로 자부심이 약하고 평가에 인색한 사람이 많았다. 그러나 한국인들은 자신들이 얼마나 정과 사랑이 많고 아름다운 민족인지 스스로 되새길 필요가 있다. 그것은 헛된 자부심이나 교만이 아니다. 민족의 역량을 제대로 평가하는 '당연한 권리' 이다."

– 미셸 캉페아니 알리안츠 생명 사장

자! 이제 한국을 떠나고 싶은 국민들이여,
우리 한국인을 다시 보자. 한국 사회를 다시 보자.
급속한 경제 신장과 다양한 문화 발전을 이룩한 우리 한국인의 능력을 재인식하자. 그런 인식만 가진다면 그 다음에는 한국에 살든, 외국에 나가서 살든 상관없다. 한국인은 자신의 능력을 제대로 인식만 한다면 능히 어떤 어려움도 이겨낼 수 있고 반드시 성공할 수 있기 때문이다.

우리는 여기서 벌써 지쳐 멈칫거리면 안된다. 우리는 더 미쳐야
한다. 코리아의 최고의 순간은 아직 오지 않았다. 세계는 한국인들
의 재도전을 기꺼이 기다리고 있다.

찔레꽃과 된장

2007년 10월 4일 인쇄
2007년 10월 10일 발행

지은이 | 이동식
발행인 | 이충석
편집인 | 성상건
펴낸곳 | 도서출판 나눔사
등록 | 1998년 2월 16일, 제2-489
주소 | (122-949)서울시 은평구 진관내동 529-1
전화 | 02)359-3429, 359-3453
팩스 | 02)355-3429

ISBN 978-89-7027-056-2-03810